Franz Taut

Oberst ohne Ritterkreuz

Franz Taut

Oberst ohne Ritterkreuz

Zwischen Befehl und Gewissen

Roman

rosenheimer

4., neu bearbeitete Auflage

Titelfoto: Süddeutscher Verlag – Bilderdienst, München, Scherl
Satz: Buch-Werkstatt GmbH, Bad Aibling
Druck und Bindung: Ebner & Spiegel, Ulm
Printed in Germany

ISBN 3-475-53346-4

Der Ablauf des militärischen Geschehens
entspricht der geschichtlichen Wahrheit.
Die handelnden Personen sind frei
erfunden. Eventuelle Ähnlichkeiten sind
daher rein zufällig.

Inhalt

Der Feuerschlag

Draußen wurde es Tag. Aber die kleinen Fensterscheiben waren dick vereist und ließen so wenig von der heraufdämmernden Helle ein, dass ich die Kerosinlampe brennen ließ. Das Feuer im Ofen war erloschen; trotzdem ging von dem weiß verputzten Koloss noch ein Hauch von Wärme aus. Links im Nebenraum schliefen die Melder auf ihrem Strohlager, über das sie Zeltbahnen und Decken gebreitet hatten. In der winzigen Kammer zur Rechten – der Türausschnitt war mit einer Zeltbahn verhängt – befand sich das ähnlich beschaffene Lager des Kommandeurs. Ich hatte damals, Ende November, als wir in Pawlowskaja Quartier bezogen, ein Bett für ihn besorgt. Aber Oberst Metzelbrod hatte das Bett ins Schulhaus bringen lassen, wo die Sanitätsabteilung der Division den Hauptverbandsplatz eingerichtet hatte. Ich selbst hatte meinen Schlafplatz auf der Ofenbank, denn oftmals kamen nachts Anrufe oder Melder waren abzufertigen, und ein Regimentsadjutant muss stets zur Stelle sein.

Die Morgenmeldung für die Division war fertig gestellt; bald war es Zeit, sie durchzugehen. Eine ähnlich ruhige Nacht wie die vergangene hatte es lange nicht gegeben. Ich schrieb dies der Kälte zu, die seit einigen Tagen ausgesprochen sibirisch war. Sogar das übliche Störungsfeuer der russischen Batterie, die jede Nacht die Stellung wechselte, war ausgeblieben. Auch die eigene Artillerie hatte diese Nacht geschwiegen.

Ich stand auf und ging zur Haustür, um nach dem Thermometer zu sehen, das draußen am Türstock angebracht war. Als ich die Tür öffnete, sprang die Kälte mich förmlich an. Das Quecksilber war auf minus 36 Grad gesunken. Der bleiche Winterhimmel war wolkenfrei; die Sterne waren schon verglüht. Der Schnee, der, wo er nicht niedergetreten oder geräumt war, bis an die Fenstersimse reichte und in dicken Hauben auf den Strohdächern lag, hatte eine schattenhaft bläuliche Färbung angenommen. Pulverschnee. Aber wir waren nicht zum Skilaufen in Pawlowskaja. Hinter dem weißen Horizont schob sich riesenhaft der blutrote Sonnenball hoch. Rosiger Schimmer breitete sich über den Schnee.

Nach Osten und Norden zu gab es nur wenige kleine Waldstücke. Im Westen dagegen zogen sich Eichenwälder, die freilich bis auf spärliche rostbraune Blätterreste entlaubt waren, bis zum Donez hinunter. Das Land war hügelig, von einzelnen Balkas, tiefen Schluchten, durchschnitten. Unser Dorf war in eine weite, pfannenähnliche Mulde gebettet. Die Hauptkampflinie zog sich am überhöhten diesseitigen Donez-Ufer entlang. Der Fluss unter seiner meterdicken Eisdecke war in russischer Hand, das heißt, er war eigentlich Niemandsland, nur gelegentlich von Späh- oder Stoßtrupps betreten.

Das Dorf ruhte wie ausgestorben in der Winteröde. Aus einigen Kaminen stieg Qualm in die frostige Luft. Die russischen Bewohner hatten Pawlowskaja verlassen. Zwei oder drei Häuser waren durch Volltreffer zerstört.

Ich stand noch immer vor der Tür und fühlte, wie mir Gesicht und Hände erstarrten. Ich wusste, es war töricht, so ohne Mantel in der grimmigen Kälte zu stehen, aber ich blieb und lauschte angespannt. Etwas war außer der Reihe an diesem Januarmorgen, und mir war, als müsste ich ergründen, was es sein mochte. Vielleicht irritierte mich die vollkommene, fast verwunschene Stille so sehr.

Plötzlich regte sich etwas, ein fernes, grollendes Rumpeln, es schwoll sekundenschnell an, hundertfältig, drohend und elementar, wie das düstere Murren eines aufziehenden Gewitters. Aber es war kein Gewitter. Abschüsse und Einschläge verschmolzen zu einem schauerlich brüllenden Getöse. Und die schneebedeckte Erde bebte unter meinen Füßen.

Ich riss die Tür auf und stürzte ins Haus. Oberst Metzelbrod stand am Tisch, in Socken, das graue Haar zerzaust, wie er aus dem Schlaf aufgefahren war. Erst jetzt setzte er die horngefasste Brille auf, die ihm das Aussehen eines weltkundigen, hoch gebildeten Mannes verlieh, was er im Übrigen in jeder Lebensäußerung war. Sein Blick traf mit meinem zusammen.

»Hören Sie sich das an, Emser!«, sagte er.

Seine Stimme klang heiser, wie verrostet. So erregt hatte ich ihn nie gesehen, nicht einmal damals, südlich Emilowka, als das Regiment in Gefahr war, überrannt zu werden.

»Ein Feuerschlag«, bemerkte ich, nur um etwas zu sagen, obgleich es gewiss nicht übermäßig geistreich war. »Vielleicht kommt er mit einem verstärkten Stoßtrupp, Herr Oberst«, setzte ich hinzu. »Er« – das war »der Russe« auf der anderen Seite der Front.

»Stoßtrupp?« Der Oberst schüttelte den Kopf. »Stoßarmee, Emser! Für einen Stoßtrupp verpulvert man auch drüben nicht so viel Munition!«

Ich gab ihm im Stillen Recht und fragte, ob ich Verbindung mit dem Ia herstellen sollte.

»Lassen Sie nur«, meinte er, »ich denke, in Slawiansk klirren die Fensterscheiben zur Genüge. Sogar in Kramatorskaja beim AOK werden sie das hören!«

Aus dem Nebenraum tauchten die beiden Obergefreiten Janke und Kerst auf. Als sie den Kommandeur erblickten, nahmen sie Haltung an. Oberst Metzelbrod winkte ab. Er hatte immer nur einen Blick für das Wesentliche; das Herz eines Mannes war ihm wichtiger als ein eingedrillter Gruß.

Ich wies auf die Morgenmeldung. Der Oberst blickte auf seine Armbanduhr. »Seit 7 Uhr 30 im Einzelnen wie im Ganzen überholt«, sagte er.

Er hatte Recht, denn was seit wenigen Minuten an unserer Hauptkampflinie vorgehen mochte, war für die, die es auszukosten hatten, wie Weltuntergang und Inferno. »Verluste: keine«, hatte ich vor kurzem auf die Meldung geschrieben. Auch dies war jetzt überholt. Es gab in unserem Abschnitt nichts, was dem unvermindert rollenden Trommelfeuer standhalten konnte, keine sicheren Bunker, keine Unterstände, nichts. Als die Kompanien Ende November in die Stellung einrückten, war die Erde schon beinhart gefroren gewesen. Nur ein paar kurze Grabenstücke am Rand der Ortsunterkünfte hatte man mit vieler Mühe ausgehoben. Das war alles und so gut wie nichts.

Im Fernsprecher I – vier Apparate standen auf dem Tisch – schrillte das Läutwerk. Ich hob ab. Major Knappe, der Kommandeur des ersten Bataillons, sprach am anderen Ende der Leitung. Die Kompanien lägen in schwerem Feuer, sagte er, sie meldeten starke Bewegung auf dem Donez-Eis, auch Panzer. Er habe Sperrfeuer angefordert. Der Hauptstoß allerdings richtete sich augenscheinlich nach Südwesten gegen den linken Nachbarn.

Ich gab die Meldung an den Kommandeur weiter und reichte ihm den Hörer. Er fragte nach Einzelheiten, aber auf einmal war die Stimme im Hörer weg. Die Leitung war tot, offenbar zerschossen. Ich rief die Vermittlung an, ließ mir den Führer des Nachrichtenzuges geben und befahl ihm, Störungssucher in Marsch zu setzen. Die Verbindungen mussten intakt sein.

Der Oberst hatte am Tisch Platz genommen. Seine grauen Augen blickten durch die runden Gläser auf die Karte. Mit Kohle waren unsere Standorte und Stellungen eingezeichnet. Es gab breite Lücken dazwischen; eine zusammenhängende Linie hätten wir mit den vorhandenen Kräften nicht besetzen können. Bei dem herrschenden Frost wäre dies ohnehin undenkbar gewesen. Wir waren auf die Ortschaften angewiesen, denn es gab keine Winterbekleidung, nicht einmal Filzstiefel für die Gefechtsvorposten und Feldwachen. Die Russen waren erheblich besser und zweckmäßiger ausgerüstet; sie besaßen wattierte oder pelzgefütterte Uniformen, dichte, filzige Mäntel, Pelzkappen und vor allem geeignetes Schuhwerk. Wir hatten uns, so gut es ging, selbst geholfen. Aus Bettzeug hatten wir Schneehemden herstellen lassen, und die Stahlhelme waren weiß gestrichen, aber das war kein Kälteschutz.

Die mangelhafte Bekleidung allein war es freilich nicht, was mich jetzt, wo die Rote Armee offensichtlich zum Großangriff antrat, bedenklich stimmte. Beim Armeeoberkommando hatte man zwar den Angriff erwartet, aber weiter im Süden, bei Artemowsk oder ostwärts Stalino bei der italienischen Division »Celere«. Oberst Metzelbrod dagegen hatte die Linie am nördlichen Donez zwischen Isjum und Liman stets für besonders gefährdet gehalten. Er hatte immer wieder Draht zur Sicherung unserer Stützpunkte, mehr Artillerie, schwere Flak zur Panzerbekämpfung und eine wirksame Reserve aus Panzern oder Sturmgeschützen angefordert. Aber woher nehmen? Der Papierkrieg der vergangenen Wochen war höchst unerfreulich und aufreibend gewesen, und Oberst Metzelbrod hatte sich in den höheren Regionen manchen Feind geschaffen.

Mittlerweile hatten sich auch das zweite und dritte Bataillon gemeldet. Auch dort beobachtete man im Schutz der russischen Feuerglocke übers Eis vorgehende feindliche Kräfte. Die siebente Kompanie hatte bereits einen Angriff in Kompaniestärke abgewiesen. Die Verluste, die das Trommelfeuer verursachte, das jetzt nach und nach das ganze Hauptkampffeld erfasste, waren nicht so hoch, wie ich insgeheim befürchtet hatte. Aber wir standen ja erst am Anfang, und zunächst gab es noch kein klares Bild.

In unser Dorf krachten die ersten Einschläge. Ein Splitter fegte durch die Tür und blieb im Lehmfußboden stecken. Schon vernahm man das Prasseln von stürzendem Gemäuer und Rufe nach den Sanitätern. Die Häuser – einstöckige Katen – waren Lehmbauten; sie schützten gegen die Kälte, aber nicht gegen Granaten.

Ich holte für alle Fälle die Stiefel des Kommandeurs aus der Kammer. Als er sie gerade an den Beinen hatte, rief Oberstleutnant Soltern an, der Ia der Division. Oberst Metzelbrod erklärte ihm die Lage, so weit sie uns selbst bekannt war. Seine Auffassung war, die feindlichen Verbände seien auf Durchbruch und Einkesselung aus. Soltern schien diese Meinung zu teilen. Der Oberst gab mir den Hörer, und ich notierte die Befehle der Division. Major Knappe sollte demnach unter allen Umständen die abgerissene Verbindung zum linken Nachbarn wieder aufnehmen.

Eine Stunde später wussten wir, dass der linke Nachbar unter starkem Feinddruck nach Südwesten zurückging, dass also die Front an dieser Stelle bereits nachgab. Unsere linke Flanke war somit offen. Major Knappe, der Kommandeur des ersten Bataillons, meldete, er habe die erste Kompanie zurückgenommen und baue mit ihr eine Flankensicherung auf, um der drohenden Umfassung zu begegnen.

Der Kommandeur war währenddessen im Schlitten nach vorn gefahren. Der Melder Janke begleitete ihn.

Solche Frontfahrten oder -gänge gehörten zu den Eigenheiten von Oberst Metzelbrod. Er unternahm sie nicht, um »nach dem Rechten zu sehen« oder jemanden bei einem Versäumnis zu ertappen. Es war bei ihm das Bestreben, die Verhältnisse persönlich in Augenschein zu nehmen, um danach die Lage zu beurteilen und seine Entschlüsse entsprechend zu fassen. Die Furchtlosigkeit, die er auf seinen Wegen zur Hauptkampflinie und gelegentlich bis zu den Gefechtsvorposten zur Schau trug, bereitete mir oftmals Sorge, und nicht nur mir, sondern auch den Bataillonskommandeuren und Kompaniechefs, die bei ihm waren. Im vergangenen Herbst, am Dnjepr, hatte der General ihn sogar einmal ermahnt, etwas weniger couragiert zu sein, da kein Überfluss an brauchbaren Regimentskommandeuren bestehe. Der Oberst hatte damals erwidert: »Herr General, mir geht es unter anderem darum, meinen Leuten zu zeigen, dass die Kugeln, die von drüben kommen, nicht nur für sie gegossen worden sind.«

Nun war er wieder unterwegs, und niemand konnte sagen, ob nicht gerade dort, wo er sich befand, ein

Stoßkeil des angreifenden Feindes die dünne Front aufgerissen hatte.

Doch am Mittag kehrte Oberst Metzelbrod wohlbehalten zurück. Ich hatte tüchtig einheizen lassen, und drei Mann der Stabskompanie hatten mittlerweile im Lehmfußboden ein tiefes Deckungsloch ausgehoben.

Das Artilleriefeuer hatte nachgelassen, aber immer wieder kamen Feuerüberfälle, und Pawlowskaja wurde nicht verschont.

Oberst Metzelbrod war sehr erschöpft. Er hatte den ganzen Rückweg zu Fuß zurückgelegt. Im Schlitten hatte er Verwundete mitgebracht. Ich meldete ihm, der Ia habe mehrmals nach ihm gefragt, aber er nickte nur stumm und setzte sich an den Tisch, wo ich das Essen auftragen ließ. Später brachte Kerst Kaffee, und ich holte die Kognakflasche, die noch halb voll war.

Der Oberst zündete sich eine Zigarette an.

»Emser«, sagte er, »Emser, wir sind so weit. Man geht eben nicht ungestraft in Sommerschuhen nach Russland.«

»Geht man denn überhaupt, Herr Oberst?«, fragte ich. Ich vertraute ihm, und er schätzte die offene Rede, wie ja auch er selbst die Dinge mir gegenüber stets beim Namen nannte. »Musste man denn nach Russland gehen, Herr Oberst?«, fügte ich hinzu. Ich hatte mir diese Frage seit dem 22. Juni 1941 oft gestellt.

»Davon verstehen wir nichts«, meinte Oberst Metzelbrod, »Sie nicht und ich nicht. Das ist nicht unser Ressort. Ich führe das Regiment, und Sie sind mein

Adjutant. Wir haben unseren Abschnitt zu halten, da wir nun einmal hier sind, und wir werden ihn halten, solange es menschenmöglich ist. So ist das, Emser!«

Wir kamen später noch einmal auf dieses Gespräch zurück, das heißt, ich warf meine Frage noch einmal auf, und Oberst Metzelbrod stellte die nahe liegende Gegenfrage, ob wir denn nach Hause gehen sollten ...

An jenem Nachmittag aber hatten wir anderes zu tun, als grundsätzliche Probleme zu erörtern, denen wir ohnehin nicht beikommen konnten. Noch hatten die Bataillone, wiewohl sie zeitweilig in schwere Abwehrkämpfe verwickelt waren, kein Gelände aufgegeben. Man verteidigte die Unterkünfte, und die russischen Soldaten, von den Kommissaren angefeuert und vom Frost bedroht, wollten hinein. So war es. Dies war kein Krieg wie der im Sommer 40 in Frankreich; es war ein Wolfskrieg, aber es war nicht so, dass nur die anderen die Wölfe gewesen wären.

Es wurde sehr früh dunkel. Der Himmel hatte sich bedeckt. Sacht fing es an zu schneien. Im Dorf brannten zwei Häuser. Purpurner Schein rötete den Schnee und das Eis an den Fenstern.

Oberst Metzelbrod hatte soeben mit Major Knappe gesprochen. Die Störungssucher hatten die Leitung wieder in Ordnung gebracht; zwei Mann waren dabei gefallen. In die Abendmeldung hatte ich unter der Rubrik »eigene Verluste« 14 Tote und 47 Verwundete eintragen müssen. Diese Zahlen waren nicht einmal vollständig. Sie waren schlimm genug.

Die Hauptlast an diesem ersten Tag der Winterschlacht bei Isjum hatte unser linker Nachbar zu tragen gehabt. Dort hatte der Feind in Stärke von zwei Regimentern mit Panzerunterstützung angegriffen, wie man uns aus Slawiansk berichtete, und bis auf einige kleine Stützpunkte, die sich am frühen Nachmittag noch verteidigt hatten, war alles im Wanken. Der strenge Frost – wir hatten jetzt trotz der Wolkendecke nahezu 40 Grad – verschärfte die Lage erheblich. Denn die zurückfallenden Bataillone, denen der Feind mit Infanterie, Reitern und Panzern und nicht zuletzt auch mit seiner Artillerie auf den Fersen war, hatten in dem dünn besiedelten Gelände keine Möglichkeit, sich erneut festzusetzen, zumal es keine Auffangstellungen gab. Wie von Wölfen zersprengte Herden trieben sie durch die Winternacht, und Feuerschein im Westen zeigte uns, dass auch das Schicksal der Stützpunkte, die wie Inseln in der vernichtenden Flut tapfer standgehalten hatten, besiegelt war.

Bei den höheren Stäben – der Division, dem Korps und der Armee – betrachtete man die Lage ohne Optimismus. Zwar hatte man einiges aus dem Abschnitt des Nachbarkorps herausgezogen und nach der Durchbruchstelle in Marsch gesetzt, und von Süden, aus der Gegend von Taganrog, hatte man eine Jägerdivision abgerufen, die im Dezember, als Rostow nach kurzer Besetzung hatte aufgegeben werden müssen, an die 1. Panzerarmee überstellt worden war. Aber trotzdem verkannte die Armeeführung nicht, dass der Bestand der 17. Armee und der benachbarten 1. Panzerarmee ernsthaft gefährdet sei, wenn es nicht gelänge, den Vormarsch der Russen zum Stehen zu bringen. Das große Armeeverpflegungslager in Barwenkowo war bereits bedroht, und die Bahnlinie von Lossowaja nach dem nördlichen Donezgebiet war nicht mehr benützbar. Unserem Regiment fiel, wie der General selbst dem Oberst zu verstehen gegeben hatte, die Aufgabe zu, die Durchbruchstelle im Osten abzuriegeln und die Stellung am Donez um jeden Preis zu halten. Es war ein Himmelfahrtskommando für uns alle ...

Über die Karte gebeugt, erklärte Oberst Metzelbrod mir die Lage, wie der Ia sie ihm verdeutlicht hatte.

»Das AOK bricht von Kramatorskaja nach Gorlowka aus«, bemerkte er, nachdem er einige Berichtigungen auf der Karte vorgenommen hatte.

Nun, wenn das Armeeoberkommando nach Süden und nicht nach Westen verlegte, sagte ich mir, bedeutete das immerhin, dass einige Aussicht bestand, am Donez zu bleiben.

»Heute Nacht kommt eine Schlittenkolonne aus Slawiansk«, fuhr der Kommandeur fort. »Man schickt uns Verpflegung und Munition. Beides können wir gebrauchen, denn die nächsten Tage werden nichts Gutes bringen.«

Ich gab ihm Recht, und dann bat ich ihn, sich hinzulegen.

»Ich werde Herrn Oberst schon wecken, wenn etwas quer geht«, versicherte ich. Er war ja nicht mehr 20. In seinem Alter brauchte man den Schlaf. Er brummte etwas und zog sich in seine Kammer zurück.

Ich war allein. Auch die Melder hatte ich zur Ruhe

geschickt. Die Brände im Dorf waren erloschen. Ein Blick vor die Tür zeigte mir, dass der Schnee jetzt dichter fiel. Ich fand, es war erheblich kälter als am Morgen. Vielleicht kam das daher, dass jetzt ein heftiger, böiger Wind aus Nordosten wehte.

In dieser Nacht wird sogar dem Russen die Lust vergehen, sagte ich mir.

Aber bald zeigte es sich, wie sehr ich mich täuschte. Um neun Uhr rief Major Knappe an. Nach vorübergehender Ruhe griff der Feind erneut aus drei Richtungen an. Auch die Bataillone Merz und Hartung meldeten wenig später neue Angriffe, und das Artilleriefeuer lebte wieder auf. Vor allem Goroditsche im Abschnitt Hartung war als vorgeschobenster Stützpunkt Schauplatz eines wechselvollen, durch Stunden sich hinziehenden Gefechts. Kompaniechef in Goroditsche war Oberleutnant Metzelbrod, der jüngste Oberleutnant des Regiments. Am Weihnachtsabend – noch keine vier Wochen lag es zurück – hatten wir in Pawlowskaja seine Beförderung gefeiert. Um elf Uhr war damals ein Anruf vom Bataillonsgefechtsstand gekommen, der Oberleutnant solle unverzüglich zu seiner Kompanie zurückkehren. Ein russischer Stoßtrupp war als üble Weihnachtsüberraschung vor Goroditsche aufgetaucht und hatte zwei Häuser besetzt. Oberleutnant Metzelbrod war der letzte Sohn des Kommandeurs. Sein jüngerer Bruder Klaus war im Juni 40 an der Aisne gefallen.

Um Mitternacht kam vom Gefechtsstand Hartung die Meldung, dass Goroditsche eingeschlossen sei, aber die Gegenstoßreserve des Bataillons sei angetreten, um die Verbindung wiederherzustellen. Ich überlegte, ob ich den Kommandeur wecken sollte. Aber ich unterließ es. Es wird noch genügend Nächte ohne Schlaf geben, sagte ich mir. Was hätte er auch von Pawlowskaja aus tun können? Im Übrigen vermied er geradezu ängstlich alles, was danach aussehen konnte, sein Sohn habe eine bevorzugte Stellung im Regiment. Gegen drei Uhr morgens kam zudem die beruhigende Meldung, die Lage um Goroditsche sei bereinigt.

Was wird der Morgen bringen? fragte ich mich und legte mich, nachdem ich den Obergefreiten Janke als Telefonwache bestimmt hatte, zu kurzer Ruhe auf die Ofenbank.

Die Stunde der Prüfung

Um fünf Uhr weckte mich Janke.

In der Stube erblickte ich im kargen Schein der niedrig geschraubten Kerosinlampe eine Gestalt in Schneehemd und weiß gestrichenem Stahlhelm. Augenbrauen und Schnurrbart des Mannes waren vereist, und sein Gesicht hatte die Farbe einer reifen Tomate. Ich stand auf, und er meldete:

»Feldwebel Strobel mit 16 Schlitten und 43 Mann zur Stelle.«

Es war der Führer der angekündigten Versorgungskolonne.

»16 Schlitten?«, sagte ich verwundert, »Oberstleutnant Soltern sprach von 24.«

»Stimmt, Herr Leutnant«, entgegnete der Feldwebel, »es waren auch 24. Acht Schlitten sind mit Ladung und Pferden beim Russen. Sieben Mann sind gefallen. Ich habe sie bis auf zwei mitgebracht. Auch fünf Verwundete.«

»Was reden Sie da, Feldwebel«, fiel ich ihm ins Wort. »Sind Sie denn unterwegs angegriffen worden?«

»Jawohl, Herr Leutnant«, gab der Feldwebel zu, »auf einmal krachten Handgranaten, dann war der Iwan auch schon über uns. Sie müssen uns regelrecht aufgelauert haben. Wir schossen uns frei und schlugen sie zurück. Ich schätze, sie hatten größere Verluste als wir. Aber es war zu dunkel, und es schneite zu heftig, als dass wir Genaues hätten ausmachen können. Außer meinem Pionierzug hatte ich nur Trossleute. Sie haben sich gut geschlagen.«

Ich ging in die Kammer, um den Kommandeur zu rufen. Im Nu war Oberst Metzelbrod wach.

»Was gibt's, Emser?«, fragte er, indem er sich aufrichtete.

»Auf der Straße nach Slawiansk steht der Russe«, sagte ich. »Soeben meldete es mir der Feldwebel, der die Munitions- und Verpflegungskolonne geführt hat. Acht Schlitten sind verloren, sieben Mann sind gefallen, fünf verwundet.«

Der Kommandeur zog die Stiefel über, knöpfte die Feldbluse zu, strich sich übers Haar und ging vor mir her in den Gefechtsstand.

Der Feldwebel nahm Haltung an. Von seinen Augenbrauen und den Enden seines Schnurrbarts tropfte das tauende Eis. Er wiederholte, was er mir bereits berichtet hatte, und machte an Hand der Karte nähere Angaben über den Ort des Überfalls.

»Emser«, bemerkte Oberst Metzelbrod, »dort ist doch das kleine Nest, wo die Baupioniere liegen. Verbinden Sie mich mit dem Kompanieführer!«

Ich rief die Vermittlung an und gab den Decknamen der Baupioniere. Sie hatten die Aufgabe, die Nachschubstraße für Fahrzeuge und Schlitten passierbar zu halten.

»Dringend!«, betonte ich, und der Mann in der Fernsprechvermittlung versprach, sein Bestes zu tun. Es dauerte eine Weile, dann hieß es:

»Spitzhacke meldet sich nicht.«

»Gehen Sie zur Stabskompanie«, befahl der Oberst. »Oberleutnant von Eisen soll erkunden, was mit den Baupionieren los ist!«

Ich ging ins Nebenhaus, weckte Eisen und setzte ihm auseinander, um was es sich handelte.

Er stand auf, nahm Stahlhelm, Mantel und Maschinenpistole und schickte sich an, die Leute zu alarmieren, die er mitnehmen wollte.

»Hals- und Beinbruch, Herr von Eisen!«, sagte ich und kehrte durchs Schneetreiben zum Gefechtsstand zurück.

Der Feldwebel war nicht mehr anwesend.

»Er kümmert sich um seine Männer«, sagte der Oberst.

Dann ließ er sich mit dem Divisionsstab verbinden und machte dem ersten Ordonnanzoffizier, O1 genannt, Mitteilung von der neuen Lage.

»Wie es jetzt steht«, setzte er hinzu, »muss ich in Kürze mit einem Angriff auf Pawlowskaja rechnen. Aber ich kann den Angriff nicht abwehren. Ich habe keine Leute. Mit Trossleuten, Sanitätern und meiner Stabskompanie kann ich keinen Krieg führen. Ich bitte um Verstärkung und schlage vor, mit Sturmgeschützen – ihr habt doch welche – gewaltsam aufklären zu lassen, damit festgestellt wird, was in unserem Rücken durchgesickert ist. Ein Spähtrupp ist unterwegs.«

Die Antwort des O1 schien nicht sehr befriedigend zu klingen, denn mit einem zornigen Ausruf beendete der Oberst das Gespräch.

»Ich soll die Stellung am Donez halten«, sagte er nach einer Pause, »aber wenn man etwas anfordert, bekommt man zur Antwort: Fehlanzeige. Dieser Krieg wird mit den Knochen des Infanteristen geführt. Wo sind denn die ganzen technischen Wunder? Wo sind die Stuka, Panzer und was weiß ich? Außer unserer Artillerie haben wir nichts, was wir dem T-34 der anderen entgegensetzen können, und die Artillerie leidet unter chronischem Munitionsmangel.«

Erregt schritt er einige Male in der Stube hin und her, dann hatte er seine Ruhe wieder gefunden. Er setzte sich an den Tisch, stützte die Stirn auf die Hände und starrte unmutig vor sich hin. Ich wusste, wie viel auf ihm lastete und wie schwer er alles nahm.

»In Goroditsche war etwas los«, sagte ich, »aber seit zwei Stunden scheint alles wieder klar zu sein. Ich wollte Herrn Oberst nicht stören.«

Er drehte sich zu mir um, aber ohne ein Wort zu sagen, wandte er sich wieder der Karte zu.

Ich schwieg, denn ich wusste, in solchen Augenblicken vollkommener Konzentration pflegte er seiner Umgebung völlig entrückt zu sein. Die Karte belebte sich für ihn, wurde zur Landschaft, zur Szenerie der jeweiligen Ereignisse. So fasste er seine Entschlüsse.

Aber an diesem frühen Morgen war ihm keine Ruhe zum Nachdenken vergönnt.

Die Haustür wurde geöffnet, und mit einem Strom eisiger Luft kam ein fremder Major herein. Sein Mantel und seine Mütze waren mit einer Schneekruste bedeckt. Er grüßte, nahm Mütze und Kopfschützer ab und meldete sich beim Kommandeur, der aufgestanden war, als Major Moll, dritte Abteilung, Artillerieregiment 60. »Mit Teilen in Pawlowskaja eingetroffen«, fügte er hinzu, mit einer Stimme, die wie gefroren klang. Sein Gesicht war ebenso unnatürlich gerötet wie das des Feldwebels, der die Schlittenkolonne aus Slawiansk herangeführt hatte.

»Was heißt das – mit Teilen, Major Moll?«, fragte Oberst Metzelbrod.

Der Major atmete tief.

»Es heißt«, antwortete er nach einer Pause, »dass meine schwere Batterie noch zwei Geschütze besitzt. Zwei sind durch Volltreffer ausgefallen. Die beiden leichten Batterien haben zusammen sieben. Zwölf

Mann habe ich mit Verwundungen und Erfrierungen am Verbandplatz abgeliefert. Meine Gefallenen musste ich zurücklassen, Herr Oberst.«

Der Kommandeur reichte Major Moll die Hand.

»Wie steht es mit Ihrer Munition?«, fragte er, obgleich ihm gewiss nach anderen Worten zu Mute war.

»Rund 50 Schuss pro Geschütz«, erwiderte Major Moll und bat, ihn einzuweisen. Er wollte sogleich in Feuerstellung gehen.

Der Oberst überlegte.

»Nicht zu nahe beim Dorf«, meinte er schließlich, »ich möchte es vermeiden, dass das Feuer auf den Verbandplatz gezogen wird. Die Leute liegen in Watte und Verbänden und können nicht in Deckung gehen. Ich schlage den Bereich der Mühle vor. Dort finden Sie auch Unterkunft für Ihre Kanoniere. Sogar ein Stall für Ihre Pferde ist dort.«

Er ging in die Kammer, holte die Kognakflasche – unsere letzte – und reichte dem Major ein Glas.

Major Moll trank in strammer Haltung. Er war noch jung. Seinem ganzen Gehabe nach hielt ich ihn für einen aktiven Offizier.

»Ah, das tut gut«, sagte er in verändertem Ton, als sei er auf einmal aufgetaut. »Eine Lausekälte, Herr Oberst. Die Kanoniere frieren an den Geschützen fest.« Dann wurde er wieder dienstlich und bat, sich abmelden zu dürfen, denn seine Abteilung stehe draußen im Schnee und hätte nach dem Marsch Ruhe nötig.

Der Oberst entließ ihn mit den Worten, er solle zusehen, bald feuerbereit zu sein, niemand könne sagen, was der Tag noch bringe.

Als die Tür hinter dem Major ins Schloss gefallen war, murmelte Oberst Metzelbrod: »Das also war der Erste …«

Ich fragte ihn, was er damit sagen wolle.

Er blickte mich durch seine runden Gläser an. Das kreidige Licht der Lampe warf seinen Schatten verzerrt auf Fußboden und Wand.

»Emser«, sagte er, »es werden noch andere nach Pawlowskaja kommen. Bald wird das Dorf zu klein sein, um alles unterzubringen.«

Ich wies darauf hin, dies werde im Falle eines Angriffs für die Abwehr nur von Vorteil sein.

Er sagte nichts darauf, sondern wandte sich um und ging hinüber in seine Kammer. Gleich darauf hörte ich, wie er sich ächzend auf sein armseliges Lager warf.

Ich kannte Oberst Metzelbrod schon lange. Es war nicht der Krieg, der uns erstmals zusammengeführt hatte. Wir waren im Juli 38 auf dem Stradun in Ragusa miteinander bekannt geworden. Ich hatte, von Mostar aus, einige Touren in den Karst unternommen und war in Bergschuhen. Auf den Steinquadern des Stradun – dieser steinernen Prachtstraße Ragusas – glitt ich aus, und als ich wieder auf den Beinen war, sagte eine Stimme auf Deutsch: »Hoffentlich haben Sie sich nicht verletzt!« Die Stimme gehörte Oberst Metzelbrod. Damals trug er einen hellen Flanellanzug. Eine Dame stand neben ihm. Beide waren von der Sonne

Dalm
terne
zum
brod.
Herr
Söhne
lernte
türlich
sam m
mals
reaktiv
befürch
den. In
kundig
hatte e
dem er

Im M … Oberst Metzelbrod mich in sein Regiment gerufen. Wir waren seit jenem Sommer in Ragusa ständig in Briefverbindung geblieben – auch während des Krieges –, und ich war mit Freuden Adjutant bei Oberst Metzelbrod geworden. Zuvor hatte ich als Adjutant eines Gebirgsjägerbataillons am Feldzug auf dem Balkan teilgenommen. 1940, in Frankreich, war ich noch Feldwebel bei der Infanterie gewesen und Mitte Juni bei Suippe verwundet worden.

Als ich zu Oberst Metzelbrods Regiment stieß, hatte es in Zelten in Polen unweit des San biwakiert. Frau Metzelbrod hatte mir damals geschrieben, ich solle auf ihren Mann und auf Erich, den Sohn, der ihr noch

…en wir in Russ-
…n Russen besetzten
…estlich Szarogrod die
…waren marschierend und
…nach Osten vorgedrungen.
…er ukrainische Bug – Stationen
…s. Wo der Feind uns aufhielt – und
…g auf mit starken Nachhuten, die sei-
…ückzug deckten –, hinterließ das Regi-
…ä…er. Zuweilen waren es zwei oder drei, an
…nen Orten aber lange Reihen. Kreuze mit einem
…amen am Saum eines Sonnenblumenfeldes oder ei-
nes Dorfes, dessen Bewohner uns nach dem Abzug der Rotarmisten wie Freunde begrüßten.

Dann kam Uman. Zum ersten Mal war das Regiment an einer Kesselschlacht beteiligt, die mehr als 100 000 Gefangene mit einem Arsenal an Beutewaffen, Fahrzeugen und sonstigem Kriegsgerät einbrachte. Aber auch wir hatten Verluste zu beklagen. Wir waren weiter marschiert – nach Kirowograd und weiter zum Dnjepr. In Sturmbooten hatten zwei Kompanien unseres ersten Bataillons den breiten Strom bezwungen und hatten sich am Ostufer festgesetzt, während die Pioniere schon mit dem Brückenschlag begannen. Noch herrschten Staub und Hitze, aber die Nächte, die wir zumeist im Freien verbrachten, waren bereits empfindlich kühl.

Der Sommer war vergangen, über Nacht war nach dem regenreichen Herbst, der Straßen und Wege in grundlose Moräste verwandelte, der Winter eingezogen, und der Winter hatte uns Halt geboten. Jetzt schien der Höhepunkt seiner eisigen Macht gekommen zu sein.

Es war die Stunde der Prüfung – für den Oberst, für Erich Metzelbrod, für uns alle. Ich wusste es seit dem Augenblick, da tags zuvor der Feuerschlag der russischen Artillerie begonnen hatte.

Während ich daran dachte, hörte ich mit halbem Ohr das stuckernde Brummen einer »Nähmaschine«, wie wir die russischen Nachtbomber nannten. Irgendwo warf die Maschine ihre Fracht ab. Die Bomben detonierten mit dumpfem Getöse, und das Flugzeug verschwand.

Ich erinnerte mich an einen Tag des Vormarschs, ostwärts Perwomaisk, nach der Schlacht von Uman. Unser Wagen scherte aus der Kolonne aus und setzte uns am Straßenrand ab. Ein alter Hauptmann stand da, Chef einer Kanonenbatterie. Es war ein goldener Hochsommertag. Die Sonne brannte wie über der Wüste. Der alte Hauptmann blickte eine Weile den vorbeijagenden Fahrzeugen nach, dann sagte er in hartem ostpreußischen Dialekt:

»Das alles wird sich totlaufen, meine Herren. Schade um die vielen jungen Kerls!«

»Sie sind nicht sehr zuversichtlich, Herr Hauptmann«, meinte Oberst Metzelbrod darauf. »Sehen Sie doch nur, wie alles rollt. Uman liegt hinter uns. Ich weiß nicht, wie man an einem Tag wie heute so schwarz sehen kann.«

Sicherlich war ich der Einzige, der den spöttischen

Unterton vernahm. Der alte Hauptmann aber ließ sich nicht beirren.

»Die Russen sind Wintermenschen, Herr Oberst«, sagte er, »wenn erst mal Schnee liegt, wenn das Thermometer auf 40 Grad oder noch tiefer absinkt, dann gnade uns Gott!«

Er grüßte steif, stieg in seinen Kübelwagen und fuhr seiner Batterie – zehn Zentimeter Langrohr – nach, die Seltenheitswert besaß in der Armee.

Ich fröstelte damals trotz der Sommerhitze wie im Vorgefühl kommender Schrecken. Jetzt schien das düstere Orakel des alten Hauptmanns sich zu bewahrheiten. »Was mag aus ihm und seinen Kanonen geworden sein?«, fragte ich mich. In diesem Augenblick betrat Oberleutnant von Eisen den Gefechtsstand.

»Herr Emser«, sagte er, »holen Sie den Kommandeur! Wir haben keinen Nachschubweg mehr, der Russe steht überall.«

Er war ziemlich außer Atem. Aus dem Eichenwäldchen beim Wegekreuz, knapp acht Kilometer südlich Pawlowskaja, waren er und seine Leute von einem schweren Maschinengewehr »beharkt« worden, wie er sich ausdrückte. Für den schwachen Spähtrupp war es aussichtslos gewesen, auch nur den Versuch zu unternehmen, bis zu dem kleinen Nest vorzudringen, in dem die Baupioniere lagen oder vielmehr gelegen hatten. Denn dort saßen jetzt die Russen, daran war nicht zu zweifeln.

Während Oberleutnant von Eisen noch sprach, kam der Oberst herein. Er hatte alles gehört.

»Wärmen Sie sich auf, Eisen«, sagte er, »Sie haben Ihre Sache gut gemacht. Wir wissen jetzt, was anliegt.«

Es war sieben Uhr. Aber draußen war es noch dunkel. Ich rief die Vermittlung an und verlangte eine Verbindung mit dem Divisionsgefechtsstand. Wenig später erfuhr ich, die Leitung sei gestört. Erst jetzt fiel mir ein, wie einfältig es gewesen war, anzunehmen, dass die Russen unsere Fernsprechleitungen unangetastet lassen würden. Man musste sich erst zurechtfinden.

Ich gab den Befehl, im Gefechtsstand ein Funkgerät aufzubauen, denn die Verbindung zur Division musste klar sein. Nach vorn, zu den Bataillonen, waren die Leitungen noch intakt, und wenn sie zerschossen wurden, gingen die Störungssucher hinaus und flickten den Draht, der, wenn es schlimm kam, zur Lebensader werden konnte. Der Funkverkehr war recht fragwürdig; er war von Witterungs- und anderen Einflüssen abhängig, und gerade, wenn man ihn am nötigsten brauchte, versagte er häufig wie eine komplizierte Spielerei.

So stand es um sieben Uhr. Unteroffizier Baierle kam mit dem Funktrupp. Sie bauten ihr Gerät auf und gaben nach einigem Hin und Her an die Division glücklich die Meldung durch, unsere rückwärtige Verbindung sei in Feindeshand. Darauf gingen sie auf Empfang.

Wenig später kam ein Spruch vom Ia, das Regiment habe, wie am Vortag befohlen, die Stellung, komme was wolle, zu halten. Kein Wort davon, dass man versuchen werde, von außen unseren Nachschubweg freizukämpfen, kein Wort von Verstärkung, keine Silbe über den Gegenangriff, der nach früheren Verlautbarungen am Morgen hätte anlaufen müssen.

Abgeschrieben, dachte ich voller Bitterkeit. Ich wusste damals noch nicht, dass dies die neue Taktik war, dass man ein Jahr später eine ganze Armee, unsere Nachbararmee, die sechste, draußen an der Wolga abschreiben würde wie eine Hand voll ersetzbaren Materials. Ich war tief beeindruckt, aber ich sagte mir, ein Regiment wie das unsere besäße doch genügend Kampfkraft, sich selbst zu behaupten, wenn die Division, wohl auf höhere Weisung hin, nichts für uns tun könne oder dürfe.

Um 7 Uhr 30 oder einige Minuten früher begann es wieder zu rumoren. Der Feuerschlag des Vortages wiederholte sich, und diesmal war unser Abschnitt der Amboss, auf den der Granatenhagel mit geballter Wucht niederschmetterte.

Auch Pawlowskaja war stark betroffen, wieder ging eine Anzahl Häuser in Flammen auf, und Rufe nach Sanitätern gellten durchs Dorf. Als der Beschuss endlich nachließ, meldeten die Bataillone, russische Infanterie greife vom Donez her an. Auch Panzer waren wieder dabei; sie wälzten sich durch den Schnee und walzten die Häuser nieder, in denen diejenigen von den unseren, die nicht in den Gräben am MG standen, vor der mörderischen Kälte Schutz suchten. Trotzdem hielten die Kompanien fürs Erste ihre Stellungen. Aber es war ein ständiges Hin und Her. Auf Einbrüche, die der Feind erzielte, erfolgte der Gegenstoß, und wiederum wurde um die Häuser, um armselige russische Katen, gekämpft, um die Wärme, die darin zu finden war.

Um neun Uhr riss die Verbindung zum dritten Bataillon ab.

Einige Minuten später erschien Stabsarzt Mende, der Chef des Verbandplatzes, im Gefechtsstand. Er bat, den Kommandeur sprechen zu dürfen, und als der Oberst, der gerade Major Knappe an der Strippe hatte, frei war, legte er ihm nahe, für den Abtransport des Verbandplatzes zu sorgen. Die Verwundeten seien hilflos dem Artilleriefeuer preisgegeben, und viele Verwundungen und Erfrierungen könnten am Ort nicht behandelt werden.

Oberst Metzelbrod blickte abwesend vor sich hin, als wären seine Gedanken weit weg von Pawlowskaja. Doch als der Stabsarzt seine Bitte eindringlich wiederholte, unterbrach er ihn mit den Worten:

»Doktor, ich kann Ihnen nicht helfen, so bitter es mir ist. Es gibt zur Zeit kein Zurück – für keinen von uns. Im Süden – vermutlich auch im Osten steht der Russe. Ich habe den Ia ersucht, Sturmgeschütze einzusetzen. Aber ich fürchte, die Sturmgeschütze werden gegenwärtig an so vielen Ecken gebraucht, dass für unseren Schlittenweg nichts mehr übrig bleibt. – Nichts zu machen, Doktor!«

An Stabsarzt Mendes linker Wange zuckte die Narbe, die ihm vor Abbeville ein Paksplitter beigebracht hatte. Er verneigte sich steif wie jener alte Hauptmann an der Vormarschstraße.

»Verstehe, Herr Oberst«, sagte er, »eingeschlossen. Mit 20 Verwundeten oder, genau gesagt, 198. Aber die Zahl nimmt ja ständig zu. Hätte die Division da nicht früher disponieren können? Es sind doch Menschen, Herr Oberst, hilf- und wehrlose Menschen!«

Oberst Metzelbrod schüttelte den Kopf.

»Die Division, Doktor, die Division trifft keine Schuld. Das alles ist überraschend eingetreten. Man hat den russischen Angriff erwartet, aber weiter südlich in der Gegend von Artemowsk. Ich begreife Sie, Doktor, niemand begreift Sie besser als ich. Aber ich bin machtlos. Dazu kommt: Zum Abtransport Ihrer Verwundeten benötigt man Schlitten und Pferde oder die entsprechende Anzahl Sankas. Nun, die Sankas stehen unbeweglich in Slawiansk. Sie wissen ja, wie viele Motoren man im November zur Überholung nach Deutschland geschickt hat. Man richtete sich auf Winterquartiere ein und nicht auf einen Winterkrieg. Die Pferde aber sind zum großen Teil ins rückwärtige Armeegebiet gebracht worden. Sie waren fertig vom monatelangen Vormarsch und brauchten Ruhe, gutes Futter. Sie sehen, selbst wenn wir den Weg frei hätten, wäre der Abtransport Ihrer Verwundeten eine unlösbare Aufgabe.«

Stabsarzt Mende grüßte stumm und verließ uns. Ich folgte ihm in Gedanken ins Schulhaus, das angefüllt mit stöhnenden, aus ihren Wunden blutenden, halb erfrorenen Männern war, die alle verarztet und versorgt und gerettet werden wollten.

Plötzlich schrak ich aus meinen Gedanken auf. Vor mir stand Unteroffizier Baierle.

»Vom dritten Bataillon, Herr Leutnant«, sagte er mit verstörtem Ausdruck und reichte mir einen Funkspruch, der soeben eingegangen war.

Ich las: »Bataillonsgefechtsstand in Nahverteidigung. Goroditsche in Flammen. Erbitte Verstärkung. Hartung.«

Ich gab dem Oberst das Blatt. »Rufen Sie Eisen!«, befahl er scheinbar völlig ruhig.

»Herr Oberst«, bemerkte ich, einem plötzlichen Einfall folgend, »ich bitte darum, selbst gehen zu dürfen. Ich kenne das Gelände besser als Oberleutnant von Eisen.«

Oberst Metzelbrod zögerte. Dann stimmte er zu.

»Baierle wird mir so lange zur Hand sein«, sagte er.

»Nehmen Sie sich an Leuten, was Ihnen brauchbar scheint. Auch Feldwebel Strobel von der Schlittenkolonne mit seinem Zug. Gott befohlen, Emser! Und denken Sie an Goroditsche!«

In Stahlhelm, Mantel und Tarnhemd, die Maschinenpistole umgehängt, trat ich in den Schnee hinaus.

Nach Goroditsche

Auf den Rundungen der weißen Hügel wuchsen schmutziggraue Rauchpilze auf, verflüchtigten sich und machten neuen Platz. In der Ferne hämmerten die Paukenschläge der Abschüsse, mit widerwärtig jaulendem Fauchen zogen die Granaten ihre Bahn durch die eisige Luft, und wenn das Krachen der Einschläge allzu nah erfolgte, warfen wir uns in den Schnee und warteten, bis das Schwirren der Splitter zu Ende war. Eine Wolke schwärzlichen Qualms, durchzüngelt von gelbroten Flammen, die träge vor uns aufstieg und immer neu genährt wurde, wies uns die Richtung. Verworrenes MG-Feuer schnarrte, dazwischen flackerte Gewehrfeuer auf, oder das Ratsch-Bumm eines Panzers bellte.

74 Mann folgten mir in langer Reihe, darunter eine Granatwerfergruppe, die gerade, als wir aus Pawlowskaja ausmarschierten, von irgendwoher dort eingetroffen war. Ich hatte die Leute – es waren Versprengte – kurzerhand vereinnahmt, desgleichen zwei leichte Maschinengewehre, die herrenlos auf einem Schlitten gelegen hatten, der vor dem Schulhaus stand. Ich hatte den bunt aus allen möglichen Waffengattungen zusammengewürfelten Trupp in zwei Züge eingeteilt. Feldwebel Strobel, der Führer der Kolonne aus Slawiansk, hatte den ersten unter sich; den zweiten führte ein mehrfach ausgezeichneter Unteroffizier vom Pionierzug des Regiments.

Feldwebel Strobel ging neben mir. Er war ein trockener Bursche. Furcht schien er nicht zu kennen. Wegen einer Verwundung war er vor kurzem in den Stab des Pionierbataillons unserer Division versetzt worden; aber er hatte, wie er offen zugab, nichts dagegen, wieder an der Front zu sein. Er kannte unsere Aufgabe.

»Wir werden das schon schaukeln, Herr Leutnant«, meinte er voller Zuversicht.

Blutrot starrte die Sonne durch weiße Wolken. Außer uns, dem quirlenden Qualm vor uns und den immer neu aufsteigenden Rauchpilzen einschlagender Granaten gab es nichts, was sich regte in der eisigen, weiten Öde.

Wir zogen an einem zerschossenen Lkw vorbei. Er stand schon seit November dort und war schwer mit Schnee beladen.

Unter den Tritten unserer Stiefel knirschte die Schlittenbahn, die nur eine dünne Neuschneeschicht über der festgefahrenen Glätte aufwies. Der Frost schnitt wie mit Messern in unsere Gesichter, er trieb Tränen in die Augen, und die Tränen wurden auf den Wangen zu Eis. Von Zeit zu Zeit verfärbte sich eines der Gesichter kalkweiß. Man rieb es mit Schnee, und das Blut strömte zurück.

Das brennende Goroditsche war noch fern, doch schon stieg uns der Brandgeruch beißend in die Nase.

Durch die tiefen Schneewehen einer Schlucht stapften wir der Häusergruppe entgegen, in der sich Major Hartungs Bataillonsgefechtsstand befand. Nichts war zu hören, was auf ein Gefecht hätte schließen lassen. Im Näherkommen entdeckte ich am Fenster eines der von Einschlägen stark mitgenommenen Häuser einen MG-Lauf, aber sonderbarerweise fiel kein Schuss daraus. Dann bemerkten wir einen weiß gestrichenen Panzer, der an einem Abhang wie in sinnloser Wut um sich selber kurvte. Eine der Laufketten hing beschädigt herab. Und dicht bei den Häusern lagen etliche Russen reglos und halb versunken im Schnee.

Der Panzer blieb plötzlich stehen. Aus seinem Geschütz löste sich ein Rauchwölkchen. Nahe vor uns fuhr die Granate – ein Blindgänger – in den aufstiebenden Schnee.

Wir achteten nicht darauf und stürmten feuernd und brüllend zu den Häusern hinab. Mehrere Gestalten in rehbraunen Mänteln kamen aus den zersplitterten Türen hervor, hasteten, ohne einen Schuss abzugeben, in Richtung des Panzers davon und verschwanden hinter dem Hügel. Die Luke des Panzers öffnete sich, drei Mann in Pelzmützen stiegen heraus und liefen hinter den anderen her. Aber nur einer gelangte in Deckung.

Wir drangen in die zerstörten Häuser ein. Hinter dem verlassenen MG fanden wir zwei Tote. Von den anderen fehlte jede Spur. Wir riefen, durchforschten jeden Winkel, auch nach Gefallenen suchten wir, doch ohne jeden Erfolg. Zweifellos hatten die Russen mit großer Übermacht den Bataillonsstab ausgehoben und Major Hartung und alle anderen in die Gefangenschaft geführt. Eine andere Erklärung gab es nicht.

Ich ließ sammeln, und wir setzten den Marsch nach Goroditsche fort. Bald war Hartungsried, wie wir im Regiment die kleine Häusergruppe nannten, unseren Blicken entzogen. Der Weg führte auf eine Anhöhe, auf der uns MG-Feuer aus der linken Flanke empfing. Wir robbten durch den Schnee, bis der Weg sich wieder senkte. Ich dachte an den Oberst und sah ihn vor mir, wie er mir die Hand zum Abschied presste. Und ich glaubte die Worte nochmals zu vernehmen, die er mir mitgegeben hatte auf den Weg: »Denken Sie an Goroditsche!« Ganz gegen seine sonstige Gewohnheit, alles Persönliche auszuschalten, hatte er sich diesen Appell vom Herzen gerungen. Ich war entschlossen, ihn nicht zu enttäuschen.

Aus dem Dorf, dem wir zustrebten, schlugen noch immer riesenhafte Flammen, und der Rauch quoll senkrecht hoch.

Eine russische Batterie, die allem Anschein nach bereits diesseits des Donez stand, begann sich auf den Schlittenpfad einzuschießen, vermutlich, um uns von unserem Vorhaben abzubringen. Wir bogen rechts ab in den tiefen Schnee und traten abwechselnd die Spur. Aber wir kamen nur sehr langsam vorwärts.

Bis auf etwa fünf Kilometer hatten wir uns Goroditsche genähert. Vor uns lebte der Gefechtslärm wieder auf, und wir legten Tempo zu, so gut wir konnten, um möglichst schnell eingreifen zu können.

Auf einmal verdunkelte sich im Norden der Himmel. Die schwarzgraue Wolkenwand kam mit großer Geschwindigkeit näher. Eisiger Wind fauchte uns entgegen, trieb den aufgewirbelten Schnee in Wolken vor sich her und wurde zum Sturm. Es begann zu schneien, immer dichter fiel der Schnee, der Sturm überschüttete uns mit weißen Kaskaden. Wir mussten anhalten und kauerten uns im Schutz einer Wechte nieder. Es gab keine Sicht mehr, und unter dem Sausen des Schneesturmes erstickte jedes andere Geräusch.

Ich wusste, wir würden erfrieren, wenn wir dort,

wo wir Halt gemacht hatten, hocken blieben. Aber ich konnte mich nicht zur Umkehr entschließen. Ich trieb die Leute hoch, und wir stampften, die Arme schlagend, um uns selbst, um das Blut in Bewegung zu halten. Dicht neben uns lief der Schlittenpfad; er war jetzt tief überweht und kaum mehr erkenntlich.

Es dauerte eine Stunde, dann wurde es lichter, wenn der Schnee auch noch immer in Massen fiel.

Plötzlich erblickte ich voraus schemenhafte Gestalten, die auf dem Weg unendlich langsam herankamen. Ich machte Feldwebel Strobel auf die geisterhafte Wahrnehmung aufmerksam. Wir brachten die Maschinengewehre in Stellung, auch den Granatwerfer, den wir bei uns hatten, und erwarteten geduckt den stetig näher rückenden gespenstischen Zug. Dann erkannte ich an den Stahlhelmen und am Grau der Mäntel, dass es Leute von uns waren.

Ich sprang auf und rief.

Ein Mann, der an der Spitze der Kolonne durch den Neuschnee stapfte, löste sich von den anderen. Ich ging ihm entgegen, und gleich darauf sah ich, das war John, Leutnant Fritz John, Zugführer in Erich Metzelbrods Kompanie. Sein Mantel war zerfetzt und sein schlaff herabhängender linker Arm unter dem aufgerissenen Ärmel dick verbunden.

»Fritz!«, rief ich betroffen. »Mensch, Fritz!« Meine Stimme war mir selbst fremd geworden.

»Wir haben's geschafft«, sagte er, »der Schneesturm ist zur rechten Zeit gekommen.«

»Was ist mit Goroditsche?«, fragte ich.

Er machte mit der heilen Rechten, die in einem Fausthandschuh steckte, eine müde Bewegung. »Der Iwan sitzt in Goroditsche«, sagte er. »Wir hatten nur noch zwei Häuser. Der Kolchos ist abgebrannt.«

»Wir waren auf dem Marsch zu euch, Fritz«, bemerkte ich, »der Sturm hat uns aufgehalten.«

»In Ordnung, Emser«, sagte er. Seine Augen flackerten wie im Fieber.

Erst jetzt fragte ich stockend nach dem Sohn des Kommandeurs.

John drehte sich um – die Kolonne war inzwischen herangekommen – und deutete auf den ersten der Schlitten, die erschöpft taumelnde Soldaten im Mannschaftszug hinter sich herschleppten. Die Schlitten waren mit in Decken gehüllten Gestalten beladen.

John ging mit mir zu dem vordersten Schlitten. Zwischen zwei Landsern, die ich nicht kannte, lag Erich Metzelbrod. Sein gelbbleiches, stoppelbärtiges Gesicht war mit gefrorenen Blutrinnsalen gesprenkelt. Die Augen waren geschlossen, die Lippen fest zusammengepresst. Schnee häufte sich auf den Decken.

»Als wir Goroditsche räumten«, sagte John, »war er noch am Leben. Sieh dir die Kompanie an, Emser. Ganze 36 Mann, die 18 Verwundeten nicht mitgezählt.«

Ich stellte aus meinen beiden Zügen eine Marschsicherung auf und nahm John, der am Zusammenbrechen war, beim Arm.

Als wir uns Hartungsried näherten, im Schneetreiben, das nach kurzem Nachlassen wieder dichter war, gewahrte ich im Schutz der zerschossenen Häuser eine Ansammlung von Landsern. Sie kreiselten die Arme und stampften im Schnee. Leutnant Zeltinger kam auf uns zu.

»Was ist mit Major Hartung?«, fragte er.

Ich zuckte die Schultern. »Wahrscheinlich in Gefangenschaft. Und Sie, Herr Zeltinger?«

»Ja«, sagte er, »ich. Von zwei Kompanien bin ich der einzige überlebende Offizier. Ich wollte mich gerade in Hartungsried sesshaft machen. Was halten Sie davon?«

Ich stimmte zu. »Der Kommandeur wird dann entscheiden«, sagte ich und gab Zeltinger die Hand.

Wir zogen weiter. Aber erst gegen Abend kamen wir in Pawlowskaja an und brachten die Verwundeten – durch Artilleriebeschuss waren unterwegs noch fünf Mann dazugekommen, darunter Feldwebel Strobel – zum Verbandplatz. Auch Leutnant John blieb in der Schule.

Der Ort Pawlowskaja, in dem zwei Tage zuvor kaum Bewegung gewesen war, glich jetzt einem Heerlager. Wieder brannten einige Häuser, die Treffer bekommen hatten. Davor standen Soldaten und wärmten sich, Versprengte aller Waffengattungen.

Nachdem ich dafür gesorgt hatte, dass alle Leute, die ich mitgebracht hatte, untergekommen waren, meldete ich mich beim Kommandeur. Er wusste bereits durch Versprengte, was in Hartungsried geschehen war. Er sah mir fest in die Augen.

»Wie steht's, Emser?«, fragte er. Es war leicht zu erraten, worauf sich seine Frage bezog.

»Oberleutnant Metzelbrod ist verwundet«, antwortete ich, »wir haben ihn auf dem Verbandplatz abgeliefert. Auch Leutnant John. In Goroditsche sitzt der Russe, Herr Oberst.«

Der Oberst nickte. »Danke, Emser«, murmelte er, »guter Emser.«

Er holte Mantel und Mütze und verließ den Gefechtsstand. Er ging gebeugt wie unter einer schweren Last.

Ich war auf einmal todmüde und legte mich auf die Ofenbank. Meine Augen füllten sich mit Tränen. Vielleicht war es die Nachwirkung des sibirischen Frostes und der blendenden Helle, die vom Schnee ausging wie fahler Totenschein.

Die Insel Pawlowskaja

Der Funkunteroffizier riss mich mit aufgeregtem »Herr Leutnant – Herr Leutnant!« aus tiefem Schlaf.

»Was ist denn?«, fragte ich, noch halb benommen. »Sind die Russen da?«

Der rosige Baierle, der immer wie frisch gebadet aussah, lachte. »Bewahre, Herr Leutnant! – Das erste Bataillon!«

Er hielt mir den Fernsprechhörer hin, und erst jetzt erfasste ich, was los war. Ich meldete mich mit Namen. Major Knappe fragte nach dem Kommandeur.

»Der Herr Oberst ist im Verbandplatz«, erwiderte ich.

»Was? – Verwundet?«, rief der Major. Seine Stimme klang undeutlich. Im Draht war ein zischendes Tosen.

»Nein«, sagte ich, »nein, Herr Major, nicht der Kommandeur. Oberleutnant Metzelbrod liegt im Verbandplatz. Der Kommandeur ist bei ihm. Feenwald ist beim Feind.« Feenwald war die Tarnbezeichnung für den nunmehr verlorenen Stützpunkt Goroditsche.

Major Knappe brummte etwas Unverständliches. Ich fragte zurück, aber er wiederholte das soeben Gesagte nicht. Es war wohl kein ausgesprochen feines Wort gewesen.

»Ich habe nichts Besseres zu berichten, Emser«, erklärte er, »Buckelweide, Salzfass und Wintersonne mussten aufgegeben werden. War nichts zu machen. Sie kamen in Massen mit ›Urraa‹ durch den Schnee. Wir haben sie aufgefangen, aber wir mussten zurückgehen. Ich halte jetzt die Linie Balka–Drei Eichen. Augenblicklich ist es ruhig; aber ich rechne damit, dass der Gegner spätestens morgen Früh nachstößt. Sie wissen ja, er kann jetzt ungehindert über den Fluss nachführen, was er braucht. Übrigens: Waldeule hat sämtliche Geschütze gesprengt. Sie wurden buchstäblich überrannt. Mit einem Zug von mir nahmen sie die Feuerstellung wieder, aber die Geschütze konnten sie nicht herausholen. Keine Zugmittel – die Zugmaschinen eingefroren. Punktum.«

»Gesprengt?«, rief ich entsetzt aus. Es war das erste Mal, dass ich hörte, Kanoniere hätten ihre eigenen Geschütze vernichtet. Waldeule war eine Batterie schwerer Feldhaubitzen, die in der Nähe von Major Knappes Gefechtsstand in Stellung gewesen war. Demnach war der Russe schon bis dorthin vorgedrungen, und wenn man ihn auch fürs Erste abgewiesen hatte, war doch den Worten des Majors zu entnehmen, dass man mit seinem Wiederkommen rechnete.

Major Knappe war noch nicht zu Ende. Er gab die Verluste dieses Tages durch. Erschreckende Zahlen. Dann forderte er MG-, Gewehr- und Granatwerfermunition, Handgranaten, Verpflegung und Bekleidung an. Bei der Absetzbewegung der Kompanien war eine Menge Material liegen geblieben. Auch die Infanteriegeschütze hatten sich nahezu verschossen. Ich versprach, alles an den Kommandeur weiterzuleiten, wir würden unser Möglichstes tun.

Nachdem ich den Hörer aufgelegt hatte, kam ein Wachtmeister, der während des Gesprächs den Gefechtsstand betreten hatte, heran und meldete sich, die Hacken zusammenknallend, als Wachtmeister Schelle vom Artillerieregiment 208, neunte Batterie, mit acht Versprengten.

»Geht mal hinüber ins Nebenhaus«, sagte ich, »und lasst euch in der Küche der Stabskompanie was zu essen geben!« Der Mann sah aus, als ob er nahe am Umfallen wäre. Er zögerte, und ich fragte, was es sonst noch gebe.

»Da muss ich wohl allein gehen, Herr Leutnant«, sagte er.

»Wieso allein?«, fragte ich. »Ich denke, Sie haben acht Mann bei sich?«

Er atmete tief.

»Die sind auf dem Verbandplatz, Herr Leutnant«, erwiderte er, »drei mit Erfrierungen – die anderen verwundet. Ich habe sie eine Nacht lang und den ganzen Tag über mit Flüchen durch den Schnee getrieben. War nicht anders zu machen, Herr Leutnant. Sie wären sonst liegen geblieben und erfroren.«

»Sie sind ein braver Mann, Wachtmeister Schelle«, lobte ich ihn.

Er lächelte dankbar, grüßte und hinkte hinaus. Vielleicht hatte er einen Fuß erfroren oder war ebenfalls verwundet.

»Arme Schweine!«, meinte Unteroffizier Baierle. »Wie konnte denn so was passieren, Herr Leutnant? Das ist ja 'ne glatte Katastrophe!«

»Katastrophe«, verwies ich ihn, »jetzt machen Sie mal nicht schlapp, Baierle! Wir haben allerhand hier drin in unserem Dorf!«

»Jawohl, Herr Leutnant«, gab der Unteroffizier zu, »aber wenig Kampftruppen. Die Bataillone haben mit sich selber zu tun.«

»Schluss jetzt, Baierle!«, fuhr ich ihn an, ziemlich ärgerlich, vermutlich, weil ich ihm innerlich Recht geben musste. Was jetzt fast ununterbrochen nach Pawlowskaja zusammenströmte, war im Falle eines Angriffs auf das Dorf mehr Ballast als wirksame Hilfe.

Die Tür ging wieder, aber diesmal kam kein neuer Versprengter herein, sondern der Kommandeur. Ich berichtete ihm von Major Knappes Anruf – den er in ähnlicher Form erwartet hatte – und fragte ihn dann, ob es etwas Neues gebe.

Der Oberst blickte starr an mir vorbei.

»Die Operation scheint gut verlaufen zu sein, wenn ich dem Doktor Glauben schenken darf. Verschiedene Splitter allerdings konnte er nicht entfernen. Das ist das Schlimme. Später, meinte der Doktor, im Lazarett. Mit der behandschuhten Rechten fuhr er sich über die Stirn, wie um einen schwarzen Gedanken wegzuwischen. »Grausam«, fuhr er fort, »Emser, der Krieg ist grausam. Liegen viele drüben. Alle Gänge sind voll. Mit zweien ging es zu Ende, als ich vor dem Operationsraum wartete. Einer rief nach seiner Frau. Ich hielt seine Hand, bis es vorüber war. Beide wären durchgekommen, meint der Doktor, wenn er sie rechtzeitig ins Lazarett hätte schaffen können. Er steht buchstäblich im Blut, Emser. Überall Blut – auf der Schürze, an Armen und Händen. Zu dritt sind sie ununterbrochen an der Arbeit, er, der Assistenzarzt und der Unterarzt. Auf drei Tischen liegen die Verwundeten. Von der Balka, von Goroditsche, von überall her. Manche humpeln zu Fuß zum Verbandplatz, manche kommen auf Schlitten, andere auf Tragen. Und wenn die Krankenträger ihre Last absetzen, müssen sie gleich mit ins Schulhaus, weil ihre Hände erfroren sind. Ununterbrochen kommen sie, Emser, fast ununterbrochen. Splitter, Schussbrüche, Durchschüsse und so viele Erfrierungen. Grausam, Emser. Und dort liegt auch mein Erich. Ohne Bewusstsein. Mein Letzter, Emser. Er hatte so große Pläne, Sie wissen ja. Ist er dafür Geologe geworden? Im Juli 39, Sie erinnern sich, bekam er den Kontrakt nach Kapstadt. Aber nein. Nach Nakel an der Netze ging es, nach Bromberg, über die Weichsel und dann an den Westwall. Und Kapstadt war ein Traum. Und zu Hause, meine Frau, die nichts ahnt, und Anneliese, Erichs Frau, die jetzt das Kind erwartet. So jung – so vertrauensvoll. ›Bring ihn mir wieder!‹, sagte sie, als er zu mir ins Regiment kam. ›Bring ihn mir wieder!‹ Und ich habe ihn nach Goroditsche geschickt. Und jetzt liegt er dort drüben im Schulhaus – und später … Gibt es denn ein Später? Und in Pawlowskaja sammelt es sich. Da ein Trupp – dort ein Trupp. Kleine Gruppen – sechs Mann, zehn Mann –, so kommen sie aus dem Schnee. Und waren einmal Züge, Kompanien, Batterien, Abteilungen, Bataillone. Alles fest gefügt, wie man meinte. Und jetzt: wie Spreu versprengt, zerschlagen, in Lumpen, erfroren, in Wunden. Und alles strebt auf Pawlowskaja zu. Es ist der Magnet. Als ob hier Zuflucht wäre! Es ist wie eine Schlinge, Emser, eine Schlinge, die sich enger und enger zieht« – wie in Atemnot zerrte er am Kragen der Feldbluse –, »und drüben im Schulhaus, Emser, das ist das Furchtbare! Da liegen sie auf Pritschen, auf den wenigen Betten, auf Tragen, wie man sie gebracht hat, auf blutdurchtränktem Stroh, und mir war, als ob ein jeder mir zuriefe: ›Oberst Metzelbrod, hilf!‹ Ja, Emser, und da stehe ich und muss zusehen, wie die Schlinge sich zusammenzieht. Pawlowskaja – ausgelöscht, vertilgt …« Plötzlich straffte sich sein gebeugter Rücken. »Ach was!«, stieß er hervor. »Geben Sie mir die Meldungen, Emser: Stärkemeldung, Verlustmeldung, Munitionsmeldung!«

Ich holte vom Tisch das Verlangte. Es war natürlich nicht vollzählig. Ich wies den Oberst darauf hin.

»Vollzählig«, sagte er, »das war vor zwei Tagen, Emser, oder vor drei – wie lange geht das denn eigentlich schon?« Er kam auf mich zu und packte mich bei den Schultern. »Emser, wissen Sie, woran ich denke?«

»Jawohl, Herr Oberst«, erwiderte ich, »aber das wäre unmöglich. Es wäre gegen den Befehl!«

Da er nichts darauf sagte, fügte ich hinzu: »Herr Oberst denken an – an Oberleutnant Metzelbrod.«

»Vielleicht haben Sie Recht, Emser«, versetzte er stockend und schob mir einen langen Funkspruch zu. »Haben Sie das gelesen?«

Ich bejahte. Es war das Letzte, was von der Division eingetroffen war. Eine ziemlich dramatisch gehaltene Verhaltensmaßregel für Eingeschlossene, die gewiss kein nüchtern denkender Generalstäbler, ja, wohl überhaupt kein Soldat ausgearbeitet hatte. Es klang viel eher nach den Traktaten, die der Propagandaminister im »Reich« drucken ließ. »Bis zur letzten Patrone – die Unterkünfte niederbrennen, damit der Feind keine Quartiere findet, wenn man selbst keine mehr braucht. Den Kameraden in entfernten Stützpunkten ein Beispiel geben.« So ungefähr.

»Das ist ja Mord«, sagte ich, aber was war damit gewonnen, dass dieses ketzerische Wort ausgesprochen war? Es war immerhin ein Befehl!

Der Oberst entgegnete nichts. Aber Unteroffizier Baierle und der Funker Hannemann starrten mich an, als fürchteten sie, ich hätte den Verstand vollends verloren.

»Starrt nur«, dachte ich, »wenn die Russen vor der Tür stehen, werdet ihr 's schon merken, wie viel ihr denen dort oben wert seid.«

Ich riet dem Oberst, sich erst einmal zur Ruhe zu legen, ich würde ihn, wenn erforderlich, wecken.

»Ja, ich glaube, es ist das Beste, Emser«, meinte er. »Vergessen Sie 's!«

Bevor er die Zeltbahn zur Seite schob, schärfte er mir ein, ihn sofort zu rufen, wenn Nachricht von Stabsarzt Mende käme.

Was wird werden, fragte ich mich, Gefangenschaft oder Untergang? Auf Entsatz von außen war offenbar nicht zu hoffen. Der geplante Gegenangriff war nach einer Verlautbarung, die während meiner Abwesenheit von der Division eingelaufen war, ein glatter Fehlschlag gewesen und hatte, wie es schien, das Ausmaß der Katastrophe – denn eine solche war der Durchbruch der Russen im Abschnitt Isjum – nur noch erhöht. In den Aufmarsch unserer Angriffstruppen musste der Russe mit starken Kräften gestoßen sein, sodass nicht einmal die Bereitstellungsräume erreicht werden konnten und alles in Flucht und Panik endete. Der Ring um Pawlowskaja war geschlossen. Auch im Osten hatten Spähtrupps feindliche Kräfte festgestellt. Und das rechte Nachbarregiment, unser Schwesterregiment, war ebenfalls abgeschnitten. Auch von dort her war keine Hilfe zu erwarten.

Wie mochte man drüben in Dolgenskoje den Befehl

beurteilen, der uns gleichsam festnagelte, der jede Bewegung, jedes Ausweichen verbot? Wie sollte ein Truppenführer, solchermaßen gebunden, noch Entschlüsse fassen? Was blieb dem Divisionskommandeur, wenn höheren Ortes über seine Regimenter verfügt wurde? Der Befehl sei den Einheiten bekannt zu geben, hieß es. Als ob man die Standhaftigkeit unserer Soldaten, die über jedes Lob erhaben war, noch stärken könnte, indem man ihnen zu verstehen gab, sie sollten jede Hoffnung begraben.

Auch der Obergefreite Hannemann, der jetzt Unteroffizier Baierle, den ich zur Ruhe geschickt hatte, am Funkgerät vertrat, schien sich mit ähnlichen Gedanken zu quälen. Er wusste als Funker, wie es um uns stand. Ob wir uns darauf vorbereiten sollten, vom Feind kassiert zu werden, fragte er mich.

»Hannemann«, wies ich ihn zurecht, »wie kommen Sie denn darauf, Mann? Gefangenschaft! Sie kennen doch den Befehl. Bis zur letzten Patrone, heißt es da!«

»Wenn aber nun nichts mehr zu machen ist, Herr Leutnant?«, wandte der Funker ein.

»Lassen Sie den Quatsch, Hannemann«, sagte ich, »vorläufig gibt's noch 'ne ganze Menge zu tun!«

Wie zur Bestätigung meiner Worte hallte draußen unversehens Gefechtslärm auf. Es hatte den Anschein, als ob es schon Pawlowskaja gälte. Ich bedeutete dem Obergefreiten, er solle den Kommandeur, den Funkunteroffizier und die Melder wecken. Im Nu war ich im Mantel, setzte Kopfschützer und Stahlhelm auf, nahm die Maschinenpistole und rannte hinaus.

Noch immer zuckte Feuerschein über den Schnee. Einzelne Gestalten hasteten, Karabiner in den Fäusten, in die Richtung, aus der jetzt deutlich das Schnarren mehrerer Maschinengewehre – darunter auch russischer – und das Knallen detonierender Handgranaten hallten. Es schien aus der Gegend der Mühle zu kommen, wo Major Moll mit seiner Abteilung eingezogen war. Rote Leuchtkugeln stiegen in die dunkle Winternacht, in der nur der Schnee, soweit er nicht von Bränden erhellt war, ein mattes Leuchten verbreitete. Geschützfeuer mischte sich jetzt in das Lärmen der Infanteriewaffen. Ich sah das Aufblitzen von Mündungsfeuer und entnahm daraus, Major Molls Abteilung greife in den Kampf ein.

Als ich bei der Mühle ankam, fand ich Major Moll mit seinen drei Batteriechefs.

»Abgeschmiert«, sagte er lachend, »ich schätze, die Burschen hatten 's auf meine Kanonen abgesehen. Wir haben ihnen im direkten Beschuss heimgeleuchtet.«

»Wie sind die nur so nahe herangekommen?«, fragte ich. »Die müssen das erste Bataillon umgangen haben. Hat das denn niemand bemerkt?«

»In solcher Nacht, Herr Emser«, meinte Major Moll, »gehe ich mit einem ganzen Regiment, wenn es sein muss, nach Lissischansk, ohne dass der Russe etwas merkt.«

Diese Worte setzten sich in mir fest, während ich nach dem Dorf zurückkehrte. So gäbe es also doch einen Ausweg, sagte ich mir. Aber ich verwarf diesen Einfall, denn da war der Befehl, der dem

Regiment, wenn es zum Schlimmsten käme, Pawlowskaja als Grabstätte zuwies. Dem Regiment und allem, was jetzt unter Oberst Metzelbrods Kommando stand.

»Alles klar, Herr Oberst«, sagte ich zum Kommandeur, der mich an der Tür des Gefechtsstandes empfing. »Der Besuch hat wohl den Geschützen von Herrn Major Moll gegolten.«

Wir arbeiteten nun, da es den Anschein hatte, als ob es für Pawlowskaja bald ernst werden würde, einen Plan zur Rundumverteidigung aus, und die Melder überbrachten die schriftlichen Befehle den Einheitsführern, von denen nun schon eine ganze Anzahl in oder bei Pawlowskaja saß. Streng genommen hatten viele von ihnen bereits gegen das Gebot, keinen Stützpunkt, keine Stellung aufzugeben, gehandelt. Aber an uns war es nicht, Anklage zu erheben. Wir wussten nur zu gut, wie alles gekommen war.

Später unternahmen Oberst Metzelbrod und ich, während Oberleutnant von Eisen den Kommandeur im Gefechtsstand vertrat, einen Rundgang durchs nächtliche Pawlowskaja. Der Oberst wollte sich überzeugen, wie weit seine Befehle bereits ausgeführt worden waren.

Überall waren erfinderische Männer dabei, die Häuser, in denen sie sich eingenistet hatten, mit neuartigem Splitterschutz zu versehen, indem sie gegen die Mauern Schnee anhäuften und diesen mit Wasser begossen. So entstanden Eispanzer, die vielleicht sogar Schutz vor Volltreffern boten. Viele erkannten den

Oberst, hielten, wenn wir herankamen, in ihrer eifrigen Arbeit inne und grüßten mit betonter Exaktheit, als wollten sie ausdrücken: Metzelbrod, du wirst es schon richtig machen!

Pawlowskaja war fürs Erste bereit. Wir suchten Major Moll in der Mühle auf und kehrten dann zurück. Ins Schulhaus wurden soeben wieder Verwundete eingeliefert. Sie kamen vom ersten Bataillon. Wir betraten das zweistöckige Gebäude, das wie durch ein Wunder bisher noch keinen ernstlichen Treffer erhalten hatte. Im schwach durch eine Kerosinlampe erhellten Gang zu ebener Erde lagen dicht bei dicht Verwundete auf Stroh. Auch zwei der Klassenzimmer waren mit stöhnenden, fiebernden Gestalten überfüllt. Im dritten waren die drei Ärzte mit Unterstützung von zwei Sanitätsdienstgraden am Werk.

»Nichts Neues!«, rief Stabsarzt Mende uns zu, der soeben die klaffende Brustwunde eines blutjungen, leise jammernden Menschen nähte.

Ich wandte den Blick ab, und wir schlossen die Tür und stiegen die Treppe hinauf. Auch im Oberstock lagen Verwundete auf Stroh. In einem Zimmer fanden wir, durch einen Sanitäter geleitet, den Gesuchten. Er lag, wie die meisten Schwerverwundeten, auf einem Bett unter mehreren Decken.

»Er ist noch nicht zu sich gekommen«, sagte der Sanitäter.

Die gelbliche Blässe des vertrauten Gesichts wirkte erschreckend und entmutigend auf mich. Er schafft es nicht, sagte ich mir, und ein Blick auf den Oberst zeigte mir, dass auch er tief beunruhigt war. Aus einem der anderen Betten – zwölf standen dicht gereiht in dem kleinen Raum – richtete sich jemand mühsam auf. Es war John, Fritz John, mit dem ich mich auf dem Vormarsch eng befreundet hatte.

»Geht's besser, John?«, fragte der Kommandeur mit müder Stimme.

»Jawohl, Herr Oberst«, antwortete John, »aber die Flosse ist weg. Ich wollte nicht, aber Stabsarzt Mende meinte, wenn ich ihm heute die Hand nicht gäbe, koste es morgen den ganzen Arm oder womöglich das Leben.«

Der linke Arm war so dick verbunden, dass man das Fehlen der amputierten Hand nicht bemerkte. Auch John war bleich, aber ich hatte den Eindruck, er habe es überstanden.

Behutsam strich der Oberst über die Stirn seines Sohnes. Dann gingen wir, und ich war froh, als nach dem Geruch von Blut, Lysol und Äther wieder reine Winterluft in die Lungen drang.

Wir betraten den Gefechtsstand, lösten Eisen ab und legten uns zur Ruhe. Was sollten wir anderes tun? Und die Nacht verlief so, als habe auch der Krieg eine Atempause eingelegt.

Am Morgen jedoch stand auf einmal Major Knappe, der Kommandeur unseres ersten Bataillons, vor mir. Sein Gesicht wirkte heruntergekommen, als ob er mehrere Nächte hindurch gezecht hätte. Aber dem war natürlich nicht so. Er war einfach lange ohne Schlaf gewesen und hatte das ganze Elend eines Mannes durchgemacht, der zusehen muss, wie diejenigen, die ihm anvertraut sind und für die er Verantwortung fühlt, niedergemäht wurden. Wie durch ein Wunder war er selbst unversehrt.

»Emser«, sagte dieser große, unerschrockene Mann, der genügend Proben persönlicher Tapferkeit gegeben hatte, »Emser, hier sind wir. Geschlagen, regelrecht geschlagen. Es war die Kälte. Als sie uns aus den Häusern hinausgeboxt hatten, war die Sache entschieden. Die Männer sind mir an den MGs erfroren. Was geht denn vor? Pawlowskaja hängt doch in der Luft?«

Ich schob ihm den letzten Befehl hin und entfernte mich, um den Kommandeur zu holen.

Es war schon hell draußen. Die russische Artillerie begann mit dem »Morgengruß«. Aber noch etwas anderes war zu hören: Flugzeuge. Es mussten eigene sein, denn bald bellte die russische Flak, und gleichzeitig rumpelte es vom Einschlag der Bomben.

Oberst Metzelbrod war schon wach. »Nachricht vom Doktor?«, fragte er.

»Nein«, sagte ich, »Major Knappe ist hier, Herr Oberst.«

Der Kommandeur sprang vom Lager auf. »Knappe?«, rief er entgeistert aus, obgleich doch eigentlich nichts anderes zu erwarten gewesen war.

»Ich lasse Herrn Major Knappe bitten«, sagte er nach einer Pause in einem Ton, wie ich ihn nie zuvor von ihm gehört hatte. Es war, als sei seine Stimme zu Eis geworden.

Der Major begab sich in die Kammer, und ich bemühte mich, so etwas wie eine Morgenmeldung zusammenzubringen.

Plötzlich war mir, als rase etwas mit fürchterlicher Wucht direkt auf mich zu. Ich wurde, halb betäubt, durch die Stube geschleudert, hörte etwas wie einen unfassbaren Donnerschlag, und als ich, nach Sekunden, wieder klar kam, bot sich mir ein Anblick unvorstellbaren Grauens. Das Dach unseres Hauses war aufgerissen; Schnee, Strohfetzen und Sparren häuften sich wirr auf dem Boden, und Flammen fuhren aus dem Wirrwarr hoch.

Ich sprang auf, erstaunlicherweise völlig unverletzt. Der Oberst, Major Knappe und die Melder waren schon zur Stelle. Auch ihnen war nichts geschehen. Gemeinsam bemühten sie sich, und ich half ihnen dabei, Baierle und Hannemann aus den brennenden Trümmern zu befreien. Einige fremde Soldaten kamen hinzu, doch den beiden Funkern war nicht mehr zu helfen. Hannemann war von einem Dachbalken erschlagen worden, und Unteroffizier Baierle hatten mehrere Splitter tödlich getroffen. Als wir ihn draußen im Schnee hatten, war es zu Ende mit ihm. Er musste innerlich verblutet sein.

Wir zogen mit allem, was geborgen werden konnte, ins Nebenhaus. Major Knappe ging zu seinem auf zwei schwache Kompanien zusammengeschmolzenen Bataillon, das am Nordwestrand von Pawlowskaja in Stellung gehen sollte.

Wir hatten uns kaum eingerichtet im neuen Quartier, als unversehens, wie ein Gespenst der weißen Öde, Major Hartung, der in Hartungsried vermisste Kommandeur des dritten Bataillons, den wir bei den Russen hinter Stacheldraht glaubten, durch die Tür trat. Auch er war, wie alle, die von vorn kamen, und wie im Übrigen auch Oberst Metzelbrod und ich, seit Tagen nicht rasiert.

»Major Hartung, aus russischer Gefangenschaft zurück«, meldete er sich beim Kommandeur.

»Hartung«, rief der Oberst wie von einem Albdruck befreit aus, als ob das unvermutete Erscheinen des Majors eine glückliche Wendung verhieße, »Hartung, wie haben Sie das geschafft?«

Major Hartung berichtete. Er begann damit, wie er und sein Stab in Hartungsried von überlegenem Feind eingekesselt worden waren. Auf einmal standen fünf Russen mit Maschinenpistolen im reichlich beschädigten Gefechtsstand. Die Überrumpelten hatten die Hände erhoben und waren ins Freie geführt worden.

Ein Leutnant, offenbar ein fanatischer Bolschewik, nahm die Gefangenen mit den deutsch gesprochenen Worten »Verrnehmunk – dann tott!« in Empfang. Drei Rotarmisten, die es dem Leutnant anscheinend verübelten, dass sie nicht wie die anderen ins Warme durften und nicht an der Beute teilhaben konnten, erhielten Befehl, die »Germanski« zur nächsten Kommandostelle zu eskortieren. Aus einem Panzer, dem eine gut gezielte Handgranate während des vorangegangenen Gefechtes die Laufkette zerfetzt hatte, drohte ein Russe mit erhobener Faust, als die Gefangenen mit ihren Wächtern vorbeistapften.

Als sie sich dem Donez näherten, zwang sie ein Feuerüberfall der deutschen Artillerie in den Schnee. Und dann, während sie über das verschneite Eis tappten, frierend, in dem dumpfen Gefühl, geliefert zu sein, war der Schneesturm über sie hereingebrochen, der uns auf dem Marsch nach Goroditsche erfasst hatte. Die Rotarmisten hatten sich niedergeworfen, und die Gefangenen waren ihrem Beispiel gefolgt.

Major Hartung aber hatte die Pistole gezogen, die er nach alter Gewohnheit in der Hosentasche trug und die bei der oberflächlichen, mit Fausthandschuhen vorgenommenen Untersuchung in Hartungsried nicht entdeckt worden war. Jetzt feuerte er einen Schuss auf jeden der Bewacher – und das Knallen verhallte ungehört im Tosen des Sturmes. Major Hartung und die seinen hasteten, vom Sturm förmlich getragen, zum Ufer zurück und suchten Schutz in einer mit Eichengestrüpp überwachsenen Schlucht. Dort warteten sie, vom Frost gepeinigt, bis zum Einbruch der frühen Dunkelheit. Dann marschierten sie los. Zwei Mann blieben mit erfrorenen Füßen liegen. Man hob die beiden auf und schleppte sie mit, bis zu den Knien im Schnee einsinkend. Einmal huschte ein russischer Spähtrupp auf Skiern nahe vorbei. Vor dem ersten Morgengrauen rief ein deutscher MG-Posten den Major an, und damit war das Abenteuer zu Ende.

Major Hartung bat den Kommandeur, ihm anzugeben, wo er sein Bataillon finden könne. Er war sich natürlich darüber klar, dass die Kompanien nicht mehr in den alten Stellungen lagen.

Oberst Metzelbrod wies auf der Karte auf ein Gehöft am Nordostrand von Pawlowskaja. »Dort liegt Leutnant Zeltinger mit den Resten von zwei Kompanien«, erläuterte er. In der Nacht hatten Melder Leutnant Zeltinger den Befehl überbracht, bis zu dem Gehöft zurückzugehen und sich dort erneut festzusetzen. Jetzt schickte Major Hartung, mit seinem Stab gerade eben erst dem höchst ungewissen Los russischer Gefangenschaft entronnen, sich an, sein Kommando wieder zu übernehmen.

In mir bäumte sich etwas auf. Ich wollte dem Geretteten zurufen, er habe dies alles auf sich genommen, um nun in Pawlowskaja wie ein Hund zu verenden. Aber ich schwieg natürlich und blickte ihm durch die offene Tür nach, wie er aufrecht die weiße, von Trichtern zernarbte Dorfstraße hinaufschritt. Dann schloss ich die Tür.

Das Haus, in dem wir untergekommen waren, war Oberleutnant von Eisens Quartier gewesen. Eisen hatte in der Nacht die Versprengtensammelstelle übernommen, die im »Haus der Jugend« eingerichtet worden war.

Draußen schneite es wieder in feinen, aber immer dichter fallenden Flocken. Dies kam all denen zu Gute, die aus der weißen, von feindlichen Trupps durchstreiften Einsamkeit Pawlowskaja zustrebten.

Da das gesamte Regiment jetzt in oder unmittelbar um Pawlowskaja versammelt war – auch Hauptmann

Merz hatte sich mit dem zweiten Bataillon bis zum Nordrand des Dorfes abgesetzt –, war es uns möglich, die meisten Verbindungen durch Melder aufrechtzuerhalten. Die Vermittlung war am Vormittag durch einen Volltreffer ausgefallen, und unser Funkgerät war im alten Gefechtsstand vernichtet worden. Zur Division gab es keine Verbindung mehr, denn mit dem Tornistergerät, das Major Moll uns zugestellt hatte, kamen wir nicht durch.

Gegen Mittag schickte Oberleutnant von Eisen uns zwei Mann – Versprengte von der Panzerjägerabteilung unserer linken Nachbardivision, in deren Abschnitt der Durchbruch der Russen erfolgt war. Die beiden schilderten den Rückzug, die Panik, als Kosaken mit blanken Säbeln über sie herfielen, und das kopflose Durcheinander, das in dem Städtchen Barwenkowo an der Bahnlinie herrschte. Mit anderen zusammen, die sich unterwegs von ihnen trennten, hatten die beiden Panzerjäger den Ort verlassen, an dem in Silos das riesige Armeeverpflegungslager untergebracht und nunmehr schutzlos preisgegeben war. Unter kaum vorstellbaren Strapazen, fast ständig in Gefahr, den Russen in die Hände zu laufen, hatten sie sich bis Pawlowskaja durchgeschlagen. Lossowaja sei auch bereits bedroht oder gar schon eingenommen, behaupteten sie, ja, russische Panzer bewegten sich unaufhaltsam gegen Pawlowgrad. Man rechne sogar mit dem baldigen Fall von Dnjepropetrowsk.

Wenn dies auch reichlich übertrieben sein mochte – wo gedeihen die Gerüchte üppiger als auf dem Rückzug? –, veranschaulichte der Bericht der beiden Panzerjäger uns doch zum ersten Mal, in welchem Maße die 17. Armee und die erste Panzerarmee im Süden bereits gefährdet waren und wie unhaltbar unsere eigene Lage geworden war. Wir hingen, ebenso wie das Schwesterregiment im Nachbarort Dolgenskoje, buchstäblich in der Luft. Naturgemäß aber bildeten wir zugleich einen Dorn und eine Flankenbedrohung für die nach Südwesten vordringenden Russen, und die Annahme, dass sie baldigst versuchen würden, uns auszuheben, lag daher mehr als nahe.

Den Rest des Tages war der Kommandeur damit beschäftigt, sein Augenmerk auf die Verteidigung von Pawlowskaja zu richten. Wir hatten jetzt reichlich Artillerie am Ort – alles in allem den Geschützbestand eines Regiments –, dazu Panzerabwehrkanonen (Pak), Zwei-Zentimeter-Flak, Infanteriegeschütze und Granatwerfer, denn vieles war im Laufe der Nacht und im Schutz des dichten Schneetreibens vor dem Zugriff des zunächst nur zögernd vortastenden Feindes gerettet worden.

Zudem war Pawlowskaja jetzt mit annähernd 2000 Mann belegt. Die Munition allerdings war nicht ausreichend, einer längeren Belagerung standzuhalten.

Die Auswahl geeigneter Stützpunkte und die Einteilung des Vorhandenen erforderte höchste Konzentration. Der geringste Fehler konnte verhängnisvolle Folgen nach sich ziehen. Wir saßen auf einer Insel, und niemand vermochte zu ermessen, wo die Sturmflut, wenn sie kam, anbranden würde.

Windschiefe russische Katen, die halb im Schnee versunken waren, mussten in waffenstarrende Kampfstände verwandelt werden.

Der kleine Vorrat an Stacheldraht, den wir für Notfälle »gehortet« hatten, war so sinnreich anzubringen, dass die Igelstellung Pawlowskaja den besten Nutzen davon hatte.

Dazu kam, da im Falle schwerer Beschießung mit dem Ausfall der letzten Fernsprechleitungen innerhalb des Ortes zu rechnen war, die Schaffung eines Melderdienstes, um zu gewährleisten, dass der Kommandeur jederzeit über die vorhandenen Kräfte verfügen konnte. Aber alles war Improvisation, mit Kriegsschulweisheit war da nicht viel anzufangen. Gruppen, Züge und Waffen wurden auf dem mit Kohle gezeichneten Plan immer wieder verschoben, bis alles sich lückenlos ineinander fügte. Der Entwurf der entsprechenden Befehle war dann nur Routinearbeit.

Wir dachten an alles, nichts wurde außer Acht gelassen und jede Möglichkeit erwogen, aber trotz der angewandten Sorgfalt hatte ich doch das Gefühl, dass die Rechnung nicht aufging, denn es gab eine unbekannte Größe: die Absicht des überlegen vorstoßenden Feindes, dem unsere Insel im Wege sein musste.

Am Abend setzte draußen ein wütender Schneesturm ein. Ich sagte mir, so lange er anhalte, seien wir vor Überraschungen sicher. Wenn die Russen auch »Wintermenschen« waren, wie jener alte Hauptmann im Sommer festgestellt hatte, so waren doch auch sie nicht völlig unempfindlich gegen den arktischen Frost.

Grauenhaft heulte der Sturm und deckte die Häuser förmlich mit Schneemassen zu, aber sein Heulen war für uns Musik. Es brachte Zeitgewinn, und das war in unserer Lage viel.

Längst brannte die Lampe in unserem neuen Quartier. Der Oberst war seit geraumer Zeit ins Studium der Karte vertieft. »Was mag er wohl planen?«, fragte ich mich. Auf einmal richtete er sich auf und drehte sich zu mir um.

»Emser«, sagte er, »hören Sie. Ich habe einen Entschluss gefasst. Er ist unumstößlich. Sofort alle Kommandeure und Chefs zu mir! Verstanden?«

Ich wiederholte den Befehl, schon ahnend, was er bedeutete, und fertigte im Nebenzimmer die Melder ab, von denen jetzt – der neuen Lage entsprechend – eine ganze Anzahl zur Stelle war. Sie zogen ab zu den rings um das Dorf verteilten Gefechtsständen, und wenig später trafen nacheinander die Gerufenen ein. Es kam Major Moll aus der Mühle. Es kamen Major Hartung, Major Knappe und Hauptmann Merz mit ihren Kompaniechefs. Auch Oberleutnant von Eisen fand sich ein, und mit ihm erschienen auch die Führer der nach Pawlowskaja verschlagenen fremden Einheiten.

Als alle versammelt waren, bis auf Stabsarzt Mende, der wohl nicht sofort hatte abkommen können, schritt Oberst Metzelbrod zur Stubenecke, wo eine Ikone in altersdunkler Umrahmung hing, und verharrte wie in stummem Gebet vor dem golden schimmernden, fremdartigen Marienbild. Dann drehte er sich zu den Versammelten um, die kaum Platz hatten in der kleinen Stube, und sagte:

»Meine Herren, was ich Ihnen jetzt zu eröffnen habe, wird manchen von Ihnen befremden. Ich kenne die Einwände, die man erheben wird, und billige sie, aber berücksichtigen kann ich sie nicht. Ich weiß, welchen Weg ich zu gehen habe, das heißt, ich kenne ihn bis dorthin, wo er im Dunkeln münden mag – wie letzten Endes alle unsere Wege.

Was ist Pawlowskaja, meine Herren? Ein Ort unweit des Donez, der für uns niemals so viel Bedeutung gewinnen wird wie für die Einwohner, die wir vertrieben haben. Aber darum geht es nicht einmal. Es geht um 2000 deutsche Soldaten, dazu etwa 300 Verwundete, Hilflose, Wehrlose, die mir und auch Ihnen anvertraut sind. Um Menschen geht es, um Menschen, die wir nicht verderben lassen dürfen und denen zurückgeben müssen, die auf sie warten.

Der Krieg ist hart, ich weiß. Und härter noch sind die Befehle, die uns die jeweilige Lage aufzwingt oder die an uns gehen. Wir sind Soldaten, Gehorsam ist unsere erste Pflicht und, wie es heißt, auch unsere Tugend. Aber es gibt Befehle, die sinnlos sind, widersinnig, die sich ganz und gar gegen das Leben richten, das heilig ist – auch im Krieg.

300 Menschen, meine Herren, die mit Sicherheit zu Grunde gehen müssen, wenn nichts zu ihrer Rettung geschieht, die an ihren Wunden oder Erfrierun-

gen sterben werden oder elend umkommen, wenn der Gegner morgen oder übermorgen Pawlowskaja sturmreif schießt. Um dieser Hilflosen willen muss das, was ich Ihnen zu eröffnen habe, unternommen werden. Und zwar heute Nacht, solange der Schneesturm uns Gelegenheit bietet. Mit 50 oder 60 Schlitten bringen wir sie fort. So viel sind vorhanden. Ich habe mich selbst überzeugt. Bedeutet die entsprechende Anzahl Pferde. Wie viele haben wir, Emser?«

»60, Herr Oberst, das wird hinkommen«, antwortete ich, »aber darf ich Herrn Oberst darauf hinweisen, dass dann nichts mehr für die schweren Waffen bleibt, wenn Herr Oberst sich mit der Absicht zum Ausbruch tragen?«

Ich hatte erwartet, dass Oberst Metzelbrod diese Entscheidung treffen würde, die ganze Zeit über hatte ich es erwartet, aber jetzt, wo sie nahe war, erschrak ich zutiefst.

»Die Geschütze«, bemerkte der Kommandeur, »die schweren Waffen, jawohl, die wiegen viel. Aber schwerer – ohne Zweifel – wiegen die Verwundeten in der Schule. 300 oder mehr Menschen! Wie viele Gedanken, die der Welt verloren gingen, wie viel Glück, das nicht gespendet, wie viel Leid, das nicht getragen würde, wenn wir sie verderben ließen. Und wie viele Frauen und Kinder, die Sie und mich einmal fragen würden, warum wir die Verwundeten nicht hinausgebracht hätten aus Pawlowskaja – die Verwundeten und das Regiment.«

Er machte eine Pause, und ich wagte es, noch einmal einen Einwand vorzubringen, denn die Sorge auch um ihn presste mir die Brust zusammen.

»Ich kenne Herrn Oberst«, sagte ich, »niemand kennt Herrn Oberst so gut wie ich. Aber denken Herr Oberst an Marianowka an der Stalinlinie, als Herr Oberst es ablehnten, das Regiment frontal angreifen zu lassen wegen der hohen Verluste, die zu erwarten waren! Damals stand es auf Messers Schneide – für Herrn Oberst!«

Ich sah einen Hang vor mir, einen Wiesenhang, der zu einem kleinen See abfiel. Im Grund der Mulde, jenseits des von Schilf umsäumten Gewässers, lugten niedrige, hell verputzte Häuser zwischen dem Grün hoher Maisstauden und dem Gelb von Sonnenblumen hervor. Auf dem Hang lagen Tote, die seit Stunden nicht geborgen werden konnten. Die Wände der freundlichen Häuser am See waren aus Beton. Die Fenster waren Schießscharten, mit MGs und Kanonen bestückt. Wir waren vor der Stalinlinie angelangt. Auch zwischen dem Mais und den Sonnenblumen saß der Feind. Zweimal war der Angriff im Feuer liegen geblieben. Verwundete hatten nach dem Sanitäter geschrien, aber dann wurde alles still, bis unsere Artillerie erneut zu feuern begann.

Vom Stab des Armee-Korps, das später den Namen Dnjepr-Korps erhielt, kam für unser Regiment, das am Saum eines Eichenwaldes in Bereitstellung lag, der Befehl, den missglückten Angriff zu wiederholen und die Bunker am See um jeden Preis in Besitz zu nehmen. Oberst Metzelbrod las den Befehl, kurbelte am

Fernsprecher und verlangte das Generalkommando, den Chef des Stabes. »Sind Sie des Teufels?«, rief er aufgebracht in die Sprechmuschel, als die Verbindung hergestellt war. »Was haben Sie für eine Vorstellung? Soll mein Regiment dafür büßen, dass die Bunkerstellung nicht rechtzeitig erkannt worden ist? Haben Sie die Toten am Vorderhang gezählt? Ich habe nicht die Absicht, mein Regiment zu opfern. Wenn ich angreife, dann nur aus der Flanke und nur nach entsprechender Artillerievorbereitung!«

Er setzte es durch. Wir rollten den feindlichen Sperrriegel von der Flanke her auf. Unsere Verluste waren im Verhältnis zur Härte des Kampfes gering. Doch am Abend nach dem Gefecht wurde Oberst Metzelbrod zum Kommandierenden General befohlen. Als er zurückkam, war sein Gesicht unter der Sonnenbräune grau und hart.

Die wechselvollen Bilder jenes heißen Julitages an der Stalinlinie verflüchtigten sich. Der kleine Raum in der vom Schnee halb vergrabenen Lehmkate wurde mir wieder gegenwärtig. Ich sah die ernsten, verschlossenen Mienen der versammelten Offiziere und Oberst Metzelbrods eingefallenes, maskenhaft starres Gesicht.

»Denken Herr Oberst an Marianowka!«, sagte ich noch einmal.

Er warf mir einen forschenden Blick zu und nickte mehrmals bedächtig, als wolle er sagen: Ich denke daran, aber mein Entschluss bleibt unverändert …

In diesem Augenblick trat Stabsarzt Mende ein und

schüttelte den Schnee von Mütze und Mantel. »Herr Oberst«, bat er, »auf ein Wort!«

Oberst Metzelbrod fuhr zusammen, als habe ihn ein Schlag getroffen. Aber schon hatte er sich wieder in der Gewalt.

»Doktor«, sagte er, »ich weiß. – Zu Ende?«

»Jawohl, Herr Oberst«, entgegnete der Stabsarzt. »Wir haben getan, was in unseren Kräften stand. Aber der weite Weg in der schrecklichen Kälte. Wenn Sankas zur Verfügung gewesen wären, wenn der Weg nach Slawiansk frei gewesen wäre, hätte Oberleutnant Metzelbrod, Ihr Sohn, mit Sicherheit gerettet werden können. Er und manch anderer …«

Der Oberst legte dem Stabsarzt beide Hände auf die Schultern.

»Doktor«, sagte er, »ich weiß, Sie haben das Menschenmögliche getan. Ich danke Ihnen.« Zu den versammelten Offizieren gewandt, fuhr er fort: »Meine Herren, ich habe die schwere und bittere Aufgabe, Ihnen mitzuteilen, dass Oberleutnant Erich Metzelbrod, mein Sohn, im Verbandplatz seinen Wunden erlegen ist.«

Nach kurzem Schweigen hob er wieder an, in festem Ton, als habe er mittlerweile alles Persönliche überwunden:

»In gewisser Hinsicht, Sie werden mich verstehen, erleichtert mir die schmerzliche Nachricht, die Stabsarzt Mende mir soeben gebracht hat, Ihnen das zu eröffnen, was gesagt werden muss. Meine Herren, die Lage ist Ihnen bekannt. Pawlowskaja ist von starken

Feindkräften eingeschlossen, die rückwärtige Verbindung ist zerschnitten. Die schwere Gesamtsituation der Armee verbietet uns jeden Gedanken an Unterstützung von außen. Wir sind auf uns selbst gestellt – allein. Die Funkgeräte sind ausgefallen oder haben versagt, die Fernsprechleitungen sind zerschossen oder vom Feind zerstört worden. Der Großangriff auf Pawlowskaja wird meines Erachtens in kürzester Frist zu erwarten sein. Möglicherweise – meine Herren, ich betone: möglicherweise – würde es uns gelingen, den Angriff zunächst abzuschlagen. Aber die Munitionierung ist kritisch und würde sich mit jedem Kampftag verschlechtern, und ebenso kritisch ist jetzt bereits die Verpflegungslage. Sicherlich würde man versuchen, uns aus der Luft zu versorgen, vorausgesetzt, dass das Wetter es zuließe. Aber dies wäre keine Basis für eine Aufgabe, wie sie uns bevorstünde. Mit unserem Durchhalten wäre nichts, nicht das Geringste gewonnen. Das Loch bei Isjum ist offen. Wir können es nicht schließen. Und vor allem, meine Herren, da ist der Hauptverbandplatz mit – Doktor, wie viele Verwundete sind es zur Stunde?«

»Als ich wegging, Herr Oberst«, erwiderte Stabsarzt Mende, »waren es 367. Ich fürchte, die 400 werden bald erreicht sein.«

»Mit 367 Verwundeten also«, fuhr der Oberst fort. »Ich bin entschlossen, alles zu tun, um sie zu retten. In zwei Stunden, meine Herren, steht die Besatzung von Pawlowskaja marschbereit. Das Gepäck – selbstredend auch unser eigenes – wird vernichtet. Sämtliche verfügbaren Schlitten und Gespanne werden Stabsarzt Mende zum Abtransport der Verwundeten zugeteilt. Dazu die Schlittenführer. Major Hartung übernimmt die Spitze, Major Knappe die Flankensicherung, Hauptmann Merz die Nachhut. Vor dem Abmarsch werden sämtliche schweren Waffen, sofern sie nicht wie Pak, Flak und, gegebenenfalls die Infanteriegeschütze im Mannschaftszug bewegt werden können, gesprengt, und zwar so, dass der Feind sie nicht mehr in Stand setzen kann. Major Moll veranlasst das Nötige zur Ausführung dieses Befehls. Vor der Sprengung wird die vorhandene Munition verschossen, sodass drüben der Eindruck entsteht, wir bereiteten einen Ausfall nach Nordwesten vor. Entsprechende Ziele sind bekannt, Major Moll?«

Der Angeredete bejahte. »Aber wenn Herr Oberst gestatten«, setzte er mit grimmiger Miene hinzu, »die schweren Waffen, unsere Artillerie! Wie sollen wir ohne die eine neue Front aufbauen, wie Angriffe wirksam abwehren, wie den Winter überdauern?«

»Ich habe diesen Einwand von Ihnen erwartet, Major Moll«, räumte der Kommandeur ein. »Sie haben Recht. Ich würde nicht anders sprechen als Sie, wenn in Pawlowskaja kein Verbandplatz wäre. Damit ist Ihr Einwand hinreichend widerlegt. Ich handle auf eigene Verantwortung, meine Herren. Ich befehle und werde dafür geradestehen. Mein Befehl lautet: Ausbruch und Abmarsch nach Süden. Marschbereitschaft: 21 Uhr. Marschrichtung: Tscherkasskowka an der Bahnlinie! Zuwiderlaufende Befehle sind damit aufgehoben, auch wenn sie von übergeordneter Stelle erteilt worden sind. Alles klar, meine Herren? – Nun, meine Herren, Gott befohlen!«

Ausbruch im Schneesturm

»Gott befohlen, Herr Oberst!«

Mit starren Mienen hatten die Offiziere der »Kampfgruppe Metzelbrod«, wie wir uns jetzt nannten, die ungewöhnlichen Abschiedsworte des Kommandeurs erwidert. Ein Dutzend Hände war grüßend hochgefahren, ein Dutzend Paar Absätze war vorschriftsmäßig zusammengeknallt. Kurzes Stiefelschurren, ein rasch sich lösendes Gedränge an der Tür, und schließlich waren wir allein gewesen, Oberst Metzelbrod mit verschlossenem, vom Schmerz und dem Ernst der Stunde versteinertem Gesicht, und ich, von der bangen Frage beunruhigt, ob die getroffene Entscheidung wirklich Ausweg und Rettung bedeutete.

In tiefes Nachdenken versunken, beugte der Kommandeur sich über die Karte, während ich Feldwebel Lipowski, dem das Regimentsgeschäftszimmer unterstand, Anweisung gab, was in die grauen Feldkisten zu verpacken war: das Kriegstagebuch, das ich zu führen hatte, die Stammrollen und Wehrpässe, die Soldbücher und Erkennungsmarken der Gefallenen. Wir waren fertig.

»Kommen Sie, Emser!«, sagte Oberst Metzelbrod

und streifte das Schneehemd mit der Kapuze über. Er sah aus wie der würdige, bebrillte Scheich eines Beduinenstammes. Er schien mir erschreckend gealtert; seine Wangen waren ausgehöhlt, als habe das, was über ihn hereingebrochen war, alles Fleisch von den Knochen geschält.

Wir ergriffen die Maschinenpistolen und verließen das Haus, das uns einen Tag lang Obdach gegeben hatte. Mit wütendem Fauchen überfiel uns der Sturm. Schneeschwaden schlugen uns ins Gesicht. Schon nach den ersten, mühsam erkämpften Schritten sagte ich mir, unser Vorhaben würde niemals gelingen. Aber die Entscheidung war gefallen; wir waren schon auf dem Weg.

Schattenhafte Gestalten bewegten sich wie graue Striche durchs peitschende Schneetreiben. Es waren Soldaten, die zu den befohlenen Sammelplätzen strebten. »Wie mag ihnen zu Mute sein?«, fragte ich mich. Ihr Vertrauen in den »alten Metzelbrod« war niemals erschüttert worden. Würde der Oberst es auch diesmal rechtfertigen? Oder würde der Schnee das Regiment und die Verwundeten, die wir retten wollten, zuschütten in der eisigen Nacht?

Fahl blitzendes Mündungsfeuer zeigte an, dass die Kanoniere am Werk waren, die restliche Munition aus den Rohren zu jagen. Das Tosen des Sturmes übertönte freilich das Krachen der Abschüsse. Bald, sagte ich mir, würden die Geschütze unter einer letzten Detonation für immer verstummen.

Vor der Schule standen Schlitten in langer Reihe.

Schnaubend schüttelten die Gäule – zähe kleine Panjepferdchen aus den Beutetagen des Sommers – die immer neu auf sie fallende Schneelast ab. Man trug die Verwundeten aus dem Schulhaus und bettete sie, ganz in Decken und Mäntel gehüllt, auf Stroh.

Wir betraten das trüb erleuchtete Gebäude. Im Operationsraum waren die Ärzte noch bei ihrer blutigen Arbeit. Ein Sanitätsfeldwebel fragte den Oberst, was mit den Toten, die oben lägen, geschehen solle. Die Erde sei zu hart gefroren, man könne in der kurzen Zeit bis zum Abmarsch keine Gräber ausheben.

Der Kommandeur verlangte ein Blatt Papier. Mit Kohle aus seiner Kartentasche schrieb er etwas in kyrillischen Buchstaben auf das Blatt und befahl dem Feldwebel, es vor dem Abzug an der Schulhaustür zu befestigen. Oberst Metzelbrod konnte recht gut Russisch. Er hatte es im ersten Krieg in der Ukraine gelernt. Anfang der 30er- Jahre hatte er zudem eine Reise nach Moskau und dann mit dem Transsibirienexpress nach Charbin unternommen, wie er ja überhaupt weit herumgekommen war.

Im Weitergehen fragte ich ihn, was er auf das Blatt geschrieben habe. Er habe den Befehlshaber der russischen Truppen, die ja bald in Pawlowskaja einrücken würden, ersucht, sich unserer Toten anzunehmen, erklärte er, und da ich ihn zweifelnd anblickte, setzte er hinzu, auch die Russen seien Menschen, zwar anders, aber Menschen.

Wir stiegen die Treppe hinauf, und ich ließ den

Oberst allein dort eintreten, wo er schmerzlichen Abschied von seinem letzten Sohn zu nehmen hatte.

Der Oberst rief mich ins Zimmer. »Ich habe ihn nach Goroditsche geschickt«, murmelte er in bitterer Selbstanklage, »und nun habe ich nicht einmal ein Grab für ihn ...« Er stand neben dem Bett, das zur Totenbahre geworden war.

Auf Erich Metzelbrods wächsern erstarrten Zügen lag ein Ausdruck friedvoller Entspannung, als hätte der Tod seinen von Splittern zerhackten Körper von übermenschlicher Qual erlöst. Für mich barg das stille Antlitz eine Spur von Trost. Empfand auch der Vater es so?

Auf dem benachbarten Bett erkannte ich jenen blutigen Soldaten, dessen klaffende Brust der Stabsarzt am Abend zuvor vernäht hatte. Auch auf den übrigen Betten lagen jetzt Tote in feierlicher Reglosigkeit. Sie alle waren erhaben über unsere Not. Ihr habt es überstanden, dachte ich und wies den Oberst, um ihn aus der Einsamkeit seines eigenen Schmerzes abzulenken, auf den jungen Soldaten hin. So flach lag er unter der Decke, als hätte sein Körper sich aufgelöst, seine Hände waren über der zerschossenen Brust gefaltet, wie um das entflohene Leben mit letztem Zugriff festzuhalten.

Der Oberst richtete sich auf. Er öffnete den Mantel, nestelte das schwarze, silbern geränderte Kreuz – es war aus dem ersten Krieg – von der Feldbluse und legte es auf die Brust des Jungen.

Ein letzter Blick zu Erich, dann gingen wir hinaus ...

Auf dem Treppenabsatz erwartete uns der Sanitätsfeldwebel mit der Frage, ob es nicht am zweckmäßigsten sei, das Schulhaus anzuzünden.

Oberst Metzelbrod blieb stehen. »Ich bin kein Brandstifter«, sagte er, ohne den Blick auf den Feldwebel zu richten, der in stummem Gruß verharrte, bis wir vorbei waren.

Die Ärzte hatten ihre Arbeit beendet.

»Zum Abtransport bereit«, meldete Stabsarzt Mende, die Hand am Stahlhelm.

Der Oberst dankte. »In Gottes Namen also, Doktor!«, gab er zurück, mit einer Festigkeit in der Stimme, die auch mir wieder Mut machte.

Wir wandten uns nach dem Südrand des Dorfes, wo Major Hartung sammeln sollte. Aber der Oberst schritt trotz der gebotenen Eile auffallend langsam, gleichsam zögernd voran, als ginge es über seine Kraft, sich von dem loszureißen, der droben im Schulhaus zurückgeblieben war. Ich hielt mich dicht neben ihm, denn die Dunkelheit und der schräg aus Nordosten heranjagende Schneefall waren so undurchdringlich, dass ich fürchtete, ihn zu verlieren. Wie sollte man in dieser Nacht 2000 Mann und die Schlittenkolonne zusammenhalten, fragte ich mich. Aber es war nicht meine Sache, und es gab ja auch kein Zurück mehr, die Entscheidung war gefallen.

Im Windschutz eines Hauses fanden wir Major Hartung mit seinem Stab, das heißt, wir entdeckten nach einigem Umhersuchen die an der Hauswand sich drängende Gruppe, und Major Hartung meldete sich mit Namen.

Zu dritt betraten wir das Haus, das Flämmchen eines Hindenburglichtes zuckte auf. Der Kommandeur besprach mit Major Hartung an Hand der Karte die Einzelheiten des geplanten Marsches nach Süden. Ich hatte auf einmal den Eindruck, dass es keineswegs ein Verzweiflungsunternehmen, sondern ganz einfach eine militärische Bewegung werden würde, ein Stellungswechsel, nichts anderes, so nüchtern klang das, was der Oberst vorbrachte. Auch etwaige Berührung mit dem Feind wurde in Rechnung gestellt, als ob dies uns ebenso wenig beirren könnte wie der eisige Aufruhr der Natur. Fast jugendlich kam mir der Oberst in seiner Lebhaftigkeit vor – beinahe wie damals auf dem Stradun in Ragusa.

Nacheinander trafen von den einzelnen Formationen die Marschbereitschaftmeldungen ein. Die Melder erhielten die letzten Befehle: Tuchfühlung zum Vordermann und strenges Schießverbot, solange es nicht widerrufen würde.

Der Oberst blies das Licht aus und trat, gefolgt von Major Hartung und mir, ins Gestöber hinaus. Die Kampfgruppe Meztelbrod war bereit.

Wir begaben uns an die Spitze der Marschkolonne, die sich, unsichtbar in der Schneesturmnacht, hinter uns einfädelte und ordnete: 2000 Mann, dazu die Schlitten, beladen mit fast 400 Verwundeten von Stabsarzt Mendes Verbandplatz.

Ein Sicherungstrupp vom dritten Bataillon – Leute, die aus Goroditsche herausgekommen waren – trat vor uns die Spur. Die Straße, der wir zunächst folgten, war tief verschneit und verweht. Da der Wind schräg von rückwärts kam, war das Tempo, das wir fürs Erste anschlugen, recht beachtlich, aber ich bezweifelte, dass wir es lange würden durchhalten können. Wir hatten ja auch schwere Infanteriewaffen in der Kolonne sowie mehrere Pak- und leichte Flakgeschütze, die alle im Mannschaftszug bewegt werden mussten.

Das Bestreben des Kommandeurs war es, möglichst rasch aus dem Bereich von Pawlowskaja herauszukommen. Als später von der Nachhut die Meldung eintraf, die russische Artillerie belege das geräumte Dorf mit wildem Vernichtungsfeuer, zeigte es sich, wie richtig der Oberst auch diesmal gehandelt hatte.

Die Straße nach Südosten, von der wir bald abzweigen mussten, war insofern nicht zu verfehlen, als sie links durch Schneestangen und rechts durch Leitungsmasten gekennzeichnet war. Doch oftmals, wenn wir uns durch mannshohe Schneewehen wühlten, war mir, als seien wir schon vom Weg abgekommen.

Der Gedanke, was geschehen würde, wenn wir unvermutet auf Russen, womöglich auf russische Panzer, stießen, war Schwindel erregend für mich, aber ebenso beklemmend lastete auf mir die Frage, was werden sollte, wenn wir unser Ziel erreichten.

Oberst Metzelbrod hatte sich klar und eindeutig über einen Befehl hinweggesetzt, der mehrmals von der Division ergangen und durch die allgemeine Anweisung von oben noch erhärtet worden war. Doch wenn es gelänge, sagte ich mir, das Regiment zu retten, das in Pawlowskaja aller Voraussicht nach verloren gewesen wäre, zumal es ja bereits mehr als ein Drittel seines Bestandes eingebüßt hatte, wenn wir überdies die große Anzahl Verwundeter in Sicherheit brächten, wäre dies ein Erfolg, ein Sieg inmitten der Niederlage, der Oberst Metzelbrods Vorgehen vollauf rechtfertigen würde. Aber ich war dessen nicht sicher, und die Unruhe begleitete mich wie ein Schmerz, der immer wieder aufklingt.

Niemand sprach ein Wort; es wäre auch sinnlos gewesen, denn im Toben und Jaulen des Sturmes hätte man brüllen müssen, um sich zu verständigen. Vorgebeugt stapfte der Oberst neben mir durch den Schnee, oftmals taumelnd, wenn eine besonders heftige Bö uns traf. Rechts neben ihm ging Major Hartung, und hinter uns folgten zwei MG-Trupps, die sofort in Aktion treten sollten, wenn sich vor uns Widerstand bemerkbar machte.

Ohne Zwischenfall gelangten wir bis dorthin, wo die Straße, über die einmal unser Nachschub gerollt war, sich in scharfem Knick nach Osten wandte. Dies war der Punkt, an dem wir, wie vorgesehen, einen Nebenweg einzuschlagen hatten, der direkt nach Süden zur Bahnlinie führte. Von der Abzweigung waren es noch 18 Kilometer bis Tscherkasskowka.

Es war 23 Uhr und 10 Minuten.

Bis Sonnenaufgang oder jedenfalls bis Tagesanbruch blieben uns noch etwas mehr als acht Stunden. Major Hartung fragte, ob eine Marschpause eingelegt werden sollte. Der Oberst gab fünf Minuten. In dieser Zeit konnte man seine Notdurft verrichten oder einen

Kanten gefrorenes Brot in den Mund schieben. In Pawlowskaja war noch einmal warmes Essen ausgegeben worden. Wir hatten uns Kaffee in die Feldflaschen füllen lassen, doch jetzt, wo ich einen Schluck davon trinken wollte, war er zu Eis geworden.

Wir traten wieder an. Aber das Vorwärtskommen war jetzt erheblich schwieriger. Der Sturm hatte nach Osten gedreht; von der Seite behinderte sein Anprall uns bei jedem Schritt. Ganze Wolken von Schnee warf er über uns, und das Spuren war jetzt noch mühevoller, denn der Seitenweg war lange nicht geräumt worden und knietief verschneit. Aber die Orientierung wurde bald leichter, als von beiden Seiten Wald aufwuchs, der überdies den Sturm und das Schneetreiben etwas abfing.

Mein Gesicht schmerzte, als wäre es verbrüht. Zuvor hatte ich eine Zeit lang das Gefühl gehabt, die Haut würde mir abgezogen. Ich merkte, wie mein ganzer Körper trotz der andauernden Bewegung des mühseligen Stapfens allmählich zu Eis erstarrte. Der Mantel, den ich unter dem Schneehemd über der Uniform trug, hielt die schneidende Kälte nicht ab, und das Stiefelleder war so hart gefroren, dass die Füße immer mehr zu empfindungslosen Klumpen wurden. Aber keiner in der langen Kolonne, die wir anführten, war besser daran. Ich dachte an die Verwundeten, an Fritz John, an Feldwebel Strobel, an die acht Mann, die Wachtmeister Schelle 24 Stunden lang mit Flüchen durch den Schnee getrieben hatte, um sie zu retten. Zusammengepfercht, ohne Möglichkeit, das erstarrende Blut in

Bewegung zu bringen, lagen die vierhundert auf den Schlitten, und der Atem der Pferde gefror an den Nüstern zu Raureif. Wie viele von den vierhundert, fragte ich mich, werden diese Nacht überleben?

Die Anspannung, die mich anfangs hellwach gehalten hatte, ließ merklich nach und machte dumpfer Gleichgültigkeit Platz. Mit Wehmut dachte ich an die Quartiere in Pawlowskaja, die wir preisgegeben hatten, um dem Mann zu folgen, der stumm und verbissen neben mir seinen Weg suchte. Ich dachte an Unteroffizier Baierle, dessen rundes Gesicht von einer Minute zur anderen seine rosige Farbe verloren hatte, an Hannemann und an die Toten in der Schule, die der Oberst der Obhut der Russen anempfohlen hatte. Ich dachte an Frau Metzelbrod, die Mutter, die damals in Ragusa so unbekümmert froh gewesen war, und an Anneliese, Erichs junge Frau. Wann würden sie es erfahren? Oder war es ihnen bestimmt, niemals eine Nachricht zu erhalten? Wer gab uns denn die Gewissheit, dass wir der arktischen Wildnis des russischen Winters entrinnen würden?

Als der Wald durchschritten war, packte der Sturm uns wieder mit voller Gewalt. Er wehte nun schräg von vorn, und man musste sich mit aller Kraft dagegen stemmen, um überhaupt noch Raum zu gewinnen. Von Marschtempo war nicht mehr zu reden, viel eher war es ein geducktes Vorwärtskriechen, und dies beanspruchte die ganze Kraft. Wie blind mühten wir uns voran. Die Lungen konnten nicht mehr atmen. Immer wieder musste man stehen bleiben, sich umdrehen und tief Luft schöpfen, um nicht zu ersticken. Nichts war zu sehen im brodelnden, zischenden, stechenden Schnee, den der rasende Blizzard uns entgegenschleuderte. »Wie mag es hinter uns aussehen?«, fragte ich mich.

Auf einmal hatte ich das Gefühl, wir seien allein, die Kolonne habe den Anschluss verloren und schwanke ziellos in die Irre. Ich schrie dem Oberst meine Befürchtung ins Ohr. Er blieb stehen.

»Sorgen Sie dafür, dass aufgeschlossen wird!«, hörte ich seine Stimme wie aus großer Entfernung.

Ich drehte mich um und taumelte vor dem Wind her. Es war wie eine Erlösung, nicht mehr gegen ihn ankämpfen zu müssen. Bald stieß ich auf die MG-Trupps, dann folgte lange Zeit niemand. Jetzt überkam mich die Sorge, ich selbst sei vom Weg abgeirrt. Ich rief: »Hallo – hallo!« Aber wer sollte es hören?

Ich tastete mich weiter; der Sturm schob mich vor sich her. Ich prallte mit jemandem zusammen. Es waren Leute vom dritten Bataillon. Sie erkannten mich natürlich nicht, und als ich ihnen zubrüllte, sie sollten voranmachen, gab mir einer mit ebensolchem Stimmaufwand eine unwiederholbare Antwort. Immerhin war dies ein Zeichen, dass noch Leben in ihnen war.

Wenig später traf ich, mich an dicht gedrängt vorwärtsstapfenden Gestalten vorbeifühlend, auf Major Knappe.

»Hier Emser«, brüllte ich ihm zu.

»Was Neues?«, fragte er.

»Nichts Neues!«, schrie ich zurück und stolperte

weiter, vorbei am ersten Bataillon. Zwei dichte Pulks Trossleute folgten, die sich vor zwei schwer beladene Schlitten gespannt hatten. An den Tross schlossen sich Panzerjäger, Flaksoldaten, Infanteriegeschütz- und Granatwerferbedienungen an, jeweils zu acht, zu zehnt oder zu zwölft ihre Waffen schleppend. Dann war wieder nichts, bis mir Eisen mit der Stabskompanie entgegenkam. Auch sie führten zwei Schlitten mit.

Eisen wollte wissen, wie es dem Kommandeur gehe. »Gut«, gab ich zurück und stapfte weiter.

So stieß ich auf Stabsarzt Mende mit seinen beiden Assistenten und dem Sanitätspersonal. Sie führten die lange Schlittenkolonne mit den Verwundeten an. Die Begleitmannschaften schlugen auf die Pferde ein. Ein Schlitten war umgestürzt. Ich half ihn aufzurichten und die Verwundeten wieder aufs Stroh zu betten. Aber es hatte einen Stopp gegeben, und die Peitschen kamen noch wütender zur Anwendung. Ein jeder schien zu befürchten, abgehängt zu werden und zurückzubleiben. In dieser Nacht wäre das der sichere Tod gewesen.

Als ich endlich Hauptmann Merz am Schluss der Kolonne erreichte, war mir so, als sei seit dem Augenblick, da ich mich von der Spitzengruppe getrennt hatte, eine Ewigkeit vergangen. Ich machte kehrt und hastete wieder nach vorn, jetzt schon vom Instinkt geleitet. Plötzlich hatte ich das Gefühl, dem Kommandeur drohe Gefahr. Stolpernd und gleitend bahnte ich mich an der Kolonne vorbei, die mir jetzt zu doppelter Länge angewachsen schien.

Schließlich hatte ich es geschafft und konnte dem Oberst melden, dass alles dran und in Ordnung sei. Von der Anstrengung fühlte ich mich so erschlagen, dass mir der Gedanke, mich in den Schnee fallen zu lassen, gar nicht mehr absurd erschien. Mechanisch und benommen, wie im Halbschlaf, bewegte ich mich an der Seite des Kommandeurs, zeitweilig in Traumbilder versinkend, die mich weit forttrugen in eine andere, freundlich geartete Welt.

Unversehens jedoch wurde ich wach. Ich spürte den Sturm wieder und die tausend Nadeln der jagenden Schnee- und Eiskristalle und hörte, wie einer der Männer vom Sicherungstrupp dem Oberst mit heiser brüllender Stimme bedeutete, sie hätten nah voraus Bewegung gesehen, Gestalten, hohe Gestalten, wahrscheinlich Reiter.

Oberst Metzelbrod machte Major Hartung ein Zeichen zu warten und folgte dem Mann. Ich blieb an seiner Seite. Selbst wenn er es befohlen hätte, wäre ich nicht zu bewegen gewesen, ihn allein zu lassen.

Wir erreichten die anderen vom Voraustrupp. Sie lagen im Schnee, die Karabiner schussbereit. Wir folgten ihrem Beispiel. Ich starrte voraus ins sturmdurchtoste Nichts und stellte fest, etwas bewegte sich von links heran, etwas Schattenhaftes. Mit einiger Fantasie konnte man es wirklich für Reiter halten. Aber es mussten viele sein, ein langer Zug, denn die gespenstische, mehr erahnte als tatsächlich wahrnehmbare Bewegung riss nicht ab.

Ich rieb mir die Augen. Einbildung, versuchte ich

mir einzureden, aber zugleich wusste ich, es war keine Einbildung, es waren Russen, russische Reiter, die aus der Schneewüste unserem Weg zustrebten. Und plötzlich überschrie ein Wiehern das Brausen des Sturmes.

Der Oberst richtete sich auf. Er war weitsichtig und benützte seine Augengläser nicht immer. Wenn er sie jetzt getragen hätte, wären sie längst mit Eis beschlagen gewesen. Er musste also dasselbe beobachtet haben wie ich. Trotzdem stand er jetzt auf und stapfte, scheinbar unbekümmert, auf die wandernden Schatten zu, obgleich auch er wissen musste, dass es Russen waren.

»Was hat er vor?«, fragte ich mich und folgte ihm, während die Landser liegen blieben. Ich hatte den Finger am Abzug der Maschinenpistole, jeden Augenblick gewärtig, dass es drüben aufblitzen würde, denn inzwischen mussten auch wir entdeckt worden sein, zumal der Oberst keinerlei Vorsicht wahrte.

Dann war es so weit: Einer der Reiter, im Schneehemd wie wir und daher nur in den Umrissen erkennbar, parierte unmittelbar vor uns sein Pferd und brüllte mit dröhnendem Bass russische Worte. Der Oberst antwortete ihm in russischer Sprache. Seine Stimme klang trotz der Lautstärke gelassen, als gebe es nichts Selbstverständlicheres als ein nächtliches Zusammentreffen mit dem Feind. Mir stockte der Atem. »Was soll das?«, fragte ich mich, und sekundenlang regte sich in mir der Verdacht, der Kommandeur wolle mit uns allen zum Russen übergehen, womöglich um sich vor den Folgen seines eigenmächtigen Handelns zu bewahren. Aber schon verwarf ich den niederträchtigen Einfall, zumal der Russe jetzt wieder etwas rief, sich aus dem Sattel beugte und dem Oberst die Hand reichte. Dann saß er ab, und diesen Augenblick benützte der Oberst, um mir ein Zeichen zu geben, alles solle folgen.

Während der Kommandeur an der Seite des Russen, der seinen Gaul am Halfter führte, den Weg durch die vom Schneetreiben erfüllte Finsternis fortsetzte, machte ich eilig kehrt, um den Befehl weiterzugeben.

Ich teilte Major Hartung mit, was vorging, wandte mich um, ohne Rede zu stehen, und bald hatte ich den Oberst mit seinem Begleiter eingeholt, der immer noch völlig arglos schien. Offenbar war er der Schlussmann eines russischen Reitertrupps, der stetig vor uns herzog und uns nun die Arbeit des Spurens abnahm.

Ich war trotz der Hundekälte in Schweiß geraten. »Wie lange soll das gut gehen?«, fragte ich mich. Und was wird geschehen, wenn es hell wird? Den Kommandeur hingegen schienen solche Sorgen nicht zu bekümmern, denn immer wieder tauschte er ein paar Worte mit dem Russen, so weit es das Wüten des Schneesturms zuließ.

Ich weiß nicht, wie lange wir hinter den russischen Reitern hermarschierten. Doch eines weiß ich: Nie zuvor hatte ich Oberst Metzelbrod so sehr bewundert wie in dieser Zeitspanne, die mir endlos zu währen schien. Doch schließlich schüttelten der Russe und er sich wieder die Hände. Der Reiter stieg in den Sattel, und wenig später war er im Schneetreiben verschwunden wie ein Spukgebilde. Ich fragte mich ernsthaft, ob dies alles nicht ein bedrückender Wachtraum gewesen sei.

Der Oberst war stehen geblieben, um Atem zu holen. Dann wandte er sich mir zu.

»Na, Emser«, gab er mir mit der gebotenen Lautstärke zu verstehen, »das hätte eine böse Sache werden können. Aber jetzt ist's vorbei und ausgestanden. Ein tolles Glück, dass es der Schlussmann war. Ein Leutnant, der darauf zu achten hatte, dass keiner zurückblieb. Eine Kosakenbrigade, Emser! Kosaken. Auf dem Marsch nach Barwenkowo. ›Es lebe Stalin!‹, sagte er zum Abschied und wünschte mir Glück für den Weg nach Tscherkasskowka.« Ein tiefes Lachen löste sich aus seiner Kehle. »Na«, rief er, »was sagen Sie jetzt zum alten Metzelbrod? War es nicht gut, dass ich anno 18 Russisch gelernt habe?«

Major Hartung kam heran. »Verdammt, Herr Oberst«, ließ er sich vernehmen, »wie haben Herr Oberst das gemacht?«

»Schon gut, Hartung«, schnitt der Kommandeur ihm die Rede ab, »wir wollen weiter! Noch sind wir nicht am Ziel!«

Nein, noch waren wir nicht am Ziel, aber nach dem, was wir soeben glücklich überstanden hatten, erschien mir alles Künftige wie ein leicht zu meisterndes Spiel.

Doch ich täuschte mich. Zwar gab es nichts Außergewöhnliches mehr auf dem weiteren Marsch, der dadurch erleichtert wurde, dass der Sturm etwas nachließ. Als aber Major Hartung gegen sechs Uhr morgens, während wir in einer windgeschützten, tief verwehten Schlucht verhielten, von einer gegen Tscherkasskowka vorgetragenen Erkundung zurückkehrte, bewahrheitete sich, was ich insgeheim befürchtet hatte: Der Nord- und Westteil des Dorfes waren vom Feind besetzt.

Tscherkasskowka

Der Sturm, als wäre seine Kraft erlahmt, war zu einem matten Wehen abgeflaut. Nur im Gehör schwang noch das Brausen nach wie verklingender Orgelschwall. Aber selbst wenn ein Orkan über das unter dem Schnee begrabene Land hinweggefegt wäre, in der tiefen, lang gezogenen Balka, die uns in ihre schützende Falte aufgenommen hatte, hätten wir kaum etwas davon gespürt. Vom sacht sich erhellenden Dämmerhimmel fiel noch immer dichtes Geriesel winziger Flocken herab. Polarschnee, wie er sich nur bei Frost unter 20 Grad bildet. Die Sicht war zwar in dem ungewissen, fahl und zögernd aufkommenden Tagesschein noch verschleiert, aber die nächste Umgebung war schon wahrzunehmen, und damit schwand das beklemmende Gefühl, sich in bedrohlicher Leere zu bewegen.

Nach und nach schlossen die Glieder der Kampfgruppe Metzelbrod auf. Der Befehl »Offiziere nach vorn!« ging von Mann zu Mann.

Einer nach dem anderen fanden sie sich bei uns an der Spitze ein, in den weißen Tarnhemden, die froststarren Füße nur mühsam hebend, die Gesichter tief gerötet und Reif an den Bartstoppeln, eine Reifschicht, die mit jedem Atemstoß zunahm. Es erschienen Major Knappe vom ersten Bataillon; Hauptmann Merz, der die Nachhut durch die Sturmnacht geführt hatte; Major Moll, der Artillerist mit leeren Händen. Oberleutnant von Eisen kam mit bläulichen Frostspuren an Nase und Wangen.

Während die noch fehlenden Offiziere durch die mit frierenden Soldaten sich füllende Schlucht heranstapften, ging der Ruf »Pak, Flak und schwere Infanteriewaffen nach vorn!« von Mund zu Mund.

Ein jeder konnte daraus schließen, was die Stunde geschlagen hatte. Sofern die Erschöpften überhaupt noch fähig waren, einen klaren Gedanken zu fassen.

Außer Major Hartung und mir wusste keiner der um den Kommandeur versammelten Offiziere, was sich auf dem Marsch ereignet hatte. Doch jetzt war nicht die Zeit, Anekdoten zu berichten. Schon war fast eine Stunde seit Major Hartungs Rückkehr von seinem Erkundungsgang verstrichen; der Oberst geizte um jede Minute, denn was geschehen musste, sollte erfolgen, solange es noch nicht völlig Tag war. Jederzeit, auch in der düstersten Lage, war Oberst Metzelbrod darauf bedacht, seine Soldaten zu schonen. Es war ja überhaupt so, dass ihn jeder Angriffsbefehl schwere Überwindung kostete. Doch auch jetzt gab es keine andere Wahl.

Mit einer Sicherheit, als sei er in dem vor uns liegenden Gelände zu Hause, entwickelte er seinen Plan.

Unterdessen wurden die angeforderten Waffen herangeschafft. Die Bedienungen, die sie zogen und seit dem Aufbruch von Pawlowskaja mitgeschleppt hatten, waren sichtlich am Ende ihrer Kräfte. Schräg in den Zugtauen hängend, keuchten und japsten sie durch den tiefen Schnee, stolpernd, fluchend; und wenn es stockte und nicht mehr vorangehen wollte, brüllten die Geschützführer, selbst an den schneeverklumpten Rädern, ihr »Zugleich!«, und noch einmal kam Bewegung in die vorgespannte Traube. Es war unfassbar, dass es tatsächlich gelungen war, die Waffen ohne Ausfall von Pawlowskaja durch den Schnee bis hierher, dicht vor Tscherkasskowka, zu schaffen.

Und nun mussten die ausgepumpten, halb erfrorenen Panzerjäger, die Flaksoldaten und die Männer von den Infanteriegeschützen, den schweren MGs und den schweren Granatwerfern ins Gefecht gehen, wenn nicht sie und wir alle unter freiem Himmel elend umkommen sollten.

Für den Angriff auf den vom Feind besetzten Nordteil von Tscherkasskowka hatte der Kommandeur das dritte Bataillon unter Major Hartung bestimmt. Major Hartung war erprobter Experte für derartige Unternehmungen. Als einziger Offizier des Regiments besaß er das Ritterkreuz, das heißt, derzeit besaß er es nur auf der Verleihungsurkunde, denn der sibirische Leutnant in Hartungsried hatte es ihm abgerissen.

Der zweite Ritterkreuzträger des Regiments, Feldwebel Muhrenkemper vom zweiten Bataillon, war in der vorvergangenen Nacht verschollen. Einige Wochen später fand er wieder zu uns; er hatte sich verwundet zum Nachbarregiment durchgeschlagen.

Hauptmann Merz hatte die Aufgabe, mit seinem Bataillon von Westen her gegen das Riesendorf an der Bahnlinie vorzugehen und sich in der Ortsmitte mit Major Hartung zu vereinigen. Major Knappe war mit dem ersten Bataillon als Reserve vorgesehen.

Zur Sicherung der Kolonne, die sich in der Schlucht zusammendrängte, teilte der Kommandeur Major Moll mit seinen Kanonieren und zwei aus Versprengten zusammengestellten Kompanien ein. Am Südausgang der Schlucht, in Sichtweite von Tscherkasskowka, waren zwei Schützengruppen in Stellung gegangen, um uns vor Überraschungen von dorther zu sichern.

Somit war alles vorbereitet, und Major Hartung setzte sich in Marsch. Seine drei schwachen Kompanien wurden von Leutnant Zeltinger und zwei Feldwebeln geführt. Dichtauf folgten die aus Pawlowskaja geborgenen Pak-, Flak- und Infanteriegeschütze, während Hauptmann Merz, der nun ebenfalls antrat, die schweren Maschinengewehre und Granatwerfer unterstellt worden waren.

Der Oberst verharrte regungslos, als berühre ihn die Kälte nicht, wogegen ich wütend umherstampfte, um meine schmerzenden Füße zu erwärmen. Ich wusste, innerhalb der nächsten Stunde würde sich das Schicksal der Kampfgruppe Metzelbrod entscheiden.

Ein Mann von der Sicherung am Ausgang der Schlucht kam in sichtlicher Aufregung heran durch den Schnee.

»Herr Leutnant – Herr Leutnant!«, rief er schon von weitem.

Auf einen Wink des Kommandeurs hin lief ich dem Mann entgegen und begleitete ihn. Sie hätten etwas entdeckt, berichtete der Soldat, der mir von meinen früheren Besuchen bei Major Hartung her bekannt war. Was das denn Aufregendes sei, fragte ich ihn. Sie hätten es nicht genau feststellen können, entgegnete er, sie dürften ja den zugewiesenen Bereich nicht verlassen, aber er und seine Kameraden meinten, es sei ein Geschütz, allerdings tief im Schnee vergraben.

Wir gelangten zu den beiden Gruppen am Ausgang der Schlucht. Durch den Schleier des Flockengeriesels erkannte man in der Ferne die schneebeladenen Häuser von Tscherkasskowka. In langem, durch das Weiß der Schneehemden und Stahlhelme verwischtem Zug bewegte sich Major Hartungs Angriffsgruppe einen schwach geneigten Hang hinab.

In geringer Entfernung aber, knapp 100 Meter vor meinem Beobachtungsplatz, ragten Dinge, es mochten etwa ein Rad und ein Geschützrohr sein, aus dem Schnee, und ringsum gruppierten sich Hügel von unterschiedlicher Höhe.

Ich bahnte mir einen Weg darauf zu; der Schnee war

metertief zusammengeweht. Mit den Händen schaufelte ich das locker aufgeschichtete Weiß zur Seite.

Es war tatsächlich ein Geschütz, eine deutsche leichte Feldhaubitze, an einen Protzwagen gehängt. Davor lagen acht Pferde, noch in den Strängen, alle von Granatsplittern förmlich zerfetzt, und ringsum unter den Schneegräbern fand ich die Kanoniere. Es war nicht festzustellen, ob sie ihren Wunden erlegen oder verwundet erfroren waren. Das Gespann musste auf dem Marsch einen Volltreffer erhalten haben.

Ich kehrte um und meldete dem Oberst meinen Fund. Er ließ sofort Major Moll zu sich rufen und befahl ihm, das Geschütz, sofern es noch verwendbar sei, zu bergen.

Es war verwendbar; im Protzwagen fand sich sogar Munition. Von zwölf Pferden, die man von den Krankenschlitten ausschirrte, wurde es später nach Tscherkasskowka geschafft. Aber zunächst war es noch nicht so weit.

Stabsarzt Mende kam heran und fragte den Oberst, wie lange es wohl noch dauern würde, bis er seine Verwundeten unter Dach bringen könne. Es sei allerhöchste Zeit, fügte er hinzu, solle nicht alles umsonst gewesen sein.

»Mein lieber Doktor«, entgegnete der Kommandeur, »das liegt jetzt bei Hartung und Merz und nicht zuletzt auch bei den Russen, die wir aus Tscherkasskowka hinauswerfen müssen. Wir haben getan, was in unseren Kräften stand. Jetzt können wir nur hoffen, dass nichts quer geht, und warten, Doktor!«

Und wir warteten. Wir warteten, kaum mehr fähig, uns zu regen, bis vor Tscherkasskowka unsere Pak zu bellen begann, begleitet von rasch aufeinander folgenden Abschüssen der Zwei-Zentimeter-Flak und den trockenen Detonationen der IG-Granaten. Dann setzte unregelmäßig das Schnarren der Maschinengewehre ein, so weit sie nicht gänzlich eingefroren waren, dazu knatterten Karabinerschüsse und krachten Handgranaten. Das Gefecht war im Gange. Wie würde es enden? Mir war, als ob der Lärm sich rasch entfernte. Und schließlich verstummte er.

Der Kommandeur befahl Marschbereitschaft.

Ein Melder vom dritten Bataillon kam atemlos durch die Schlucht heran.

»Herr Oberst«, brachte er keuchend hervor, »Herr Oberst, Meldung vom dritten Bataillon: Tscherkasskowka bis zur Bahnlinie in unserer Hand. Säuberung wird fortgesetzt. Feind zieht sich nach Süden und Südwesten zurück. Verbindung mit dem zweiten Bataillon aufgenommen.«

Ich fing den Mann, der sich restlos verausgabt hatte, gerade noch auf, bevor er in den Schnee stürzte. Aber er erholte sich sofort wieder und stammelte verlegen etwas, das wohl eine Entschuldigung für seinen Schwächeanfall sein sollte.

Der Oberst stieß die rechte Faust hoch. Das bedeutete: Kolonne marsch! Mir folgen!

Von Mann zu Mann ging der Befehl durch die lange Schlucht.

Wir folgten der Spur des dritten Bataillons. Das

im Schnee vergrabene Geschütz wurde soeben von Major Molls Kanonieren von seiner weißen Last befreit.

Eine Stunde später empfingen Major Hartung und Hauptmann Merz uns bei den ersten, durch Granateinschläge beschädigten Häusern von Tscherkasskowka. Die Russen hätten anfangs zäh Widerstand geleistet, berichtete Major Hartung in seiner unbekümmerten Art, aber dann seien sie ins Rutschen gekommen und glatt über die Bahnlinie weggerutscht. Der ganze Ort sei jetzt in deutscher Hand. In den letzten Häusern am Ostrand habe man ein verlorenes Häuflein eigener Leute gefunden, hauptsächlich Versprengte aller möglichen Truppenteile, die sich dort gehalten hätten. Ein Unteroffizier von den Feldeisenbahnern befehlige sie. 43 Gefangene seien im Verlauf des Gefechtes eingebracht worden.

Zwischen den Häusern entdeckte ich Tote, eigene und Russen, im geröteten Schnee. Auch Verwundete hatte es auf beiden Seiten gegeben, aber alles in allem war der Angriff, der für die Russen überraschend gekommen sein musste, für uns glimpflich verlaufen.

Major Hartung hatte bereits ein Haus ausfindig gemacht, das für den Regimentsgefechtsstand geeignet war. Auch an die Unterbringung der Verwundeten hatte er gedacht.

Nachdem Major Hartung und nach ihm auch Hauptmann Merz ihren Gefechtsbericht gegeben hatten, den ich später ins Kriegstagebuch aufnehmen musste, fanden sich nacheinander mehrere vermummte Zivilisten, alte Männer und einige Frauen, ein und versicherten dem Oberst in wortreichen Reden, sie hätten die ganzen Tage über auf die Rückkehr der »Germanski« gewartet. Dies mochte zum Teil der Wahrheit entsprechen, denn die Rotarmisten hatten, wie wir jetzt erfuhren, ein strenges Regiment geführt und mehrere Einwohner wegen Zusammenarbeit mit dem Feind kurzerhand erschossen. Überdies war damals, Januar 1942, die Einstellung der Bevölkerung uns gegenüber noch nicht so eindeutig feindlich wie ein Jahr später, als klar ersichtlich war, dass die Deutschen weder die Kolchos-Wirtschaft beseitigten noch sonst an die Verwirklichung der großartig verheißenen Befreiung dachten. Damals waren die deutschen Landwirtschaftsführer noch angesehene Leute, während sie sich später, auf Druck der Reichskommissare hin, in unerbittliche Ausbeuter und Vögte verwandelten.

Ein Teil der Bevölkerung hatte beim Herannahen der Roten Armee Tscherkasskowka verlassen, aber nicht in westlicher Richtung, sondern nach Osten, wo die unseren standen.

Wir bezogen den Gefechtsstand. Als Erstes ordnete der Oberst an, dass in sämtlichen Unterkünften Deckungsmöglichkeit zu schaffen sei. Unter den Häusern, die größtenteils nicht unterkellert waren, war die Erde nicht so steinhart gefroren wie draußen unter dem Schnee.

Die Obergefreiten Janke und Kerst, die von irgendwoher aufgetaucht waren, beide in wattierten russischen Uniformjacken und Filzstiefeln, waren schon dabei, die Öfen unseres Quartiers in Funktion zu bringen.

Oberst Metzelbrod und ich kehrten zum Ortsrand zurück, um die Einweisung zu überwachen. Noch immer zogen Teile der Kampfgruppe in Tscherkasskowka ein.

Eine Kompanie des Bataillons Knappe marschierte in guter Ordnung heran. Leutnant Betzing, der Kompanieführer, und die Zug- und Gruppenführer brachten es sogar zu Wege, dass ihre Leute den Kommandeur mit Blickwendung grüßten, wenn von Gleichschritt auch begreiflicherweise nicht zu reden war. Alle waren einheitlich in Schneehemden und weiß gestrichenen Stahlhelmen und hatten ihre Waffen bei sich. Aber auch Betzings Kompanie war stark dezimiert worden und kaum stärker als eineinhalb Züge.

Doch was danach folgte, bot einen Mitleid erregenden und zugleich erschreckenden Anblick. Es war eine der Versprengtenkompanien, die Eisen in Pawlowskaja aufgestellt hatte. Kaum jeder dritte Mann besaß einen Karabiner. Einige hatten ihre Füße mit Lumpen umwickelt. Etliche hatten ihre Gesichter mit den Gasmasken vor der Kälte zu schützen versucht, von denen die Filter abgeschraubt waren. Es war die Spreu der Niederlage, verwahrlost, abgestumpft, verzweifelt und zur Stunde ohne jeglichen Kampfwert. So viel Kameradschaft war jedoch in den humpelnden Gestalten noch wach, dass sie diejenigen, die kaum mehr imstande waren, sich fortzubewegen, trotz der eigenen Hinfälligkeit stützten. Es war klar, dass nur der Selbsterhaltungstrieb sie davor bewahrt hatte, unterwegs im Schnee zusammenzubrechen. Jetzt aber, am Ziel, schwand ihr bisschen Spannkraft dahin.

Trossleute schleppten hoch beladene Schlitten hinter sich her. Zu ihrer Ehre sei vermerkt, dass sie nichts von dem unersetzlichen Versorgungsgut im Stich gelassen hatten.

Viele der bereiften Gesichter wiesen Frostmerkmale auf. Später stellten wir fest, dass kaum einer ohne Erfrierungen davongekommen war. Aber die Zahl der Vermissten, derjenigen, die nachts im Schneesturm zurückgeblieben waren, war erstaunlich gering, zumal am Abend noch einige Nachzügler, allerdings mit schweren Erfrierungen, in Tscherkasskowka eintrafen.

Wir warteten, bis die lange Schlittenkolonne mit den Verwundeten ins Dorf eingezogen war, dann begaben wir uns in den Gefechtsstand.

An Ruhe war natürlich nicht zu denken. Der Oberst musste als Erstes die neue Frontlinie festlegen, dann erhielt Major Knappe Befehl, einen Spähtrupp auszuschicken, der zu erkunden hatte, ob die Straße nach Osten, die über Bilbasowka nach Slawiansk führte, feindfrei sei.

Als Nächstes vernahm der Kommandeur einen russischen Hauptmann, der sich unter den 43 Gefangenen befand. Er gab zu, Kapitän Stepanow zu heißen, aber sonst war nichts aus ihm herauszubringen, und der Oberst schickte ihn in die Gefangenen-Sammelstelle zurück, die in einem größeren Gebäude eingerichtet worden war.

Mittlerweile war es Major Molls Funktrupp, der sein Tornistergerät aus Pawlowskaja geborgen hatte, gelungen, Verbindung mit der Division in Slawiansk herzustellen. Wir meldeten die Vorgänge, die den Oberst veranlasst hatten, Pawlowskaja aufzugeben, den neuen Standort und die Bergung der Verwundeten, von denen nach Mitteilung Stabsarzt Mendes 18 Mann den Nachtmarsch nicht überstanden hatten.

Voll Beklemmung wartete ich auf die Antwort aus Slawiansk. Doch dann, als ich den vom General selbst unterzeichneten Funkspruch las, atmete ich erleichtert auf. Man hatte Oberst Metzelbrods eigenmächtiges und befehlswidriges Vorgehen einfach zur Kenntnis genommen. Ja, es hatte sogar den Anschein, als sei man in Slawiansk höchst beglückt darüber, dass wir überhaupt noch vorhanden waren.

Gelassen las der Oberst den Spruch, bevor er ihn achtlos beiseite legte. Ich glaubte, ihn zu kennen. Doch wie wenig kannte ich ihn wirklich! Er durchschaute damals schon das finstere Spiel und hatte das Verhängnis klar vor Augen, dessen bin ich heute gewiss. Von der Stunde an, in der er den Befehl zur Aufgabe von Pawlowskaja erteilte, war er bereit gewesen, die Konsequenzen zu tragen, und mit der ihm eigenen Klarsicht wusste er, dass er sie würde tragen müssen, wenn man im Oberkommando oder im Führerhauptquartier – weit vom Schuss – den Zeitpunkt für angemessen erachtete.

Aus dem Funkspruch vom Divisionsstab ging freilich hervor, dass der General entschlossen war, sich vor seinen Regimentskommandeur zu stellen. Aber da waren noch das Armeekorps, das Oberkommando der Armee in Gorlowka, die Heeresgruppe in Poltawa und – nicht zuletzt – das Hauptquartier dort hinten in Ostpreußen. Und je höher der Stab, desto weniger galt der einzelne Mann. Wer war schon für die in Lötzen der Oberst Metzelbrod, der sich über die bombastische Vorschrift für eingeschlossene Stützpunkte im Winterkrieg wie über einen Wisch voll leerer Worte hinweggesetzt hatte? Er war ersetzbar durch hundert andere. Damals freilich lagen mir solche Gedankengänge noch fern. Tscherkasskowka sei zur Verteidigung einzurichten, lautete der Befehl. Er umriss das, was ohnehin schon im Gange war.

»Na, Emser«, meinte der Oberst, »Tscherkasskowka – ein neues Kapitel in der Geschichte des Regiments. Hoffen wir, dass es nicht das letzte ist.«

Er hatte kaum ausgesprochen, als Leutnant Betzing eintrat, der den Spähtrupp entlang der Straße geführt hatte. Er meldete, er habe etwa drei Kilometer ostwärts Tscherkasskowka von den Höhen im Norden und aus dem Dorf Krasnoarmaisk südlich der Bahnlinie MG-Feuer erhalten und sich daraufhin befehlsgemäß zurückgezogen.

»Ist gut, Betzing«, bemerkte der Kommandeur, »das war zu erwarten. Jetzt sehen Sie zu, dass Sie Ihre Stiefel von den Füßen bekommen. Ist Ihre Kompanie gut untergebracht?«

»Jawohl, Herr Oberst«, entgegnete Betzing. »Als ich losging, waren sie schon überall in den Quartieren dabei, Deckungsgräben auszuheben, wie Herr Oberst befohlen haben.«

»Gut, Betzing«, warf Oberst Metzelbrod ein und legte dem jungen Kompanieführer väterlich die Hand auf die Schulter.

Dann, nachdem Leutnant Betzing sich entfernt hatte, entwarf der Kommandeur einen neuen Spruch mit dem Erkundungsergebnis an den Ia. Janke ging damit ins Nebenhaus, wo der Funktrupp sich eingerichtet hatte.

Wenig später hatten wir die neue Antwort aus Slawiansk in Händen. »Befehl vom Chef des Stabes AOK 17«, hieß der Klartext, »neue Stellung unter allen Umständen halten!«

Der Oberst nahm Mantel und Mütze. »Will mir die Stellungen ansehen«, sagte er, »fürs Erste werden wir wohl oder übel mit dem auskommen müssen, was wir hier haben. Schlimm für Stabsarzt Mende. Aber schließlich werden die dort oben ja nicht schlafen.«

Ich fragte ihn, ob er allein gehen wolle.

»Ja, Emser«, gab er zurück, »lassen Sie nur. Machen Sie einstweilen Ihren Papierkrieg. Ich komme schon zurecht.«

Ich öffnete ihm die Tür.

»Bis nachher, Emser«, sagte er im Hinausgehen, »bis nachher!«

Ich schob die Tür ins Schloss. Auf einmal musste ich wieder an Pawlowskaja denken, an die Schule mit ihren stummen Quartiergästen. Was mochten die Russen, die ja inzwischen sicherlich in das Dorf eingedrungen waren, empfunden haben, als sie als Einzige unsere Toten antrafen? Oder war womöglich das Schulhaus der Beschießung zum Opfer gefallen, die nach Hauptmann Merz' Beobachtung bereits kurz nach unserem Abzug eingesetzt und vielleicht die ganze Nacht hindurch angehalten hatte?

Niemand gab mir Antwort auf diese und andere Fragen, die auch dann nicht von mir abließen, als Feldwebel Lipowski im Gefechtsstand erschien, um mir einige Schriftstücke vorzulegen. Es waren Verlustmeldungen, Vorschläge für Auszeichnungen, die zu gegebener Zeit an Abteilung IIa der Division weiterzuleiten waren, Bestandsmeldungen der Bataillone, die Aufschluss über unseren Munitionsmangel gaben, und ein Bericht über die Bestrafung von zwei Soldaten wegen Befehlsverweigerung. Beide, ein Schütze und ein Gefreiter vom ersten Bataillon, waren mit zwei Wochen Arrest bestraft worden, doch hatte man die Verbüßung der Strafen ausgesetzt bis zur Normalisierung der Lage. Die beiden waren dem Befehl ihres Zugführers, zu einem Gegenstoß anzutreten, nicht nachgekommen. Ich sprach später mit dem Zugführer, der die beiden gemeldet hatte, und kam dabei dahinter, dass der Gegenstoß überhaupt nicht unternommen worden war. Das Ganze war also reichlich unklar, und ich sagte mir, den beiden sei kein Vorwurf zu machen, da sie das Widersinnige des Befehls erkannt hatten. Ich besprach mit

Major Knappe den Fall und erreichte es, dass die Strafen gestrichen wurden. »Wohin wird das führen?«, fragte ich mich, aber ich konnte nicht anders handeln.

Der Oberst kehrte von seinem Rundgang durch die Stellungen zurück. Oberleutnant von Eisen, der jetzt wieder die Stabskompanie führte, begleitete ihn. Er hatte Frostsalbe auf Nase und Wangen geschmiert und sah aus wie ein australischer Medizinmann.

Eisen hatte stets, wo er auch war, ein besonderes Talent zum Aufspüren anregender Getränke entwickelt. Jetzt zog er eine Wodkaflasche aus der Tasche, die er in dem Haus entdeckt hatte, das der Befehlsstand jenes Kapitäns Stepanow gewesen war, der nun bei seinen Leuten in der Gefangenensammelstelle lag.

Der Obergefreite Janke brachte Gläser, und Eisen schenkte ein. Doch der Kommandeur lehnte ab, gab sein Glas dem Melder und sagte:

»Ihnen ist mehr damit gedient als mir, Janke, trinken Sie 's aus!«

Eisen fragte nach Einzelheiten für die Sicherung unseres Gefechtsstandes, überließ mir die angebrochene Flasche und entfernte sich rasch. Anderntags gestand er mir, der Kommandeur in seiner steinernen Ruhe sei ihm geradezu unheimlich vorgekommen.

Aber auch mir war nicht nach weiterem Wodka zu Mute. Ich fühlte mich plötzlich wie zerschlagen, meine Füße brannten, und zudem war ich hungrig, denn die dünne Suppe, die es mittags gegeben hatte, hielt nicht vor. Ein Glück nur, dass noch ein kleiner Vorrat an Zigaretten vorhanden war. Damit ließ sich vieles betäuben.

Der Oberst hatte auf dem mit schwarzem Wachstuch bezogenen Einheitssofa Platz genommen. Grotesk wie ein Fremdkörper wirkte das unschöne Möbelstück in der weiß getünchten bäuerlichen Stube. Der mächtige ukrainische Ofen spendete wohlige Wärme. Die eisverkrusteten kleinen Fenster waren an der Innenseite kreuz und quer mit Streifen aus Zeitungspapier überklebt. »Prawda«, las ich auf einem der Streifen.

Das Haus, das Major Hartung für uns ausgesucht hatte, war von seinen Bewohnern verlassen. In der Vorratskammer neben der Küche hatte sich ein Sack mit dunklem Mehl gefunden, den Janke zur Verbesserung unserer Hungerrationen requiriert hatte.

Im Lehmfußboden, dicht unter der nach Westen gerichteten Fensterwand, hatte ich einen tiefen Splittergraben ausschachten lassen. Dies war, ähnlich wie in den übrigen Unterkünften, der bescheidene Anfang einer zweiten unterirdischen Behausung, die mit der Zeit unter dem Fußboden unseres Quartiers entstand. Wie die Wühlmäuse gingen wir in der folgenden Zeit immer tiefer in die Erde, und es sollten Tage kommen, an denen es keiner mehr wagte, sich draußen blicken zu lassen, es sei denn, dass die Beschießung aufhörte und der Gegner zum Angriff überging. Aber damals, am ersten Tag in Tscherkasskowka, war es noch nicht so weit. Auch die Russen führten den Krieg nicht mit einer Hand.

Es war vier Uhr nachmittags. Die Kerosinlampe, die Kerst samt Brennstoff organisiert hatte, brannte schon. Der Sturm hatte sich nicht wieder erhoben; gegen Mittag hatte es aufgehört zu schneien. Aber dunkle Wolken verhießen neuen Schneefall.

Der Oberst war auf dem Sofa eingeschlafen. Seine knochigen Hände hingen locker gefaltet zwischen den Knien herab. Ein alter Mann in Uniform, war mein Eindruck, während ich ihn betrachtete. Im Schlaf schien er aller Spannkraft beraubt, die ihn sonst beseelte wie ein aus unbegreiflichen Reserven gespeister Motor. Er hatte sich auf dem Gewaltmarsch verausgabt, das war klar, und die Nervenanspannung war zu groß gewesen. Wenn er uns nur nicht zusammenbricht, dachte ich besorgt. Was sollte aus dem Regiment werden, wenn er nicht mehr in der Lage wäre, es zu führen?

Seine Feldbluse sah kaum besser aus als die unserer Soldaten. Durch ein Knopfloch war das schwarz-weiße Band mit der Spange von 39 geschlungen. An der linken Brusttasche, neben dem silbernen Verwundetenabzeichen, war die zweite Spange, die er sich am zweiten Tag des Ostfeldzuges geholt hatte, befestigt. Das Eiserne Kreuz darunter fehlte. Es war in Pawlowskaja bei einem jungen Soldaten geblieben, dem schweigenden Nachbarn Erich Metzelbrods im Oberstock der Schule.

Es klopfte an die Tür. Ich stand auf und ging öffnen. Auf der Schwelle nahm eine wunderliche Gestalt in fußlangem Übermantel, eine offenbar selbst gefertigte Pelzmütze auf dem Kopf und an der Seite einen Karabiner, Haltung an.

»Unteroffizier Sebald zur Stelle«, meldete er, das unrasierte Kinn vorgereckt. Seine blauen Augen blinzelten mir freundlich zu.

Es war der Feldeisenbahner, der sich mit seinen Leuten und einer Schar Versprengter im Ostteil des Dorfes behauptet hatte. Ich ließ ihn eintreten.

Der Oberst war erwacht. Mit einem Ruck richtete er sich auf, als sei ihm der Gedanke, Untergebene könnten ein Zeichen der Schwäche an ihm wahrnehmen, unerträglich.

Der Unteroffizier trat vor und wiederholte vor dem Kommandeur seine Meldung.

»Ja, Sebald«, sagte der Oberst, »Sie haben sich gut gehalten. Jetzt lassen Sie mal hören, wie es dazu gekommen ist und wie Sie das fertig gebracht haben. Stehen Sie bequem, Sebald, und legen Sie den Karabiner weg.«

Ich nahm den Karabiner, von dem die Reifschicht abtaute, und lehnte ihn gegen die Wand. Der Unteroffizier begann etwas unbeholfen; ein Oberst war für ihn sicherlich ein »hohes Tier«. Aber dann kam er in Schwung.

»Ich hatte die Station Tscherkasskowka unter mir«, begann er, »seit November bin ich hier. Wir fuhren Breitspur, russische Loks und russische Wagons. Es kamen viele Transporte durch. Die Lokführer waren Russen. Anfang Januar, gleich nach Neujahr, kam sogar ein Sonderzug mit dem Armeestab, der von Panjutino nach Kramatorskaja verlegte. Da gibt's bald Vormarsch, sagten wir uns, wenn das Oberkommando nach Kramatorskaja geht.

Vom Krieg merkten wir hier sonst nicht viel. Manchmal kam ein russisches Flugzeug, aber die Bomben, die fielen, richteten am Bahnkörper keinen Schaden an. Wir hörten natürlich das Artilleriefeuer vom Donez. Aber das war alles. Außer Gefangenen, die von Zeit zu Zeit durchkamen, hatten wir bis dahin keinen russischen Soldaten gesehen.

Dann, am 18. in der Frühe, merkten wir an dem anhaltenden Donnern vom Donez her, dass etwas Besonderes im Gange war. Jetzt geht es los, sagten wir uns und wunderten uns, denn es war ja so ziemlich der kälteste Tag, und, wenn ich es sagen darf, mit der Winterbekleidung sieht es schlecht aus. Aber es ist ja nicht unsere Sache, uns darüber den Kopf zu zerbrechen.

Also gut, wir dachten an nichts Schlimmes, bis gegen Mittag mein Chef aus Slawiansk anrief. ›Sebald‹, sagte er, ›haben Sie noch rollendes Material in Tscherkasskowka stehen?‹ – ›Drei Güterwagen‹, sagte ich, ›werden die bei Ihnen gebraucht, Herr Hauptmann?‹ – ›Nein‹, sagte er, ›das weniger, aber da oben am Donez ist eine Mordsschweinerei passiert. Der Russe ist durch. Ich schicke eine Lok. Die nimmt die drei Wagen mit nach Barwenkowo, denn vielleicht braucht man dort alles, was auf der Strecke ist, für das Armeeverpflegungslager.‹

Die Lok traf ein, und dann geschah nichts mehr bis

zum späten Abend. Am Abend nämlich kam ein Leutnant in die Station. Er suchte eine Fernsprechstelle. Er war ziemlich aufgeregt. Sein Mantel war zerrissen, und die rechte Hand hing in einer Schlinge. ›Erfroren‹, sagte er, und dann hörte ich, was er am Telefon sprach. ›Das ganze Bataillon aufgerieben‹, sagte er, mit 62 Mann sei er grade noch herausgekommen. Die Dienststelle, mit der er sprach, befahl ihm, nach Barwenkowo zu gehen und sich dort beim Kampfkommandanten zu melden. ›Macht's gut!‹, sagte er zu mir und ging. Wer weiß, ob er noch nach Barwenkowo gekommen ist?

Er war nicht der Einzige von dort drüben, vom Donez. In der Nacht kamen Soldaten, die nicht mehr aus noch ein wussten und halb erfroren und verhungert waren. Ich behielt sie in der Station und machte ihnen ein Strohlager zurecht. Verpflegung gab ich ihnen auch. Ich konnte sie doch nicht in die Kälte und Dunkelheit hinausschicken. Und wohin hätten sie denn gehen sollen? Sie hatten die blanke Todesangst in den Augen; aber was sie erzählten, war wirres Zeug, und ich glaubte ihnen nur halb. Wir waren verwöhnt; bisher hatte es nur Vormarsch gegeben und höchstens mal einen Stopp. ›Ihr seid ein bisschen weit gelaufen‹, sagte ich. ›Mensch‹, gab mir ein Obergefreiter zur Antwort, ›du hättest dabei sein müssen, dann würdest du anders reden. Leg du dich mal hin in den Schnee und halt die Russen auf, wenn dir das MG einfriert, und wenn du nach 'n paar Minuten die Hände nicht mehr gebrauchen kannst mit so einem billigen Handschuhmist, wie wir ihn da haben. Das musst du erst mal mitgemacht haben!‹ So sagte er, und ich merkte, dass er wohl Recht hatte.

Es waren natürlich noch mehr von uns in Tscherkasskowka als nur wir Feldeisenbahner. Die meisten hauten in der Nacht klammheimlich ab, auch die Ortskommandantur und so. Am nächsten Morgen kamen neue Versprengte. Elf Mann, alte Jahrgänge von einer Landesschützenkompanie. Sie hatten keine Wachen aufgestellt, in der Nacht waren die Rotarmisten gekommen und hatte alle niedergemacht bis auf die elf, die in der Dunkelheit entkommen konnten. Dann tauchten ein paar Verrückte auf und riefen: ›Die Russen kommen – die Russen kommen.‹ Sie wollten nicht einmal auf ein Kochgeschirr voll Suppe bleiben, so hungrig sie auch waren, nur fort wollten sie.

Am Mittag rollte unangemeldet ein Lastzug aus Barwenkowo in die Station. Auf der Lok stand neben dem russischen Lokführer ein Sonderführer von uns. Ich kannte ihn gut; ein spaßiger kleiner Kerl und nicht mehr der Jüngste. Maier, Sonderführer Maier. Von ihm hörten wir, dass in Barwenkowo bereits alles drunter und drüber ging. Ich denke, nach allem, was er dort gesehen hatte, war selbst ihm der Spaß vergangen. Alles kopflos, und keiner war da, der für den Abtransport des Armeeverpflegungslagers sorgte, und keiner, der über die vielen Versprengten, die wie die Ameisen umherschwirrten, die Führung übernahm.

›Was machen Sie, Sebald?‹, fragte mich der Sonderführer. ›Was soll ich machen‹, gab ich ihm zur Antwort, ›solange ich keinen anderen Befehl bekomme, bleibe ich natürlich hier!‹

Dann hörte man Flugzeuge. Die Lok pfiff, der Sonderführer sprang auf, und sie rollten weiter. Ich meldete den Zug nach Bilbasowka. Jetzt kannst du den Laden dicht machen, sagte ich mir, denn Züge waren nicht mehr zu erwarten. Ich holte mir den Obergefreiten ran, mit dem ich in der Nacht gesprochen hatte, und gab ihm zu verstehen, dass es ihm und seinen Kameraden an Kopf und Kragen gehen könne, wenn sie einfach wie so viele andere in die Gegend türmten. – Wir machen hier so was wie 'ne Frontfiliale auf, sagte ich, ihr habt doch allerhand zum Schießen bei euch, und Muni habt ihr auch.

So kam es, Herr Oberst. Wir richteten uns in drei Häusern am Ostrand zur Verteidigung ein. Ich hatte ja auch ein MG in der Station und rund 500 Schuss Munition. Das war da für den Fall, dass wir mal die Station gegen Partisanen verteidigen müssten.

Am anderen Tag kamen dann die ersten Russen. Zuerst verhielten wir uns still, aber dann müssen uns wohl Zivilisten verraten haben. Am Nachmittag hatten wir den ersten Angriff. Mit vier MGs – so viel waren da – setzten wir uns zur Wehr, und als wirklich so ein paar Rotarmisten vor die Haustür kamen, warfen wir ihnen etliche Handgranaten entgegen. Schließlich zogen sie ab. Es war leichter gewesen, als ich mir 's vorgestellt hatte.

Im Dunkeln kamen sie wieder. Wir waren natürlich auf der Hut und schossen, was die Gurte hergaben. Die

Nacht über blieb es dann ruhig. Ich denke, es war wohl der Schneesturm, der die Russen lahm legte. Und am Morgen waren Ihre Bataillone da, Herr Oberst, und mehr habe ich eigentlich nicht zu berichten.«

Der Oberst war aufgestanden. Zum ersten Mal lachte er wieder, herzhaft und wie von einer drückenden Last befreit.

»Sebald«, fragte er, »haben Sie einen Wunsch?«

»Jawohl, Herr Oberst«, entgegnete der Unteroffizier mit entwaffnendem Freimut, »am besten raus aus diesem Russland, und wenn das nicht geht, bald wieder mal Urlaub!«

»Das wird sich wohl beides nicht so schnell einrichten lassen«, meinte der Oberst, noch immer lachend. »Fürs Erste gehen Sie mal hinüber ins Geschäftszimmer, und geben Sie Feldwebel Lipowski Ihren Namen an und dazu die Namen der Leute, die Ihnen am besten in Ihrer Frontfiliale geholfen haben!«

Der Feldeisenbahner nahm seinen Karabiner, grüßte und verließ uns.

»Sehen Sie, Emser«, sagte der Oberst, »solche gibt es auch noch. Aber was man da von Barwenkowo hört, ist bedenklich. Das sieht verdammt nach Auflösung aus. Wenn das Schule macht, steht der Feind bald in Melitopol, und dann adieu 17. Armee.«

Er hatte gerade ausgesprochen, als draußen unversehens MG-Feuer laut wurde. Wenig später kam ein Mann vom zweiten Bataillon mit der Meldung, im Südwesten greife der Russe an.

Wortlos nahm der Oberst seinen Mantel, aber bevor er ihn überziehen konnte, fiel ich ihm regelrecht in den Arm.

»Das kann ich nicht zulassen«, sagte ich und beschwor ihn, endlich an sich zu denken. »Hauptmann Merz wird da schon allein klarkommen.«

Es gelang mir, ihn zu überreden, sich auf eine Mütze voll Schlaf in das für ihn hergerichtete Zimmer zurückzuziehen. Im Übrigen wurde es draußen bald wieder ruhig. Aber ich wusste, die Ruhe würde nicht anhalten. Tscherkasskowka war der am weitesten westlich gelegene Stützpunkt der aus den Fugen geratenen nördlichen Donezfront. Ruhe, darüber war ich mir klar, würde es, solange Schnee lag in diesem Land, für uns nicht mehr geben.

Es war kurz nach 20 Uhr. Ich ging vors Haus, um nach dem Posten zu sehen, den die Stabskompanie mit stündlicher Ablösung zu stellen hatte. Auf der Straße kam jemand näher. Man hörte deutlich das Knirschen der Schritte im Schnee. Der Posten rief sein »Halt!« und forderte die Parole. Sie hieß »Schneesturm«. Als das Licht, das aus dem Türspalt fiel, den nächtlichen Wanderer traf, erkannte ich Hauptmann Merz und bat ihn ins Haus.

»Kommandeur noch wach?«, fragte er, während er Mantel, Kopfschützer und Stahlhelm ablegte.

Ich entgegnete, ich hätte den Oberst vor kurzem mit vieler Mühe dazu gebracht, sich endlich hinzulegen. »Ist es wichtig, Herr Hauptmann?«, fragte ich, »soll ich Herrn Oberst Metzelbrod wecken?«

»Um Gottes willen, Emser«, wehrte Hauptmann

Merz ab, »wenn jemand den Schlaf verdient hat, dann ist es der Kommandeur. Man kann ja überhaupt nur staunen, wo er die Energie hernimmt. Das soll ihm erst mal einer nachmachen, 2000 Mann und einen Schlittenpulk dazu mir nichts, dir nichts aus der Umklammerung herauszuführen. Das war sein Meisterstück. Ich möchte wetten, dass das 'ne Ritterkreuzangelegenheit ist.«

Hauptmann Merz stand vor der Beförderung zum Major. In Krementschug, als Major von Bernbruck gefallen war, hatte er das zweite Bataillon übernommen. Er hatte gewisse Schwierigkeiten zu Hause, wie er mir einmal in einer stillen Stunde mitgeteilt hatte. Sein Sohn war eine Größe bei der Partei, er jedoch war vom alten Schlag. Im Zivilberuf war er ein bekannter Journalist. Im Frankreichfeldzug war er höherer Kriegsberichter gewesen. Damals hatte er offen seine Kritik über die Angriffsführung an der Aisne geäußert und war darauf zur Truppe versetzt worden. Das Betrübliche war, dass seine Frau ganz zu dem Sohn hielt und dass es somit im Hause Merz oft Reibereien gab.

Ich stand sehr freundschaftlich mit Hauptmann Merz. Wir hatten auch insofern gemeinsame Interessen, als er, der gebürtige Münchner, ein ebenso passionierter Bergsteiger und Skiläufer war wie ich.

Er meinte also, dass das Unternehmen »Schneesturm«, unter welcher Bezeichnung der Ausbruch aus Pawlowskaja im Kriegstagebuch lief, dem Kommandeur das – wie wir alle fanden – längst fällige Ritterkreuz einbringen würde.

Hauptmann Merz erschrak, als ich meine geheimen Befürchtungen vorbrachte. »Herr Hauptmann kennen doch den Befehl«, sagte ich, »danach hätten wir Pawlowskaja bis zur letzten Patrone verteidigen und zuletzt einäschern müssen.«

»Das ist doch reiner Blödsinn«, ereiferte sich der Hauptmann, »so etwas lässt sich doch in Wirklichkeit gar nicht durchführen. Ich glaube, Sie sehen zu schwarz, Emser.«

Er hatte mich nicht überzeugt. »Wenn die da oben einen Prügelknaben suchen«, bemerkte ich, »dürfte Herr Oberst Metzelbrod gerade der Richtige sein. Wenn Herr Hauptmann sich erinnern, ist er schon mehrmals unbequem geworden. Und denken Herr Hauptmann nur an General Graf Sponeck. Ihm hat man die Schuld an den Russenlandungen auf der Krim in die Schuhe geschoben. Jetzt sitzt er auf der Festung Germersheim, wie es heißt.«

Wir ließen das Thema fallen, und Hauptmann Merz kam auf das zu sprechen, was ihn zu später Stunde zu uns geführt hatte.

»Bei dem Angriff vorhin«, sagte er, »ist es noch mal gut gegangen. Aber wie lange, Emser, sollen wir das durchhalten? Die Leute sind fertig, einfach fertig. Kaum einer ohne Erfrierungen, übermüdet, entkräftet. Was tun, wenn da die Nerven versagen? Man kann uns doch nicht einfach hängen lassen!«

»Man kann vieles, Herr Hauptmann«, gab ich ihm zu bedenken, »im Übrigen scheint es ziemlich mulmig auszusehen. Wenn wir auch so gut wie nichts von der großen Lage wissen, sieht es doch so aus, als ob der Russe einen ansehnlichen Sack ausgebeult hat und jetzt hineinpumpt, was er übers Donezeis rüberkriegt. Es stört ihn ja keiner. Vielleicht sind wir in Tscherkasskowka bloß ein ganz kleiner Fisch, Herr Hauptmann.«

»Na«, meinte er, »dann wollen wir immerhin dafür sorgen, dass der kleine Fisch dem Russen wie ein Klumpen im Magen liegt.«

Damit verabschiedete er sich, und ich konnte mich nun endlich aufs Ohr legen. Aber der Schlaf ließ noch lange auf sich warten in dieser ersten Nacht in Tscherkasskowka.

Melder kamen und gingen. Zeitweilig gaben sie sich die Tür in die Hand. Ein gefangener Rotarmist, der in einem Schuppen entdeckt worden war, wurde hereingeführt und stand mit verlegenem Grinsen beim Ofen. Ich entschied, dass er zur Gefangenensammelstelle eskortiert und am Morgen mit den übrigen Russen vernommen werden sollte. Die Vernehmungen von gefangenen Soldaten, Partisanen oder sonstigen verdächtigen Zivilisten erledigte in unserem Regiment der Kommandeur. Er verabscheute die Methoden, die andere bedenkenlos anwandten. Ochsenziemer und drohend vorgehaltene Pistolen waren für ihn Requisiten, die er auf das Entschiedenste verurteilte. Wenn ein Gefangener nicht sprechen wollte, machte er nach der Meinung von Oberst Metzelbrod nur von einem Recht Gebrauch, das jedem zuzugestehen war, der in Feindeshand fiel.

Kurz vor Mitternacht traf ein Trupp Versprengter

ein, die sich von Barwenkowo aus durchgeschlagen hatten. Einer von ihnen, ein Pionier-Unteroffizier, trat als Sprecher auf. Sein Bericht war so erschreckend, dass ich nahe daran war, den Kommandeur zu wecken. Aber ich unterließ es, denn niemand brauchte seinen Schlaf notwendiger als Oberst Metzelbrod, auf dem die Verantwortung für alles lastete.

Der Unteroffizier sprach von feindlichen Reiterabteilungen und starken Skipatrouillen, die über den toten Schienenstrang hinweg westlich von Tscherkasskowka nach Süden vorgestoßen sein sollten. Wenn dem so war, bestand die Gefahr, dass auch die südliche Bahnlinie von Stalino nach Dnjepropetrowsk, die Lebensader der 17. Armee und der 1. Panzerarmee, durchschnitten würde. Doch wir konnten es nicht verhindern. Wir saßen in Tscherkasskowka und mussten froh sein, wenn uns der Feind nicht hinausboxte in den Schnee.

Später hörten wir, dass Voraustrupps des Feindes tatsächlich bereits bis zur Bahnstation Jassinowataja vorgefühlt hatten, aber von rasch aufgestellten Alarmeinheiten abgewiesen worden waren. Dort im Süden wurde dann die Armeegruppe von Mackensen aus der 1. Gebirgs-Division und Teilen der 1. Panzerarmee gebildet, der es gelang, die Lage zu festigen und die vom Feind beabsichtigte Einkesselung der beiden Südarmeen zu verhindern.

Doch in jener ersten Nacht in Tscherkasskowka, als die Versprengten aus Barwenkowo wie eine Rotte Gespenster in deutschen Uniformen in den Gefechtsstand kamen, sah es für mich so aus, als gebe es für uns alle keine Hoffnung mehr, als drohe der russische Winter, uns zu verschlingen.

Der Panzerzug

Über Tscherkasskowka kreisten Flugzeuge. Sie kurvten mit aufkreischenden Motoren über einer dichten, hoch schwebenden Wolkenschicht. Die Soldaten, in der Annahme, es wären eigene, liefen, wie man uns nachher berichtete, in Scharen ins Freie in Erwartung hoch willkommener Versorgungsbomben. Aber die Bomben, die rauschend und pfeifend fielen, waren nicht mit Zigaretten, Würsten oder Infanteriemunition gefüllt. Es waren, wie jählings das Krachen ohrenbetäubender Detonationen verriet, russische Bomben, und sie waren Tscherkasskowka zugedacht. Unmittelbar nach den ersten Einschlägen begann das Hämmern unserer leichten Flakgeschütze. Sie feuerten planlos in die Wolken. Die russischen Flieger ließen sich dadurch nicht beirren. Sie warfen die mitgeführte Bombenlast über Tscherkasskowka ab und entfernten sich dann nach Nordosten.

Der Oberst, Oberleutnant von Eisen, der sich gerade im Gefechtsstand befand, Janke, Kerst und ich waren bei den ersten Einschlägen in den Splittergraben gesprungen, und das Haus hatte minutenlang über uns geschwankt.

Als das Bombardement beendet war, befahl der Kommandeur mir, nachzusehen, was es angerichtet hatte. Eine Wolke aus Schuttstaub, Pulverschwaden und pulvrigem Schnee hing über dem ausgedehnten Dorf. Mehrere Häuser brannten, andere waren buchstäblich in die gefrorene Erde gestampft und mit ihnen alles, was in ihren Mauern geatmet hatte. Die Gefangenensammelstelle war nicht mehr vorhanden. Ein Schuppen, in dem wir Pferde untergestellt hatten, war nur noch ein unentwirrbares Gemengsel aus Mauerwerk, Kleinholz und Fetzen von Pferdekadavern. Da und dort lagen grässlich verstümmelte Tote oder weit verstreute Leichenteile im Schnee. Verwundete, auch russische Zivilisten, wankten laut jammernd in Richtung zum Verbandplatz. Andere wurden von den Krankenträgern aufgesammelt.

Als ich zum Gefechtsstand zurückkehrte, fand ich dort Stabsarzt Mende vor. Er war bleich vor Erregung.

»Das ist unmenschlich!«, rief er außer sich. »Die Verwundeten müssen hinaus aus der Gefahrenzone! Herr Oberst müssen einen Weg finden, sonst wäre alles umsonst gewesen!«

»Stabsarzt Mende«, gab der Oberst in abweisendem Ton zurück, »Ihr Platz ist bei Ihren Verwundeten!«

Der Stabsarzt grüßte mutlos und entfernte sich. Wie hatte er sich so weit vergessen können? Der Oberst hatte die Verwundeten nach Tscherkasskowka geführt.

Ihm war es nicht anzurechnen, dass der Weg nach Osten nicht frei war.

Ich suchte Major Molls Funktrupp auf. Wir meldeten der Division die folgenschwere Bombardierung. »Wir brauchen alles Verfügbare, wenn die Stellung gehalten werden soll«, lautete weiter unser Spruch und: »Warum bleibt Versorgung aus der Luft aus? Feind kann erwiesenermaßen auch fliegen.«

Eine halbe Stunde später kam die Antwort aus Slawiansk: Die Division unternehme, was in ihren Kräften stehe. Die verfügbaren Stukaverbände seien für »Lustschloss« angefordert worden. »Lustschloss« war der Deckname für das Armeeverpflegungslager in Barwenkowo.

»Wozu denn das?«, fragte ich den Kommandeur.

»Damit das Lager dem Feind nicht in die Hände fällt«, erwiderte er. »Ist doch ganz klar, Emser, wenn es auch nicht für besonders sorgfältige Planung spricht.«

Dies war, fand ich, eine außerordentlich zurückhaltende Beurteilung dessen, was in Barwenkowo versäumt und verbrochen worden war. Nichts hatte man in Barwenkowo herausgerückt, und zuletzt hatte man so lange mit der Räumung des gefährdeten Lagers gewartet, bis der einzige Weg die Vernichtung der riesigen Vorräte war. Es war, glaube ich, gut, dass wir damals im Unklaren über das wirkliche Ausmaß der Katastrophe von Barwenkowo waren. Wie hätten wir es wohl in unserer Lage aufgenommen, wenn uns bekannt gewesen wäre, dass man einen der Verantwortlichen von Barwenkowo noch vor dem Eintreffen der russischen Angriffsspitzen auf dem Flugplatz von Breslau, einen anderen in Kriwoirog und etliche in Dnjepropetrowsk festnahm?

Im Mai übrigens, als von Majaki aus der große Gegenangriff anlief, der zur Einkesselung der Timoschenko-Armee führte, fand man in den Taschen vieler russischer Gefangener noch Attika-Zigaretten aus Barwenkowo, eine Marke, die unsere Soldaten nicht einmal zu Weihnachten zu Gesicht bekommen hatten. Die Stukas hatten das Lager zwar getroffen, aber durchaus nicht zerstört.

Doch damals war noch nicht Mai, und der Gedanke an eine Gegenoffensive lag der Kampfgruppe Metzelbrod, die in Tscherkasskowka auf sich gestellt ums nackte Leben rang, weit ferner als der Mond.

Was dem Oberst jetzt, nach dem ersten Luftangriff, am meisten am Herzen lag, war die Verbesserung und Abstützung der Deckungen innerhalb der Häuser. »Wir müssen bereit sein«, meinte er, »es wird noch dicker kommen, Emser, Sie werden sehen.«

Gegen Mittag bestätigten die ersten Artillerieeinschläge, wie Recht er auch diesmal hatte. In aller Gemütsruhe schossen mehrere russische Batterien sich auf Tscherkasskowka ein. Außer der von Major Moll geborgenen leichten Feldhaubitze hatten wir nichts, womit wir das Feuer hätten erwidern können, aber auch dieses einzige Geschütz musste schweigen, um nicht vorzeitig zusammengeschossen zu werden.

Das Artilleriefeuer, das zwei Stunden lang mit unterschiedlicher Heftigkeit anhielt, war nur der Auftakt zu einer von neuen Bombenangriffen unterstützten schweren Beschießung, die uns zeitweilig in die Häuser verbannte und uns immer tiefer in die Erde trieb. Wie Höhlenmenschen verbrachten wir fortan viele Stunden in unseren kellerartigen Stollen.

Es war die Zeit, in der wir alle zusehends verkamen. Es gab keine Wäsche zum Wechseln, Tag und Nacht steckte man in der Uniform, und die Läuse, die uns in Pawlowskaja noch wenig behelligt hatten, vermehrten sich ungehindert und peinigten uns alle so sehr, dass wir kaum mehr schlafen konnten. Dazu wurde die Kost immer schmaler, und das, was es gab, hatte so gut wie keinen Nährwert. Kein Wunder also, dass wir vom Fleisch fielen und bald aussahen wie ruppige Gespenster.

Von der Division hörten wir nichts Ermutigendes. Freilich erschienen jetzt, nachdem sie in Barwenkowo nichts mehr ausrichten konnten, die sehnlich erwarteten Stukas über Tscherkasskowka und warfen die so sehr begehrten Versorgungsbomben ab. Doch oft wehte der Wind ungünstig und entführte die Bomben zu den Russen, die sich immer näher an Tscherkasskowka heranschoben. Wenn man sich – wann auch immer, sogar in tiefer Nacht – an gewissen einzusehenden Punkten des Dorfes zeigte, begannen die Maxim-MGs zu schießen, und Scharfschützen lauerten den Meldern auf, die als Einzige die Verbindung zu den Bataillonsgefechtsständen aufrechthielten. Immer wieder wurden wir durch Angriffe alarmiert, und oftmals gelang es dem Feind, für Stunden am Ortsrand Fuß zu fassen. In verbissenem Kampf Mann gegen Mann wurden die Einbrüche zwar jedes Mal wieder beseitigt, aber die Besten fielen bei solchen gewaltsamen Gegenstößen oder wurden verwundet und vermehrten die Zahl von Stabsarzt Mendes Schützlingen, die uns die größte Sorge bereiteten, denn die Sterblichkeit auf dem Verbandplatz war wie ein stetig um sich greifender, nicht zu löschender Brand.

Endlich – nach einer Woche dumpfen Wartens – traf aus Slawiansk ein Funkspruch ein, der besagte, entlang der Straße und der Bahnlinie und gegen das Dorf Krasnoarmaisk seien Angriffe im Gange, wir sollten ausharren, bald werde die Verbindung nach Tscherkasskowka hergestellt sein.

In einem wahren Freudenrausch brachte ich dem Kommandeur den verheißungsvollen Spruch. Aber der Oberst nickte nur stumm, nachdem er ihn gelesen hatte. Es war, als gebe es nichts mehr, was ihn aus seiner steinernen Verschlossenheit aufrütteln könne. Vielleicht war er auch schon so zermürbt, dass er an nichts mehr glaubte. Jedenfalls verbot er die Verbreitung der guten Nachricht im Regiment. Aber sie sickerte doch durch; vielleicht hatten die Funker nicht dicht gehalten. Und die Stimmung stieg.

Es war ein trüber, eisiger Tag. Die bläulich grauen Wolken hingen voller Schnee. Immer wieder ertappte ich mich dabei, wie ich angespannt lauschte, ob von dem angekündigten Vorstoß der unseren schon etwas zu hören sei.

Auf einmal vernahm ich aus der Ferne, nach meinem Dafürhalten aus der Gegend von Krasnoarmaisk, das Rumpeln von Granateinschlägen. Dann wurde, durch die Entfernung freilich gedämpft, anhaltendes MG-Feuer laut. Sie kommen, dachte ich, Mann, sie kommen, und machte den Kommandeur aufmerksam.

»Na, Emser«, sagte er nachdenklich, »für manchen von euch wird es wohl noch bessere Tage geben.«

Ich blickte ihn betroffen an. Plötzlich waren alle meine Befürchtungen wieder wach, die ich, sooft sie auftauchten, verdrängt hatte wie eine Mahnung, die einem lästig ist.

»Herr Oberst sprechen so merkwürdig«, sagte ich, aber er winkte ungeduldig ab.

»Kommen Sie, Emser«, forderte er mich auf, »lassen Sie uns einen Rundgang machen.«

Ich half ihm in den Mantel, reichte ihm sein Schneehemd und zog mich dann selber an. Bevor wir hinausgingen, sagte ich Janke und Kerst Bescheid, die sich in der nach dem Hof zu gelegenen Küche eingenistet hatten.

Die Kälte hatte etwas nachgelassen. Vielleicht hatten wir uns auch schon daran gewöhnt. Von unserem Haus bis zur Unterkunft Oberleutnant von Eisens war ein Laufgraben im Schnee gezogen worden, in dem auch der Posten vor dem Gefechtsstand Schutz und Deckung fand. In unserer Straße waren drei Häuser durch Volltreffer dem Erdboden gleichgemacht worden, sodass die Straße streckenweise vom Gegner eingesehen wurde.

In Eisens Quartier war auch das Regimentsgeschäftszimmer untergebracht. Als wir dort eintraten, bat Feldwebel Lipowski um einige Unterschriften. Er bereitete sich also schon auf bessere Zeiten vor, in denen der Papierkram wieder zu seinem Recht kommen würde.

Aus dem Nebenraum trat Eisen ein. »Hoffentlich bleibt die Sache nicht stecken«, bemerkte er, nachdem er den Kommandeur begrüßt hatte. In der Stabskompanie wusste man natürlich Bescheid.

»Ja, hoffen wir 's, Eisen«, gab der Oberst kurz zurück und verließ ohne ein weiteres Wort das Haus.

Wie ausgestorben lag Tscherkasskowka in der Winteröde. Nach Norden wellte sich das verschneite Hügelland, durch das wir nachts im Sturm gezogen waren. Nur der aus gedrungenen Kaminen aufsteigende Rauch zeigte, dass in den Häusern Leben war. Es war verwunderlich, dass überhaupt noch Heizmaterial für die Öfen vorhanden war, denn alle Zäune, alle Leitungsmasten und alles sonst Brennbare war schon entfernt. Kohle gab es nicht hier am Saum des russischen Industriegebietes, denn vor ihrem Abzug hatten die Sowjets alle Zechen stillgelegt oder zerstört.

Wie auf einem friedlichen Spaziergang durchstreiften wir das Dorf. Von Zeit zu Zeit blieben wir stehen und horchten. Ganz deutlich waren Abschüsse, Einschläge und Feuerstöße deutscher und russischer MGs zu vernehmen. Dann ertönte auf einmal aus der Ferne ein lang gezogener Pfiff.

»Eine Lok«, stieß ich erregt hervor, »Herr Oberst, das war eine Lok. Die bringen die Bahn wieder in Betrieb!«

»Möglich«, gab Oberst Metzelbrod unbewegt zurück, »es sieht wirklich so aus, als ob man oben eingesehen hat, dass ein Regiment mehr ist als wertloser Plunder, den man einfach wegwirft.«

Meine Aufregung schien ihn zu belustigen.

»Emser«, fragte er, »erinnern Sie sich an das, was Sie einmal sagten – im Dezember in Pawlowskaja?«

Ich wusste nicht, worauf er hinauswollte. Er half meinem Gedächtnis auf die Sprünge: »Sie sagten damals, der Krieg habe Sie abgebrüht, nichts könne Sie mehr erschüttern. Allerdings hatten Sie damals zwei oder drei Kognaks getrunken. Und jetzt – eine Lokomotive pfeift, und schon sind Sie aus dem Häuschen. Sie waren nicht mehr sehr zuversichtlich, scheint mir.«

»Waren denn Herr Oberst zuversichtlich?«, fragte ich.

Er wiegte bedächtig das Haupt. »Emser«, entgegnete er, »jetzt, wo es den Anschein hat, als ob es noch einmal gut gehe, will ich es Ihnen sagen: Hätten die anderen ganz versagt, wäre ich, Oberst Metzelbrod, mit dem Regiment nach Slawiansk marschiert – durch die Russen, ganz egal.«

Ich erschrak zutiefst. War dies wirklich seine Absicht gewesen? Doch schon sprach er weiter, es brach aus ihm hervor:

»Die Zukunft, Emser, ist dunkel. Noch sind wir nicht über den Berg. Die Russen sind zäh. Der Krieg aber, Emser, der Krieg ist verloren.«

Bevor ich darauf antworten konnte, hatte der Oberst ein Haus betreten, vor dem eine primitive Alarmanlage, eine frei hängende Kartuschehülse, angebracht war. Eine Eisenstange lehnte neben der Tür. Ich folgte dem Kommandeur in eine Stube, aus der uns stickiger, säuerlicher Brodem entgegenschlug. Ein Teil des Lehmfußbodens war, ähnlich wie im Regimentsgefechtsstand, unterhöhlt. Vor dem überheizten Ofen lag eine Anzahl Soldaten auf Stroh. Eine einzige Zigarette war soeben reihum gegangen und wurde von dem, der den letzten Zug abbekommen hatte, mit bedauernder Miene in den Ofen geworfen. Schwerfällig standen die Männer auf. Ein Unteroffizier trat vor und machte Meldung. Es war eine Gruppe der dritten Kompanie.

Der Oberst forderte sie auf weiterzumachen, aber sie verharrten unbeweglich und blickten uns aus geröteten Augen an. Alle hatten aufgebrochene Frostwunden in den Gesichtern, und zwei Mann hatten unförmig aufgeschwollene Ohren. Für sie gab es im Verbandplatz keinen Raum.

Der Kommandeur fragte sie, ob sie etwas auf dem Herzen hätten.

Jawohl, antwortete der Unteroffizier mit rauer Stimme, er bitte, fragen zu dürfen, ob es wahr sei, dass

Unterstützung im Anmarsch sei. Ich glaubte, Zweifel und Verbitterung aus seinen Worten zu hören, und fragte mich, ob der Mann, wenn es noch schlimmer käme, imstande wäre, auf uns zu schießen.

Der Kommandeur erwiderte ruhig: »Im Anmarsch, das schon. Mehr weiß ich auch nicht. Man muss abwarten. Wenn sie es nicht schaffen, dann muss von uns aus etwas geschehen. Zufrieden?«

»Jawohl, Herr Oberst«, antwortete der Unteroffizier und grinste.

Nein, sagte ich mir, gegen uns werden sie die Waffe nicht erheben, niemals, aber wohl gegen jeden anderen, der sich gegen Oberst Metzelbrod stellt. Es waren sonderbare Gedanken, die mir beim Anblick der Elendsgestalten durch den Kopf gingen.

Der Kommandeur sprach nun mit jedem Einzelnen, wie er es immer gehalten hatte. Er fragte dies und jenes, und sie antworteten frei und vernünftig. Dennoch schwang ein Ton tiefer Niedergeschlagenheit in ihren Reden. Sie waren nicht mehr die Alten; der eisige Winter im fremden Land, die unverhüllte Niederlage hatten sie entmutigt, sie waren erwacht aus dem Wahn der Unüberwindlichkeit, das war es wohl.

Ich betrachtete ihre bärtigen, von Frostwunden, Schorf und Salbe verunstalteten Gesichter. Da waren Männer aus dem fernen Deutschland: Angestellte, Beamte, Arbeiter, Besitzende, Unbemittelte, wie man sie geholt und in Uniform gesteckt hatte. Jetzt waren alle gleich: Brüder im Elend.

Wir suchten andere Unterkünfte auf. Überall war es dasselbe: Dicht gedrängt hockten Soldaten auf Strohschütten, bleich, hohlwangig, die meisten mit struppigen Bärten. Sie erhoben sich, wenn wir eintraten, und versuchten strammzustehen. Viele litten an Dysenterie, an Furunkeln oder Erkältungskrankheiten. Ihr dankbares Lächeln, mit dem sie die aufmunternden Worte quittierten, die der Kommandeur für jeden fand, beeindruckte mich mehr, als wenn sie, ihrer Lage entsprechend, dumpfe Teilnahmslosigkeit gezeigt hätten.

Auch die Bataillonsgefechtsstände suchten wir nacheinander auf. Als wir Major Hartungs Quartier verließen, mussten wir uns in den Schnee werfen, denn unversehens hatte ein russisches MG uns aufs Korn genommen. Aber schon antworteten unsere Waffen und zwangen das russische »Maxim« zum Stellungswechsel.

Wir kehrten zum Regimentsgefechtsstand zurück. Janke war soeben dabei, die Lampe anzuzünden. Dann entfernte er sich und brachte wenig später unser Essen: dünne Gerstensuppe und zwei Scheiben Brot, in Sonnenblumenöl geröstet.

Während wir aßen, suchte Major Moll uns auf. Das Bataillon, das die russischen Stellungen in Krasnoarmaisk angriff, hatte sich durch Funk gemeldet. Sie standen im Ostteil des Dorfes. Eine Lok mit einem Schutzwagen sei bis auf sechs Kilometer an Tscherkasskowka herangefahren, berichtete der Bataillonskommandeur, ein Oberstleutnant. Es war die Lokomotive, deren Pfeifen wir gehört hatten. Demnach war man also dabei, außer der Straße auch die Bahnlinie zu öffnen.

Als Major Moll uns gerade verlassen hatte, setzte draußen wildes Geschützfeuer ein. Wenn für Sekunden eine Pause eintrat, hörte man das bedrohliche Rasseln von Panzerketten und das Dröhnen von Motoren. Dann feuerte von neuem unsere Pak, das Hämmern der Flak kam dazu, auch die Panzer schossen weiter aus ihren Kanonen und MGs. Bald darauf jedoch, als es dunkel war, wurde es wieder ruhig.

Ein Mann vom Gefechtsstand Knappe kam mit der Meldung, im Südteil, unweit der Bahnlinie, seien fünf T-34 eingebrochen. Einer davon sei außer Gefecht gesetzt worden, die anderen hätten um diesen einen Igel gebildet. Man versuche, ihnen mit geballten Ladungen beizukommen.

Der Oberst rief Janke und Kerst. Den einen befahl er zu Major Moll, den anderen zu Leutnant Meinhardt von den Panzerjägern. Beide Herren möchten sofort in den Gefechtsstand kommen, wies er die Melder an. Bevor die beiden sich fertig gemacht hatten, gellte draußen, nicht weit von unserem Haus, ein grauenhafter Schrei, und zugleich wurden Alarmrufe laut, Schüsse krachten, und jemand schlug gegen die Haustür, während im Dorf die Hölle los war.

Ich griff zur Maschinenpistole und öffnete die Tür. Draußen stand der Posten.

»Der Iwan ist im Dorf!«, schrie er.

Im selben Augenblick traf es ihn wie ein Stoß, und

er stürzte vornüber in die Stube. Rückenschuss. Er lebte nur noch Sekunden.

Der Tumult steigerte sich immer mehr. Die Pak-Geschütze griffen ein, eine Anzahl MGs begann zu rattern, Handgranaten detonierten mit dumpfem Knall.

Zu fünft – der Kommandeur, der Melder von Knappe, Janke und Kerst, die der Oberst angehalten hatte, und ich – warteten wir, die Waffen schussbereit. Aber nichts erfolgte, der Lärm legte sich und verstummte. Schließlich war nichts mehr zu hören als das Mahlen von Raupenketten und das Gedröhn schwerer Panzermotoren. Dazu feuerten in Abständen unsere Pak und Flak.

Leutnant Zeltinger vom dritten Bataillon erschien ohne Mantel und Kopfbedeckung, die Maschinenpistole im Arm.

»Alles klar«, meldete er, außer Atem. Über sein hageres Gesicht rann Schweiß. Zottiges Haar klebte auf seiner Stirn.

Er berichtete, was geschehen war. Völlig unbemerkt waren die Russen in Kompaniestärke ins Dorf gesickert, offenbar mit der Absicht, die entstehende Verwirrung zu einem Gewaltstreich zu nützen. Als sie merkten, dass sie sich verrechnet hatten und dass nichts für sie zu gewinnen war, zogen sie sich zurück. Auch die Panzer rollten davon. Den beschädigten Stahlkoloss nahm einer von ihnen in Schlepp.

Wir sahen jetzt, wie verzweifelt unsere Lage war, denn was kurz zuvor im Schutz der Dunkelheit eingetreten war, konnte sich jede Stunde wiederholen. Es war undurchführbar, einen lückenlosen Verteidigungsring um ein Dorf wie Tscherkasskowka zu ziehen.

Die Nacht hindurch wachte die Kampfgruppe Metzelbrod alarmbereit. Von Zeit zu Zeit gab ein übernervöser MG-Schütze einen Feuerstoß ab, aber der Feind behelligte uns nicht mehr.

So wurde es Tag. Im Osten und im Südosten bei Krasnoarmaisk lebte der Gefechtslärm wieder auf. Die Spannung, die uns erfüllte, war unerträglich geworden; ein jeder sagte sich wohl, vom Ausgang des Entlastungsangriffes hänge unser aller Schicksal ab. Was wir aus eigener Kraft noch zu leisten vermochten, war bestenfalls elendes Flickwerk. Einem Großangriff wäre unsere Abwehr mit dem Vorhandenen nicht mehr gewachsen gewesen.

Bis zum Mittag ereignete sich nichts Greifbares. Es hatte den Anschein, als habe der Gegner von seiner Front um Tscherkasskowka Kräfte abgezogen, um sie nach Krasnoarmaisk und an die Straße zu werfen.

Am frühen Nachmittag traf aus Slawiansk ein Funkspruch ein, der besagte, das Dorf Krasnoarmaisk sei fest in unserer Hand, auch der Angriff an der Straße und die Säuberung der Bahnlinie gewännen zügig Raum. Das Regiment sollte auf alle Fälle den Ostteil unseres Stützpunktes verstärken. Sofern die Verbindung bis zum Einbruch der Dunkelheit hergestellt wäre, würde aus der Station Slawiansk ein Versorgungszug auslaufen, der auf der Rückfahrt mit dem

Abtransport der Verwundeten beginnen könne. Der Spruch war natürlich verschlüsselt eingegangen. Ich hatte zunächst den Eindruck, bei der Entschlüsselung sei wohl ein Fehler unterlaufen, so fantastisch klang die Nachricht, aber eine Rückfrage ergab, dass alles seine Richtigkeit hatte.

Gegen 17 Uhr, es war schon stockfinster, ließ Major Hartung, den wir mit seinem Bataillon in den Ostteil verlegt hatten, melden, auf der Straße nähere sich Ketten- und Motorengeräusch. Der Kommandeur befahl alles, was an Pak und Flak vorhanden war, und die leichte Feldhaubitze, unser Paradestück, zum dritten Bataillon.

Kaum war der Befehl ergangen, erschien wieder ein Melder von Major Hartung, diesmal mit der Mitteilung, auf der Straße, unweit des Dorfes, würden grüne Leuchtzeichen abgeschossen.

Und dann, um 18 Uhr 15, brachte ein Feldwebel vom Gefechtsstand Hartung einen fremden Hauptmann zu uns, der sich als Führer der Sturmgeschütze vorstellte, die gemeinsam mit einer Kompanie Sturmpioniere die Verbindung zu uns erkämpft hatten.

Der Hauptmann – er hieß Hertwig – schien aus einer anderen Welt zu kommen. Sein frisches, von der Kälte gerötetes Gesicht, glatt rasiert, als käme er soeben vom Friseur, zeigte einen Ausdruck jungenhaften Stolzes, und in seinen blauen Augen blitzte ein Draufgängertum, wie es bei keinem von uns mehr zu finden war. Lebhaft und sichtlich in dem Bewusstsein,

ein gutes Stück geleistet zu haben, gab er seinen Bericht, aus dem hervorging, dass es keineswegs vergnüglich gewesen war, sich auf der Straße durchzuboxen. Eines seiner Sturmgeschütze war auf eine Mine gefahren, hatte aber aus eigener Kraft nach Bilbasowka zurückkehren können.

Während der Hauptmann noch sprach, erschien der Leutnant, der die Sturmpioniere befehligte. Um seinen Kopf war ein Verband gewickelt. Er war durch einen Streifschuss verwundet worden und hatte sich schnell im Verbandplatz verarzten lassen, wie er uns trübseligen Höhlenmenschen lachend mitteilte.

Hauptmann Hertwig hatte die Öffnung der Straße und die Säuberung der Bahnlinie bereits über seinen Funktrupp an die Division gemeldet. »Herr Oberst können also in den ersten Nachtstunden mit dem Eintreffen des Panzerzuges rechnen«, fügte er hinzu.

Der Oberst blickte auf. »Ein Panzerzug? Hat denn die Armee einen Panzerzug zur Verfügung?«

Hauptmann Hertwig lachte. »Nein, Herr Oberst, das ist sozusagen Eigenbau. Ein Sonderführer von den Feldeisenbahnern hat den Zug auf die Beine gebracht. Der Sonderführer ist übrigens derselbe, der als Einziger die Nerven behielt und einen Zug mit unersetzlichem Versorgungsgut nach Slawiansk führte. Der Divisionskommandeur hat ihm dafür das Eiserne Kreuz verliehen. Er hat es verdient. Alle anderen, und vor allem die, die in Barwenkowo was zu sagen hatten, sind auf die bloße Nachricht hin, die Russen seien im Anmarsch, wer weiß wohin getürmt. Zwei von den Brüdern hat das Kriegsgericht schon abgeurteilt, die anderen werden sich zu verantworten haben, sobald man sie aufgreift.«

»Natürlich«, versetzte der Oberst, »es wird ja auch Zeit, dass die Herren Kriegsrichter endlich mal Arbeit bekommen.«

Der Hauptmann schien dies durchaus in Ordnung zu finden. Wenn man sich überall so verhalten hätte, wie in Barwenkowo, meinte er, gäbe es keine Ostfront mehr, und der Gegner stünde demnächst da, wo man im vergangenen Juni angetreten sei.

»Vielleicht haben Sie Recht, mein junger Kamerad«, gab der Oberst nach einer Pause zurück. »Aber man sollte sein Urteil nicht vorschnell fällen. Man muss die Umstände berücksichtigen. In diesen Tagen ist manches geschehen, Hauptmann Hertwig!«

Der Hauptmann verneigte sich. Ich hatte das Gefühl, er bereue seine Worte. Es war natürlich klar, dass bei der Division auch über meinen Kommandeur gesprochen worden war. Ich war überzeugt, sein Vorgehen hatte nicht geringes Aufsehen erregt und wohl auch manche ablehnende Kritik gefunden.

Der Oberst fragte die beiden Offiziere, ob sie und ihre Leute schon Quartiere hätten.

Hauptmann Hertwig verneinte. »Wir müssen heute Nacht noch zurück, Herr Oberst«, erklärte er, »morgen Früh steht Kristitsche auf dem Programm. Dort drücken die Russen unverschämt. Wir ziehen herum wie die Feuerwehr. Herr Oberst werden ja wohl wissen, dass Dolgenskoje ebenfalls aufgegeben werden musste. Nur Majaki wird noch als einziger Donez-Stützpunkt gehalten.«

»Was – Dolgenskoje auch?«, warf der Oberst ein. »Dann liegt der Regimentsgefechtsstand unserer früheren Nachbarn wohl in Kristitsche?«

»Nein, Herr Oberst, im Nordwestteil von Slawiansk«, berichtete der Hauptmann. »Kristitsche ist Stützpunkt mit Rundumverteidigung, wie es jetzt überall Mode geworden ist. Wer weiß, ob das Kaff gehalten werden kann!«

»Ja«, meinte der Oberst, »wer weiß? Und wie steht es sonst? Wir haben hier auf unserer Insel nicht viel gehört!«

»Mäßig, Herr Oberst. Mit Reiterspitzen haben die Russen bis Jassinowataja vorgefühlt«, berichtete der Hauptmann. »Bei Lossowaja ist alles unklar. Krasnograd und Pawlowgrad sind wohl noch in unserer Hand. Aber es wird davon gesprochen, dass ein Gegenangriff anläuft, mit Panzern natürlich, Schneeschuhbataillonen und allem Zubehör für den Winterkrieg.«

»Natürlich«, entgegnete der Oberst. »Allerdings hätte der Gegenangriff sich erübrigt, wenn das alles 14 Tage früher zur Hand gewesen wäre. Mein Regiment stünde dann noch am Donez, und es wäre noch ein Regiment!«

Hauptmann Hertwig und der Leutnant meldeten sich ab. Sie hatten einen weiten, gefährlichen Weg vor sich. Ich begleitete sie vor die Tür.

»Herr Emser«, sagte der Hauptmann zum Abschied. »Ihr Regiment hat verteufelt viel mitgemacht. Der Marsch im Schneesturm – tolle Geschichte. Und das mit dem Sohn von Ihrem Kommandeur, ich habe davon gehört.« Aus der tiefen Tasche seines Übermantels förderte er eine Flasche zu Tage. »Rum«, sagte er, »ich wollte ihn Ihnen vor dem Kommandeur nicht anbieten. Er wird Ihnen gut tun und dem Herrn Oberst auch, meinen Sie nicht?«

Ich dankte erfreut und kehrte mit der Flasche in den Gefechtsstand zurück.

»Auf das Wohl von Herrn Oberst«, sagte ich, als unsere Gläser gefüllt waren.

Der Kommandeur schüttelte den Kopf. »Auf das Regiment!«, verbesserte er. »Was wollt ihr von mir, Emser? Ich bin ein alter Mann, und ich bin ersetzbar. In diesen Tagen bin ich mir über manches klar geworden. Auf das Regiment also, Emser!«

Ich trank das hochprozentige Zeug. Dann schlug ich dem Oberst vor, bei der Division anzufragen, was nun aus dem Panzerzug würde.

»Ja, richtig«, sagte er, »der Panzerzug. Fragen Sie mal nach, Emser!« In diesem Augenblick kam ein Mann von der Funkstelle mit einem Spruch. »Schon unterwegs«, sagte der Oberst und reichte mir das Blatt mit der Mitteilung, der Versorgungszug sei aus Slawiansk ausgelaufen, wir sollten alles für sein Eintreffen bereitmachen.

Der Oberst gab die nötigen Befehle. Als die Melder abgefertigt waren, rief er unvermittelt aus, als sei ihm dies plötzlich in den Sinn gekommen:

»Emser, da kann man ja Post mitgeben.« Und fragend setzte er hinzu: »Na, Emser, wie steht's damit?«

Ich entgegnete, ich hätte die ganze Zeit über nicht ans Briefschreiben gedacht, auch jetzt sei mir nicht danach zu Mute. Ich wüsste beim besten Willen nicht, was ich denen zu Hause sagen sollte.

Der Oberst neigte wie in jähem Schmerz das Haupt. »Ja, Sie«, sagte er. »Ich habe etwas zu schreiben, ich schon ...« Damit wandte er sich ab und entfernte sich ins angrenzende Zimmer, das wir ihm einigermaßen wohnlich eingerichtet hatten. Das Einheitssofa stand jetzt dort und diente ihm als Bett.

Während ich wartete, ging die Haustür auf. Ein Feldwebel trat ein, ein Fernsprechgerät unter dem Arm.

»Wenn Sie erlauben, Herr Leutnant«, sagte er, »wollen wir die Leitung einrichten.«

»Wo kommen Sie denn her, Feldwebel?«, fragte ich den Mann, von dem eine eiserne Ruhe ausging.

»Aus Slawiansk, Herr Leutnant«, antwortete er, »Divisionsnachrichtenabteilung, zwote Kompanie. Wir sind mit den Sturmgeschützen hergekommen. Die Vermittlung steht schon.«

Ich entsann mich des Augenblicks in Pawlowskaja, als die Verbindung zur Division abgerissen war. Auch ans Zurück zum Normalzustand muss man sich gewöhnen, dachte ich.

Der Feldwebel rief seine Leute. Sie spulten ein Drahtende ab, schlossen den Apparat an, und der Feldwebel vergewisserte sich durch einen Anruf bei der Vermittlung, dass die Leitung in Ordnung war.

»Wollen Sie gleich mal mit Ameise sprechen, Herr Leutnant?«, fragte er. Ameise war der Divisionsstab in Slawiansk.

Ich stimmte zu und sprach kurz mit dem Ic. Indessen kam der Oberst aus seiner Stube. Er hielt zwei verschlossene Feldpostbriefe in der Hand. Arme Anneliese, dachte ich, arme Frau Metzelbrod! Und ich spürte, wie nah mir die Tränen waren. Plötzlich musste ich an Pawlowskaja denken, an die Schule, an Goroditsche, an die beiden Toten am MG in Hartungsried und an die vielen anderen, die, wie diese beiden, wie Erich Metzelbrod, wie Baierle und Hannemann, dort draußen geblieben waren, unerreichbar für uns.

Aber ich schüttelte die Anwandlung ab, zumal Oberleutnant von Bentheim am anderen Ende der Leitung schon zum zweiten Mal und diesmal ungeduldig den Kommandeur für Oberstleutnant Soltern an den Apparat bat. Ich wies auf den Feldfernsprecher.

»Herr Oberst, der Ia«, sagte ich.

»Was – so weit sind wir schon, so weit also, Emser?«, rief Oberst Metzelbrod aus und nahm den Hörer. Er wechselte nur ein paar Worte mit Oberstleutnant Soltern, dann hörte ich, wie er mit dem General sprach. Mir fiel dabei auf, wie sehr er darauf bedacht war, sich bei allem, was er sagte, auf das rein Dienstliche zu beschränken. Früher hatte er, wenn er dem Divisionskommandeur vom Verlauf eines Gefechts oder einer sonstigen Aktion berichtete, stets einen eigenen Ton gefunden und Bemerkungen eingeflochten, die nicht unmittelbar den Gegenstand des Gesprächs betrafen. Jetzt aber – jawohl, Herr General, nein, Herr General, so war es, und dann Schluss.

Als das Gespräch mit Slawiansk beendet war, bedeutete mir der Kommandeur, ich solle mich fertig machen, er wolle mit mir zur Station gehen.

Ich ließ Oberleutnant von Eisen rufen für den Fall, dass der Gegner in unserer Abwesenheit etwas unternehme.

Der Oberst steckte die Briefe ein. »Gehen wir also«, sagte er kurz.

Der Posten im Laufgraben machte Meldung. Sein Kamerad, der nachts vor unserer Haustür gefallen war, lag vor dem zerschossenen Gebäude des örtlichen Sowjets im Massengrab, das in einem Bombentrichter angelegt worden war.

Fahle Schneehelle milderte die Dunkelheit und verlieh dem Dorf den Anschein weihnachtlichen Friedens. Mit feierlicher Lautlosigkeit schwebten Flocken herab wie hauchfeiner Flaum. Die Häuser mit ihren dicken weißen Hauben und den vereisten Fenstern, von denen viele dank des aufgeklebten Papiers noch heil waren, verrieten nichts von denen, die in ihren Mauern hausten.

Über Krasnoarmaisk im Südosten schwebte eine düstere rote Wolke. Auch fern im Westen brannte es. Im Nordosten aber, in Kristitsche oder noch weiter, in Globukaja Makatycha, stiegen rote Leuchtzeichen auf, und zuweilen hallten aus der Weite der Winternacht wie eine Mahnung, dem trügerischen

Frieden nicht zu trauen, Geräusche von fernen Gefechten.

Ich hatte auf einmal ein Gefühl wie an jenem Morgen in Pawlowskaja, bevor aus der Stille das Trommeln des Artillerieangriffs hervorbrach. Mir war, als stünde etwas bevor, das alles Bisherige bei weitem an Furchtbarkeit übertreffen würde. Aber nichts regte sich um Tscherkasskowka. Kein Schuss fiel.

Wir erreichten die Station am Südostrand des Dorfes. Unteroffizier Sebald mit seinen drei Gehilfen hatte wieder sein Amt übernommen. Auch Hauptmann Krebs, einer von Major Molls arbeitslosen Batteriechefs, war zugegen. Er war zum Bahnhofskommandanten ernannt worden und hatte die Aufgabe, die rasche Abfertigung der Züge zu überwachen.

Kurz nach uns traf Stabsarzt Mende ein. Er war wie ausgewechselt; die Aussicht, seine Schutzbefohlenen bald in Sicherheit zu wissen, hatte ihn geradezu gesprächig gemacht. Der Sanitätsfeldwebel, der das Schulhaus von Pawlowskaja hatte anzünden wollen, folgte mit einem Trupp gehfähiger Verwundeter. Unter ihnen war Leutnant John aus Goroditsche. Ich hatte ihn einige Male im Verbandplatz aufgesucht. Auch der Oberst hatte mehrmals nach ihm gesehen.

John kam auf uns zu, grüßte den Kommandeur und meinte, wenn es nach ihm ginge, bliebe er beim Regiment. Der Oberst gab ihm die beiden schicksalsschweren Briefe. Wortlos schob John sie mit der gesunden Rechten in die Tasche seines zerfetzten, vom

Brand in Goroditsche versengten Mantels. Er wusste Bescheid.

Währenddessen waren Schlitten vor dem halb zerstörten Gebäude vorgefahren, durch dessen zerbrochene Scheiben die Kälte ungehindert eindrang. Stabsarzt Mende half behutsam beim Abladen der Verwundeten. Es waren die ersten Hundert, die mit dem sagenhaften Panzerzug nach Slawiansk transportiert werden sollten. Der Doktor hoffte, nach einer Woche den Hauptverbandplatz abbauen zu können. Wenn der Zugverkehr reibungslos in Gang käme, meinte er, würde in Tscherkasskowka ein Truppenverbandplatz mit unserem Assistenzarzt genügen. Stabsarzt Mende gehörte ja zur Sanitätsabteilung der Division und war nur durch die Ungunst der Verhältnisse an unser Regiment gekettet worden.

Ich war plötzlich im Zweifel, ob der Panzerzug, die Erfindung jenes Sonderführers von den Feldeisenbahnern, wirklich kommen würde. Ja, mir war, als sei auch Hauptmann Hertwig, der mit seinen Sturmgeschützen die Straße freigekämpft hatte, eine Fantasiegestalt gewesen, die wir in unserer Not herbeigewünscht hätten.

Aber unversehens waren das Rollen von Eisenrädern und das Stampfen und Zischen einer langsam sich nähernden Lokomotive zu vernehmen. Aus dem Vorhang aus fallenden Flocken lösten sich die Umrisse des einfahrenden Zuges. Von der Lok geschoben, rollte er in die Station und hielt, voran ein Tieflader als Minenschutzwagen, mit drei Schichten Schienen beschwert. Daran war ein mit Panzerplatten verstärkter eiserner Tender gekuppelt, aus dem MG-Läufe und das Rohr eines leichten Flakgeschützes ragten. Dem Tender folgten fünf Güterwagen und am Schluss die Lok. Als der Zug stand, wurden die Schiebetüren der Güterwagen geöffnet, und die Begleitmannschaften luden in begreiflicher Eile die mitgebrachten Verpflegungssäcke und Munitionskisten aus. Dann wurden unter Stabsarzt Mendes Aufsicht die Verwundeten eingeladen, während Trossleute das Versorgungsgut auf den Schlitten verstauten.

Währenddessen kletterte aus dem Tender ein rundliches Männchen in Stahlhelm, Kopfschützer und fußlangem Übermantel, kam heran und baute sich mit den Worten »Sonderführer Maier mit dem Hilfszug aus Slawiansk zur Stelle!« vor dem Kommandeur auf.

Der Oberst, der bis dahin schweigend dem hastigen Treiben zugesehen hatte, als wäre er ein Fremder, der zufällig der Abfertigung des Zuges beiwohnte, regte sich aus seiner starren Haltung und gab dem kleinen Mann die Hand. »Wie sind Sie nur auf diese großartige Idee gekommen?«, fragte er und wies auf den Zug. Die Lok füllte soeben aus einem strohumkleideten Behälter Wasser auf.

Er sei bereits im letzten Weltkrieg Feldeisenbahner gewesen, entgegnete der Sonderführer in unverfälschtem pfälzischen Dialekt und fügte hinzu: »Seinerzeit hawe wir viel mit diese Dinger gearweid, Herr Oberst.«

Der Zug war jetzt abfahrbereit.

»Morche Nachd komme wir wieder«, erklärte Sonderführer Maier, meldete sich ab und schwang sich mit unerwarteter Behändigkeit auf den Tender.

Unteroffizier Sebald gab dem Lokführer mit einer abgeblendeten Laterne das Zeichen zur Ausfahrt.

Nur fort, dachte ich, nur fort, denn schon glaubte ich die Explosionen einschlagender Granaten im Ohr zu haben.

Langsam, viel zu langsam, wie mir in meiner Bedrängnis vorkam, verließ der Zug die Station, und bald war er im Flockenwirbel verschwunden. Etwas später schoss von den Höhen im Norden ein russisches MG, aber es verstummte rasch, denn das Flakgeschütz auf dem Zug antwortete mit wütendem Gehämmer. Wir sahen die Leuchtspurgeschosse in roter Bahn gegen den Schneehang flitzen, dann aber mussten wir uns eilends in Deckung begeben. Unversehens erhob die russische Artillerie ihre brüllende Stimme.

Der Blinde aus Goroditsche

Sonderführer Maier, der Kleine aus Slawiansk, hielt Wort. Nacht für Nacht – mit Ausnahme einiger fast tagheller Mondnächte – unternahm er die gefährliche Fahrt durchs verschneite Niemandsland und versorgte gleichsam unter den Augen des Feindes die Kampfgruppe Metzelbrod in Tscherkasskowka mit Verpflegung und Munition. Auf der Rückfahrt nahm er jedes

Mal eine Anzahl Verwundeter mit, sodass nach Ablauf einer Woche zu Stabsarzt Mendes Erleichterung der Hauptverbandplatz hatte geräumt werden können. Sonderführer Maiers Panzerzug schaffte sogar zwei schwere Feldhaubitzen für Major Moll und eine 8,8-Flak samt Bedienung heran, eine Verstärkung, die sich insbesondere bei neuen Panzervorstößen des Gegners und, was die schwere Flak betraf, auch bei Fliegerangriffen sehr wesentlich zu unseren Gunsten auswirkte.

Zweimal hatten sich Schlittenkolonnen mit Infanteriegeleit über die Straße zu uns gewagt, aber beide Kolonnen waren angegriffen worden und hatten so starke Verluste erlitten, dass man sich fortan auf die Zufuhr über die Bahnlinie beschränkte.

Aus Krasnoarmaisk war der Bataillonskommandeur herübergekommen, der den Ort eingenommen und dadurch die Benützung der Bahnstrecke ermöglicht hatte. Er hatte uns denkwürdige Einzelheiten von der Eroberung des Dorfes auf der Höhenrippe berichtet. In der ersten Nacht, als er den Ostteil der Ortschaft mit dem Kolchosgebäude besetzt hielt, versuchten russische Frauen aus seinem Bereich mit ihren Kindern in den Schutz der Roten Armee zu gelangen. Man ließ sie gewähren. Doch als die Frauen dicht vermummt, die Kleinen auf dem Arm oder an der Hand, unter Rufen und Winken eine vom Mondlicht erhellte freie Schneefläche überquerten, setzte aus den von den Rotarmisten verteidigten Häusern MG-Feuer ein und mähte die hilflos zusammengedrängte

Schar in den Schnee. Bis zum Morgengrauen hörte man Schreie aus dem zusammengeschossenen Menschenknäuel, dann wurde es still, und das Bataillon setzte mit verdoppelter Wucht seinen Angriff fort. Ein Artilleriebeobachter, der sich auf dem Dachboden des Kolchos eingerichtet hatte, hatte mit dem Granatfeuer seiner Batterie die MG-Nester des Feindes belegt, aber den Frauen und Kindern hatte er damit nicht mehr helfen können.

»Warum haben die Russen das getan?«, rief der Oberstleutnant aus Krasnoarmaisk aus. Er kam, wie er sagte, von jenen Schreckensszenen nicht mehr los.

»Vielleicht haben sie angenommen, Sie hätten die Frauen und Kinder losgeschickt, um einen eigenen Vorstoß zu tarnen«, meinte Oberst Metzelbrod. Es war eigentlich die einzige Erklärung. Der Oberstleutnant aber sagte darauf:

»Da sehen Sie es, Herr Oberst. Im Grunde trifft also doch mich die Schuld.«

»Den Krieg trifft die Schuld, Herr Kamerad«, widersprach der Oberst mit ungewohnter Heftigkeit, »nicht Sie haben dafür gradezustehen. Es ist der Krieg. Er macht die Menschen zu Tieren – hüben wie drüben. Wenn Sie wollen, könnten Sie ebenso gut sagen, ich, Oberst Metzelbrod, hätte das Massaker auf dem Gewissen. Säße ich nicht in Tscherkasskowka, wäre Ihr Angriff zu diesem Zeitpunkt nicht notwendig gewesen. Aber ich nehme es nicht auf mich; es wäre zu viel der Last. Ich bleibe dabei: Es ist der Krieg und somit der, der den Krieg in Szene und uns hierher in Marsch gesetzt hat. Dieser allein ist der Schuldige!«

»Herr Oberst sind ein Ketzer«, erwiderte der Bataillonskommandeur, ein verhältnismäßig junger, mit dem Deutschen Kreuz in Gold ausgezeichneter Offizier. »Wir sind nun einmal drin in der Geschichte«, fügte er hinzu, »wir alle sitzen auf demselben Ast. Was hilft es da, dem einen alles in die Schuhe zu schieben? Vielleicht ist auch er nicht Herr seiner selbst. Oder sind Herr Oberst anderer Ansicht?«

»Jawohl«, erklärte Oberst Metzelbrod, »das bin ich ganz entschieden. Aber keinem ist damit gedient.«

Der Oberstleutnant kehrte nach Krasnoarmaisk zurück. Am nächsten Morgen griffen bei ihm die Russen an und rannten in immer neuen Wellen ins Abwehrfeuer. Nach zwei Stunden erlahmte ihre Angriffskraft. 500 Tote ließen sie im Schnee zurück. Und die Einwohner von Krasnoarmaisk, soweit sie im Dorf geblieben und nicht jener Mordnacht zum Opfer gefallen waren, holten Stiefel, wattierte Jacken und Pelzmützen bei den Toten, und wenn die Kleidungsstücke, die sie brauchten, um sich gegen die Kälte zu schützen, an den Leichen festgefroren waren, nahmen sie Äxte und sogar Sägen zu Hilfe, und auch hier traf den Krieg alle Schuld …

Nach dem gescheiterten Angriff auf Krasnoarmaisk kam Tscherkasskowka wieder an die Reihe. An besonders schwarzen Tagen verfeuerte die russische Artillerie mehr als 1000 Schuss auf unser Dorf. Es war klar ersichtlich, dass die Rote Armee jetzt, wo es den

Anschein hatte, als ob die am 18. Januar begonnene Großoffensive sich festgefahren habe, einen örtlichen Erfolg anstrebte, der ihr zudem den Weg nach Osten, nach Slawiansk, öffnen sollte.

In zwei Tagen wurden wir dreimal aus dem Gefechtsstand herausgeschossen. Ein Haus nach dem andern sank in Trümmer. Und die Trümmer wurden zu Gräbern der Verschütteten; auch russische Zivilisten waren darunter, aber sie blieben in der Minderzahl. Das Regiment verlor in diesen Tagen weitere 98 Mann an Toten und Verwundeten, einige Versprengte mitgerechnet, die wir in unsere Schützenkompanien eingegliedert hatten.

Dann kam die Nacht, in der ich Sonderführer Maiers Fahrgast wurde.

Es war der 23. Februar, der »Tag der Roten Armee«, vier Wochen nach dem Rückzug aus Pawlowskaja. Der in zahllosen, in deutscher Sprache abgefassten Flugblättern angekündigte zermalmende Großangriff, der nach den Prognosen des Gegners zur Austilgung des »Regiments Metzelbrod«, wie man uns auf den Flugblättern ansprach, hätte führen sollen, war zu unserer Erleichterung ausgeblieben. Wir hatten uns natürlich darauf vorbereitet, so weit es in unseren Kräften stand.

Als der Gegner, vielleicht um sein Prestige zu wahren, am Abend nach einem schweren Überfall seiner Artillerie, in Kompaniestärke mit grölendem »Urraah« anrückte, empfing ihn ein derart konzentriertes Abwehrfeuer, dass ihm schon bald der Atem stockte.

Aber die Dunkelheit erlaubte es zwei oder drei Gruppen, in Tscherkasskowka einzudringen, und eine dieser Gruppen gelangte schießend und Handgranaten werfend bis in die Straße, in der wir uns erst am Morgen dieses Tages notdürftig eingerichtet hatten. Vor unserem Haus hatte man zur Sicherung des Regimentsgefechtsstandes ein schweres Maschinengewehr eingebaut, und gerade als die Russen feuernd und brüllend durch die Straße vorgingen, hatte das MG sich verschossen.

Wir griffen zu unseren Maschinenpistolen, stopften Handgranaten in die Manteltaschen und stürmten hinaus, um den MG-Schützen beizustehen. Auch vom anderen Ende der Straße kam Hilfe.

Das Gefecht, das sich zwischen den Häusern entspann, war nicht von langer Dauer. Ich erhielt einen Schlag gegen das Gesäß, nahm aber zunächst kaum Notiz davon. Erst als Ruhe eintrat, stellte ich fest, ein Geschoss war durch Mantel und Hose ins Sitzfleisch eingedrungen und stecken geblieben. Die Einschusswunde blutete stark. Als der Kommandeur nach unserer Rückkehr in den Gefechtsstand darauf aufmerksam wurde, rief er den Truppenverbandplatz an – wir hatten ja jetzt Fernsprechverbindung im Dorf – und bat den Assistenzarzt Dr. Kleinschmitt herüber. Der Doktor besah sich den Schaden und meinte, das Geschoss müsse operativ entfernt werden, am besten im Lazarett in Slawiansk. Dann verabreichte er mir die obligatorische Tetanusspritze, legte einen Notverband an und schrieb den rot geränderten Transportschein aus.

Die Beschwerden, die mir der Steckschuss verursachte, waren geringer als die der höllisch brennenden Injektion. Ich war daher der Meinung, man könne die Sache ebenso gut auf sich beruhen lassen, eines Tages würde das Geschoss schon von selbst herauseitern, oder es werde sich verkapseln und Schluss.

Der Oberst jedoch bestand darauf, dass ich die Operation in Slawiansk vornehmen lassen sollte, und gab dem Bahnhofskommandanten Weisung, den Zug, wenn er käme – was an diesem Abend nicht sicher war – anzuhalten, bis ich auf der Station einträfe.

Ich widersprach noch immer, es kam mir wie Fahnenflucht vor, den Kommandeur jetzt im Stich zu lassen, aber schließlich erteilte er mir den dienstlichen Befehl, bei erster Gelegenheit nach Slawiansk zu fahren. Wenig später rief Hauptmann Krebs an und meldete, der Zug sei aus Bilbasowka angesagt.

Ich zog mich an, hängte die Maschinenpistole um und verabschiedete mich von Oberst Metzelbrod.

»In ein paar Tagen bin ich zurück, Herr Oberst«, sagte ich.

Er meinte darauf, ich solle mal zusehen und nichts übereilen, Eisen werde in der Zwischenzeit schon klarkommen. Ich vermutete, dass er nicht mit meiner baldigen Rückkehr rechnete, wenn er es auch nicht aussprach. Immerhin aber sagte er an der Tür, indem er mir nochmals die Hand gab: »Vergessen Sie den alten Metzelbrod nicht, Emser! Sie werden mir fehlen!«

Ich wanderte durch das winterliche Dorf, in das

wieder Stille eingekehrt war, zur Station. Zweimal allerdings musste ich in den Schnee, da eine russische Batterie, wie in letzter Zeit jede Nacht, das Dorf mit ihrem Störungsfeuer abstreute.

Als ich in der Station ankam, war der Zug schon eingelaufen und zur Ausfahrt abgefertigt. Von Unteroffizier Sebald geleitet, begab ich mich zum Flaktender. Als ich oben war, setzte der Zug sich in Bewegung.

Die Kälte war nicht mehr so grimmig wie in den vergangenen Wochen – vielleicht 15 Grad, doch in dem offenen Wagen zog es mächtig, und von der eisernen Bodenplatte ging ein Eisstrom durch die Stiefelsohlen in die Füße und die Beine hoch bis zu den Knien. Mag sein, dass ich auch ein wenig fieberte nach der Injektion.

Sonderführer Maier reichte mir aus seiner Feldflasche einen Schluck Rum und hängte mir eine seiner Decken um. Die Flakkanoniere und MG-Schützen trappelten und stampften, mit den Armen schlagend, umher. Im selben Augenblick jedoch, als von den nur schemenhaft wahrnehmbaren Schneehöhen im Norden zwei russische MGs und einer jener heimtückischen Granatwerfer ihr Feuer gegen den ostwärts rollenden Zug eröffneten, standen sie an ihren Waffen und schossen zurück, was Rahmen und Gurte hergaben.

Einige Geschosse trafen den Tender, aber an Sonderführer Maiers Patent-Panzerplatten aus dem Stalinwerk in Kramatorskaja prallte alles ab, auch die

Splitter der am Bahndamm detonierenden Wurfgranaten, und wir fanden es höchst belustigend, dass die Russen ihre Munition für nichts vergeudeten.

Schließlich blieb die Gefahrenzone hinter uns. Wenig später fuhr der Zug in Bilbasowka ein und blieb stehen. Sonderführer Maier stieg aus und ging vor zur Lok, um sich nach der Ursache des unvorhergesehenen Aufenthalts zu erkundigen. Die Lok habe einen Treffer abbekommen, erklärte er uns, als er zurückkam, sie habe kaum mehr Dampf im Kessel, der Zug müsse auf der Station warten, bis eine Ersatzlok aus Slawiansk heran sei.

Ich verließ den Tender und stapfte umher, um mich zu erwärmen. Das Stationsgebäude war von Granateinschlägen dermaßen durchlöchert, dass es keinerlei Schutz bot.

Im Umhergehen gelangte ich auf die Straße und entdeckte dort einen Lkw, der soeben mit leeren Kartuschehülsen und Geschosskörbchen beladen wurde. Ich trat ans Führerhaus und fragte den Fahrer, der bei laufendem Motor am Lenkrad saß, wohin sie das Leergut brächten. Beim Hinzukommen war mir in der Schneehelle ein eigentümliches Zeichen aufgefallen, das hinten auf der Rückwand des Lkw aufgemalt war. Es war eine Schale, beinahe in der Art antiker Opferschalen, aus der stilisierte Flammen züngelten, für ein Wehrmachtsfahrzeug ein recht ungewöhnliches Kennzeichen.

Der Fahrer blickte zur Seite, erkannte wohl meine Schulterstücke und antwortete nicht übertrieben freundlich, wie mir schien, sie führen, sobald geladen wäre, nach Slawiansk.

»Ich bin Leutnant Emser aus Tscherkasskowka«, sagte ich, »ich muss ins Lazarett. Können Sie mich mitnehmen?«

»Was, aus der Knochenmühle kommen Sie?«, entgegnete der Fahrer eine Spur geneigter. »Klar nehmen wir Sie mit, Herr Leutnant. Steigen Sie ein, der Motor macht Sie warm.« Er beugte sich zur Seite und öffnete die Tür. Dabei fiel mir auf, dass er keine Schulterklappen am Mantel hatte und an seiner Mütze, die er über dem Kopfschützer trug, kein Hoheitszeichen und keine Kokarde. Aber ich erinnerte mich an unsere Leute in Tscherkasskowka, von denen manche schon kaum mehr von Russen zu unterscheiden waren. Dann fiel mir ein, ich müsste ja Sonderführer Maier Bescheid sagen. Ich stieg noch einmal aus und bat den Fahrer, auf mich zu warten.

»Schön«, meinte er, »allzu lang wird's ja nicht dauern.«

Als ich zurückkam, war das Leergut aufgeladen. Neben dem Fahrer saß jetzt der Beifahrer, ein intelligent aussehender junger Mensch. Auch an seinem Mantel fehlten die Schulterklappen, und seine Mütze war ebenfalls ohne Hoheitszeichen.

Sonderbarer Verein, dachte ich.

Die Fahrt begann. Der Beifahrer zog ein Päckchen Zigaretten Marke »Juno« aus der Manteltasche und hielt es mir hin. »Bitte, Herr Leutnant!«, sagte er und streifte mich mit auffallend scheuem Blick. Um ihn nicht zu kränken, nahm ich eine Zigarette. Er gab mir und danach dem Fahrer, der sich ebenfalls bedient hatte, und sich selbst Feuer. Ich hörte, wie der Fahrer, als der andere ihm das Feuerzeug hinhielt, etwas wie »Danke, Herr Oberleutnant« murmelte. Es klang in meinen Ohren wie nackter Hohn.

»Was seid ihr eigentlich für eine Einheit?«, fragte ich den Beifahrer.

»Bewährungsbataillon 500«, gab er zurück, »und damit Sie im Bilde sind, Herr Leutnant: Ich war einmal Oberleutnant in einem Jagdgeschwader, und mein Kamerad, wenn ich so sagen darf, war Spieß in einer Panzerkompanie. Jetzt sind wir beide einfach Schützen oder nicht einmal das; aber besser als Militärstrafanstalt oder Zuchthaus oder gar Kopf ab ist's immerhin. Wir halten jetzt seit Ende Januar die Höhen nordwestlich und nördlich von Bilbasowka. Unter erschwerten Umständen, versteht sich. Wir beide haben den Druckposten hier auf dem Lkw wegen hervorragender Tapferkeit oder so. Andere bekommen dafür das EK. Uns hat man es abgenommen. Aber so ein Druckposten ist auch nicht schlecht.«

Da ich nichts darauf sagte, fügte er nach einer Pause hinzu: »Jetzt bereuen Sie es wohl, dass Sie mit uns gefahren sind, Herr Leutnant?«

»Unsinn!«, widersprach ich und fragte, was er denn um Gottes willen verbrochen habe.

»Ich hatte zwei Ratas abgeschossen«, entgegnete er, »und mein Chef veranstaltete eine kleine Feier. Wir tranken ziemlich viel, und am Schluss imitierte ich

Adolf, und weil das glänzend einschlug, auch Hermann Göring und Joseph Goebbels und noch ein paar andere, darunter unseren Ausflieger Rudolf Heß. Am nächsten Tag wurde ich gemeldet, von einer Ordonnanz, der es vermutlich zu spät geworden war, und vor dem Kriegsgericht hieß das Ganze ›Verächtlichmachung der Staatsführung in Tateinheit mit Zersetzung der Wehrkraft‹.«

»Und der Spieß?«, fragte ich betroffen.

»Der hat einem Gefreiten eine gelangt«, antwortete der degradierte Oberleutnant. »Wir haben alle Sorten im Bataillon: fahnenflüchtige Landser, die im Grunde nur den Urlaub um ein paar Tage überschritten haben; Zahlmeister, die etwas auf die Seite gebracht haben; einen Major, der seinem General allzu unverblümt die Meinung gesagt hat; natürlich auch schwerere Kaliber. Wie Sie wollen, jeden Dienstgrad und jede Kategorie: Marine, Luftwaffe, Heer, sogar SS.«

Vom Bewährungsbataillon 500 hatte ich schon mehrmals gehört, das erste Mal vor der Stalin-Linie, als es an Stelle meines Regiments im Frontalangriff gegen das Bunkerdorf Marianowka »verheizt« wurde, wie die wenig gefühlvolle Soldatensprache es nannte, wenn eine Truppe schonungslos ins Feuer geworfen wurde. Später war dies und das über den verlorenen Haufen gemunkelt worden, und jetzt saß ich neben zweien dieser Schächer, einem Oberleutnant der Luftwaffe und einem Spieß. Ich fragte den Oberleutnant, der ja einmal ranghöher gewesen war als ich, wie lange die »Bewährung« im Allgemeinen dauere.

»Bis zum Massengrab«, antwortete er, »es sei denn, der Krieg wäre auf einmal zu Ende, und die Nazi träten ab!«

»Sie scheinen nicht viel von der Partei zu halten«, warf ich ein.

»Denkbar wenig«, bestätigte er, »bei uns wird man kuriert. Wir haben hohe SA-Chargen, die heute jederzeit bereit wären, dem Hitler an die Gurgel zu gehen. Aber Gefahr besteht für ihn nicht. Bei uns bleibt man nicht lange. Ich gehöre zur dritten Aufstellung seit Beginn des Ostfeldzuges. Das will was heißen. Finden Sie nicht auch, Herr Leutnant?«

Ich musste ihm Recht geben. »Sicherlich hatten Sie auch jetzt hohe Verluste«, fügte ich hinzu.

»Es reicht«, erwiderte er. »Wir liegen im Freien, das heißt natürlich, wenn wir in Stellung sind. Sonst hausen wir in Erdbunkern wie die Maulwürfe. Aber um Nachschub an Mannschaft sind wir nicht verlegen. Der Winterkrieg wirft allerhand ab.«

Was er damit meine, wollte ich wissen.

Die Disziplin lockere sich bei 40 oder 50 Grad Kälte, erklärte er, man habe sogar schon von regelrechter Meuterei gehört. Sein Haufen brauche also um Ersatz nicht zu bangen.

Wie oft musste ich später an diese Worte denken, und wie oft an die Begegnung mit jenen beiden Verdammten in der schneegrauen Winternacht an der Straße nach Slawiansk.

Wir sprachen noch über manches; mein Interesse am Schicksal jener Außenseiter ohne Rangabzeichen und Orden war unstillbar, als spürte ich damals schon, was sich in meinem eigenen Umkreis ereignen sollte. Ich ließ mir die Heimatadressen meiner beiden Fahrtgenossen geben und versprach ihnen, ihren Angehörigen ausführlich zu schreiben. Ihre Post unterlag einer besonders scharfen Zensur.

Ich hatte den beiden gegenüber das Gefühl einer Schuld. Bei Marianowka hatte Oberst Metzelbrod es erreicht, dass sein Regiment geschont wurde. Es war gewiss nicht seine Absicht gewesen, andere für uns bluten zu lassen. Doch unser Bestand war erhalten geblieben – auf Kosten des Bewährungsbataillons 500, in dem, wie ich nun wusste, nicht die Schlechtesten mit anderen zusammengewürfelt waren, die vielleicht nicht so viel Mitleid verdienten. Wie hätte ich damals, als ich mich bemühte, zu den beiden Verfemten freundlich zu sein, ahnen können, was meinem Kommandeur bevorstand, und wie ich ihn einst wiedersehen sollte …

Der Lkw fuhr sehr langsam, nicht etwa der Schneeglätte halber, sondern weil Fahrer und Beifahrer die »Freiheit«, wie sie es nannten, möglichst lang auskosten wollten.

Aber schließlich gelangten wir doch nach Slawiansk. Es war für mich längst zum festen Begriff geworden, weil es ja Sitz unseres Divisionsstabes war. Doch als wir im ersten Dämmerlicht in den Schacht einer von abstoßend hässlichen Häusern gesäumten Straße einfuhren, an deren Rändern der Schnee sich türmte, war ich enttäuscht, ja geradezu entsetzt. Ich hatte Tultschin auf dem Vormarsch gesehen, Kirowograd und Poltawa, Städte mit einem besonderen, gewissermaßen kleinbürgerlichen Gepräge, ein wenig verkommen, aber nicht nivelliert unter der Sowjetherrschaft. Slawiansk dagegen war eine Anhäufung grauer Schäbigkeit, die Pforte zum hoch gepriesenen Donezrevier.

Vor dem Lazarett an der Hauptstraße hielt der Lkw, und ich verabschiedete mich mit Handschlag von den beiden Degradierten. Sollte ich mich von ihnen distanzieren, wo wir doch, wenn der Zufall es wollte, morgen schon im selben Grab liegen konnten? Aber die beiden schienen meine Geste nicht allzu hoch zu bewerten.

Ich betrat die Wachstube des Lazaretts. Dort bedeutete man mir, man sei überbelegt, vor Nachmittag würde kaum ein Platz frei werden für mich, aber zur Untersuchung solle ich mich vormittags einfinden.

Auch gut, dachte ich und begab mich zum Gebäude der Ortskommandantur in der gleichen Straße. Im Vorbeifahren hatte ich das Schild gesehen. Die Diensträume im Erdgeschoss waren noch geschlossen, doch hinter einem Fenster im ersten Stockwerk schimmerte mattes Licht.

Ich rief. Das Fenster wurde geöffnet. Ein Kopf beugte sich heraus, und eine bayerisch gefärbte Stimme fragte, was ich wolle.

»Ich suche Quartier«, erklärte ich und nannte Namen, Truppenteil und Standort.

»Kommen S' rauf, Herr Emser!«, forderte die Stimme mich auf und beschrieb mir den etwas umständlichen Weg.

»Herrgott«, dachte ich, während ich mich eine schmale, ausgetretene Treppe hinauftastete, »was für ein friedlicher Krieg!«

Der Ortskommandant, ein Hauptmann, kam mir mit einer Taschenlampe entgegen. Er stellte sich vor. Sein Name war Mahler, Hauptmann Mahler. Später erfuhr ich von ihm, es hätte nur wenig gefehlt, dann hätte er sich von Mahler nennen können. Im Ersten Weltkrieg war er Offizierstellvertreter gewesen, als er die Bayerische Goldene Tapferkeitsmedaille erhielt. Vier Wochen später, als er Leutnant wurde, wäre es der mit dem persönlichen Adel verbundene Max-Joseph-Ritter-Orden geworden. Dies schien Hauptmann Mahler immer noch zu kränken.

Zunächst, als er mit seiner Taschenlampe auf der Treppe stand, musterte er mich von oben bis unten und sagte: »Sie schauen ja blitzsauber aus, Herr Leutnant, Sakradi!« Er führte mich nach oben, nahm mir Mantel, Mütze und Maschinenpistole ab und bat mich, eine Sekunde zu warten, er würde gleich alles Nötige anordnen. Und er ordnete an. Ich erhielt Gelegenheit, mich mit heißem Wasser und Seife gründlich zu säubern. Währenddessen brachte Hauptmann Mahlers Putzer frische Wäsche und eine Stiefelhose seines Chefs in den herrlich geheizten Raum. Als ich dabei war, mich zu rasieren, eine begreiflicherweise ziemlich schmerzhafte Prozedur, kam der Putzer wieder mit meinen auf Hochglanz gewienerten

Stiefeln. Und zuletzt, als ich fertig war, erschien er mit einer neuen Feldbluse aus den Kammerbeständen der Kommandantur, auf der der Schneider bereits Spiegel, Schulterstücke und Auszeichnungen angebracht hatte.

»Ihr altes Zeug haben wir ins Feuer geworfen, Herr Leutnant«, eröffnete mir der Gefreite. »Sie haben doch nichts dagegen?«

Nein, ich hatte nichts dagegen. Schon seit langem hatte ich mich nicht mehr wohl gefühlt in meiner verdreckten, verlausten und obendrein zerfetzten Uniform. Auch einen neuen Mantel erhielt ich. Nur die Feldmütze blieb mir, nachdem sie gesäubert und ausgebessert worden war.

Der Putzer führte mich in Mahlers Wohnraum. Hauptmann Mahler war soeben eigenhändig dabei, seinen letzten Rest Bohnenkaffee für den »braven Leutnant aus Tscherkasskowka«, wie er sich ausdrückte, auf einem Primuskocher zu bereiten.

Währenddessen blickte ich mich in dem Zimmer um. Es atmete anheimelnde Gemütlichkeit, ja, es gab hier sogar elektrisches Licht, von einem Aggregat gespeist. Über dem Bett hing das Foto einer vielleicht 30-jährigen rundlichen blonden Frau. Frau Mahler, wie ich bald erfuhr, die sich beinahe Frau von Mahler hätte nennen können. Auch zwei Kinderfotos gab es und sogar einen Radioapparat, der allerdings nicht »organisiert«, sondern ehrlich erworbenes Eigentum war, wie Hauptmann Mahler lachend versicherte.

Er fragte mich, indem ich, meiner Verwundung wegen nur mit einer Sitzhälfte auf dem Stuhl hockend, Kaffee trank und dazu Wurstbrote aß, nach Tscherkasskowka und gab mir anschließend ein umfassendes Bild der Lage. Danach war der Vormarsch der Russen im Raum Pawlowgrad eingefroren. Es traf auch zu, dass ein Gegenangriff von Süden her angelaufen war, der jedoch nur langsam Fortschritte machte. Mit größter Erbitterung verteidigten die Russen das wiedergewonnene Gebiet. Örtliche Erfolge, meinte Hauptmann Mahler, das schon, aber an einen siegreichen Ausgang des Krieges könne er nicht mehr glauben. In gewisser Hinsicht sah er die Zukunft noch schwärzer als mein Kommandeur. Die Amerikaner würden letzten Endes gewinnen, war sein Standpunkt. Als er dies sagte, sah er tief beunruhigt, ja, beinahe verstört aus.

Er lud mich ein, für die Dauer meines Aufenthalts in Slawiansk sein Gast zu sein. Ich nahm dankbar an, denn was er mir von den Zuständen im Lazarett berichtete, war alles andere als verlockend.

Die Ärzte, das Sanitätspersonal und die russischen Helferinnen, die man nach dem Beginn der schweren Kämpfe eingestellt hatte, opferten sich für die Verwundeten auf. Aber es fehlte an hochwertigen Medikamenten, an der nötigen Hygiene, an wirksamen Mitteln gegen die Läuseplage, und vor allem: Der Andrang im Vorhof des Todes war zu groß. Wer nur annähernd transportfähig war, musste nach rückwärts abgeschoben werden. Sankas brachten ihre schwach atmende, mit Verbänden umwickelte Fracht nach

Gorlowka, nach Stalino, und wenn dort alle Betten belegt waren, nach der Bahnstation Jassinowataja, wo Leerzüge bereitstanden. Es waren keine Lazarettzüge, sondern lange Reihen unheizbarer Güterwagen, deren einziger Komfort ein Polster von zerlegenem Stroh war. Es war kaum zu fassen, aber Hauptmann Mahler verbürgte sich dafür, dass ungezählte Verwundete auf dem Transport in den eisigen Wagons erfroren waren. Dennoch gab es für das Lazarett in Slawiansk keine andere Lösung als den Abschub, soweit er halbwegs zu verantworten war, da man sonst bei dem nicht nachlassenden Anfall an Verwundeten gezwungen gewesen wäre, die hilflosen Opfer der Winterschlacht auf der Straße warten zu lassen, bis der knöcherne Gast, der Tag und Nacht umging, wieder ein paar Betten frei machte. Allein schon aus diesem Grunde hätte ich es nicht fertig gebracht, ein Bett im Lazarett für mich zu beanspruchen.

Gegen zehn Uhr ging ich zur Untersuchung. Maschinenpistole und Stahlhelm, ohne die ich in den letzten Wochen kaum jemals vor die Haustür gegangen war, blieben in der Kommandantur zurück. Slawiansk war Hinterland, wenn auch die russische Artillerie hereinschoss.

Im Lazarett, auf dem Gang vor dem Verbands- und Operationsraum, warteten etwa 20 Mann. Ich setzte mich auf eine Bank und döste ein.

Plötzlich fuhr ich wie alarmiert auf, als ob einer gerufen hätte: »Raus, die Russen kommen!« Es war natürlich nichts dergleichen; es war nur das Wort »Goroditsche«, das jemand neben mir ausgesprochen hatte. Ich erblickte einen Gefreiten mit verbundenen Augen. Ein Sanitäter stand bei ihm. Zu seiner Rechten bemerkte ich einen Obergefreiten mit geschientem Arm.

»Goroditsche«, fragte soeben der Obergefreite den mit der Binde vor den Augen, »was 'n det für 'n Ding?«

»Kein Ding, Mensch«, antwortete der Gefreite, »das war ein Stützpunkt. Am Donez. Meine Kompanie war dort eingeschlossen. Dabei hat's mich erwischt.«

»Und wie seid ihr rausgekommen?«, erkundigte sich der Obergefreite.

»Ja, das war so«, berichtete der andere, »alles brannte, und die Russen rund herum. Es war aus, weißt du. Der Kompaniechef verwundet, knapp ein Zug war noch da, der uns den Iwan vom Hals hielt. Dann wurde es wohl dunkel, ein Schneesturm kam, und unser Leutnant John – er hatte auch was abbekommen – sagte: Männer, jetzt drauf und raus!«

Der Gefreite machte eine Pause, dann fuhr er fort, und alles war mir so nah, dass es mir den Atem verschlug.

»Uns Verwundete haben sie mitgenommen«, sagte er, »nach Pawlowskaja. Dort ist unser Kompaniechef gestorben. Er war der Sohn von unserem Alten, unserem Regimentskommandeur. Der Alte, unser Oberst, hat uns herausgeführt aus Pawlowskaja – nach Tscherkasskowka. Von dort bin ich im Zug hierher gekommen.«

»Wie viel wart ihr denn da in Pawlowskaja?«, fragte der Obergefreite.

»Außer uns 400 Verwundeten 2000 Mann, heißt es«, gab der Gefreite zurück. »Mann, nachts, im Schneesturm, hat unser Oberst das gemacht. Mitten durch die Russen. Für mich, weißt du, ist es jetzt zappenduster. Die Augen. Aber das Leben habe ich. Das verdanke ich unserem Oberst. Um uns zu retten, heißt es, hat er die Ari sprengen lassen. Waren nicht genügend Pferde da, weißt du!«

»Was?«, mischte da ein Unteroffizier, der gerade dazugekommen war, sich ein. »Was sagen Sie da? Die Artillerie sprengen lassen? Das ist mir ein schöner Kommandeur!«

»Du warst nicht dabei, Kamerad«, sagte der Gefreite, »du verstehst das nicht.«

»Was heißt hier ›du‹?«, versetzte der Unteroffizier. »Verbitte ich mir! Das wäre noch schöner! Ich bin Unteroffizier, verstanden?«

»Ich sehe dich nicht«, sagte der Gefreite, »hab in Goroditsche meine Augen verloren. Du bist für mich nur eine Stimme.«

»Mäßigen Sie sich, Gefreiter«, brauste der Unteroffizier auf, und sein Gesicht wurde rot vor Empörung, »Sie sind immer noch Soldat! Disziplinlose Bande!«

Jetzt wurde es mir zu bunt. Sollte ich zulassen, wie ein blinder Soldat meines Regiments geschmäht wurde? »Mäßigen Sie sich gefälligst, Unteroffizier«, sagte ich, »Sie wagen es, einem Blinden mit Ihrem Kasernenhofton zu kommen? Schämen Sie sich! Wie heißen Sie? Dienststelle?«

»Unteroffizier Pohl, Divisionsnachschub«, antwortete der Korporal, plötzlich kleinlaut, in strammer Haltung. »Ich war erregt, Herr Leutnant, bitte Herrn Leutnant um Entschuldigung.«

»Schon gut«, sagte ich, winkte ärgerlich ab und wandte mich dem Blinden zu.

Er hieß Mettmann. In besseren Tagen war er einmal Melder vom dritten Bataillon zum Regimentsstab gewesen. Er erkannte mich sofort an der Stimme und fragte mich nach Leutnant John und nach Major Hartung, seinem Bataillonskommandeur. Auch nach dem Oberst fragte er und nach dem Regiment, wie es jetzt aussehe in Tscherkasskowka. Mettmann erhielt übrigens den Transportschein nach der Heimat. Ich hoffe nur, dass er nicht auf dem Transport erfroren ist, wie so viele andere.

Ein Sanitätsunteroffizier erschien und fragte nach Neuzugängen. Ich folgte ihm in den Operationsraum. Der Dienst habende Arzt, ein Oberarzt, wusch sich gerade das Blut von den Händen. Nachdem er mir unter Lokalanästhesie das Geschoss entfernt, den Schusskanal tamponiert und die Wunde verpflastert hatte, fragte ich ihn nach Leutnant John, der ja mit dem ersten Transport nach Slawiansk gelangt war, und nach unserem tapferen Stabsarzt Mende. Beide waren im Feldlazarett in Gorlowka. Der Doktor war zum Oberstabsarzt befördert und dorthin versetzt worden.

Humpelnd kehrte ich zu Hauptmann Mahler zurück und legte mich in das Bett, das man für mich aufgeschlagen hatte. Als besondere Medizin verabreichte der Hauptmann mir ein paar Kognaks. Dann schlief ich ein, zum ersten Mal seit Wochen in Frieden …

Die Teestube

Ich schrieb einen langen Brief an Inge. Als er fertig war, zerriss ich ihn. Schließlich gab es eine Feldpostprüfstelle, und ich hatte kein Verlangen nach dem Bewährungsbataillon 500. Aus dem langen wurde ein kurzer Brief, ein Lebenszeichen, nicht mehr. Doch es war besser so. Wozu sollte ich jetzt Inge mit all dem Grauenhaften und Schweren belasten, mit Dingen, die ich ihr – vielleicht – später einmal, wenn alles vorüber war, sagen konnte?

Seit Monaten, seit dem 22. Juni 1941, war ich zum ersten Mal nicht eingespannt, hatte Zeit und bemühte mich, mit dem Nichtstun fertig zu werden. In der Frontstadt Slawiansk, durch deren Straßen von Zeit zu Zeit der Donner von Granateinschlägen hallte, kam ich mir wie ein Müßiggänger vor. Ich stand am Fenster, dessen Scheiben zur Hälfte mit Eisblumen bedeckt waren, und blickte auf die Straße hinunter. Soldaten in Kopfschützern und langen Übermänteln humpelten zum Lazarett. Manche hatten die Füße mit Decken umwickelt, einer hielt seinen geschienten und dick verbundenen Arm steif vor sich hin. Russische Frauen in winterlicher Vermummung schaufelten unter der Aufsicht eines Soldaten einen Bombentrichter zu. Sie lachten, wenn der Soldat das Wort an sie richtete. Ihre Gesichter waren vom Frost gerötet.

Ein alter Mann in einem dunklen, wattierten Überrock und mit tief in die Stirn gezogener, abgeschabter Pelzmütze trottete, auf einen Stock gestützt, den von einem Schneewall gesäumten Gehsteig entlang. Ich dachte an die Geschichte eines anderen alten Mannes, die mir Hauptmann Mahler, der Ortskommandant, am Abend erzählt hatte. Es war im Dezember gewesen, als man noch an geruhsame Winterquartiere und an die Legende von der nah bevorstehenden Niederlage der Roten Armee glaubte. Hauptmann Mahler war an jenem Tag nach Kramatorskaja gefahren und erst spät abends zurückgekommen. Während seiner Abwesenheit, eine Viertelstunde nach dem auf fünf Uhr nachmittags festgesetzten Dienstschluss, war in der Schreibstube der Ortskommandantur ein alter Russe in schäbiger Überkleidung erschienen und hatte höflich in gewähltem Deutsch erklärt, er sei Oberst der Roten Armee, komme auf dem Fußweg vom Schlachtfeld südostwärts Kiew und sei bereit, sich in Kriegsgefangenschaft zu begeben. Dabei hatte er seinen Zivilmantel geöffnet, um die erdfarbene Litewka mit Rangabzeichen und Orden vorzuweisen, die er darunter trug.

Der Dienst habende Gefreite, der sich am Ofen zu schaffen machte, hatte sich kurz umgedreht und den bescheiden wartenden Oberst gefragt, ob er nicht lesen könne, ob er denn, verflucht und zugenäht, das Schild an der Tür nicht gesehen hätte. »Punkt fünf ist Dienstschluss!«, hatte der Gefreite gebrüllt und: »Geh zum Teufel, Russki!«

Der alte Oberst war gegangen, hatte bei beißender Kälte die Nacht ungeschützt in einer Ruine verbracht, da seine Landsleute Ortsfremde nicht aufnehmen durften, und war am anderen Morgen halb erfroren vor Hauptmann Mahler hingetreten, den er diesmal in der Kommandantur vorfand. Der Hauptmann hatte die Weiterleitung des Gefangenen veranlasst, der behauptete, mit wichtigen Angaben aufwarten zu können. Bei seiner Vernehmung hatte der russische Oberst sein Erlebnis in Slawiansk zum Besten gegeben. Die Folge war ein Artikel in der Armee-Zeitung gewesen, in dem der Amtsschimmel der Schreibstubenhengste angeprangert worden war. Der russische Oberst war in zahlreichen Verhören ausgequetscht worden, dann – kurz vor Weihnachten – hatte man ihn einer Gefangenensammelstelle zugewiesen. Dort hatte ihn die Rache der gekränkten Bleistift-Soldaten ereilt. In einem Schuppen war er verhungert und erfroren …

Ein weiß gestrichenes Sturmgeschütz schob sich kettenrasselnd über die Straße. Ein Trupp gefangener Rotarmisten folgte. Der Posten, der sie bewachte, unterhielt sich angeregt mit einem der Gefangenen.

Ich fühlte plötzlich das Verlangen, hinunterzugehen, um an dem Leben teilzuhaben, das sich in dieser Stadt regte, die so nahe der Front und doch Etappe war.

Eine Zeit lang streifte ich durch die Straßen. Die meisten Häuser hatten Einquartierung. Kreideaufschriften gaben Kenntnis von der jeweiligen Einheit und der Zahl der Belegschaft.

Ein Schild lockte mich an. Es war über einer Tür befestigt, die von großen, vereisten Glasscheiben flankiert war. Auf dem Schild war in ungelenken Buchstaben das Wort »Teestube« zu lesen.

Neugierig betrat ich das Lokal. Es war unbeheizt. Gummibäume, die seltsamerweise der Kälte standhielten, ragten wie ein Gruß aus unbegreiflichen Fernen zwischen den kleinen Tischen. An einem der Tische saß einsam der einzige Gast. Er hatte eine russische Pelzmütze mit deutschem Hoheitsabzeichen auf dem Kopf. Bereiftes Bartgestrüpp überwucherte die untere Hälfte seines Gesichtes. Über seine Wangen rannen Tränen, die im Barthaar zu Eis gefroren. Zerfranste Leutnantsschulterstücke waren am feldgrauen Mantel des Einsamen befestigt. Ich trat zu ihm hin und fragte: »Ist noch ein Platz frei, Herr Kamerad?«

Stumm wies er mit einer Handbewegung auf einen der unbesetzten Stühle.

Eine junge Frau erschien aus dem Hinterzimmer der Teestube.

Ich bestellte einen Wodka.

Sie schüttelte traurig den Kopf.

»Nix Wodka, nur Tschai.«

Ich nickte beklommen.

Der fremde Leutnant starrte ins Leere.

»Kann ich Ihnen helfen, Kamerad?«, fragte ich.

Er hob die Schultern. Dann traf mich sein Blick. Seine Augen waren ausdruckslos und leer wie die eines Toten.

»Helfen«, murmelte er, »was wollen Sie mir helfen? Oder sind Sie der liebe Gott persönlich? Können Sie mir meine Kompanie wiedergeben? Schauen Sie mich ruhig an! Es lohnt sich. Ich bin die elfte Kompanie, die ganze elfte Kompanie. Das heißt, außer mir waren es noch zehn. Aber keiner von denen hatte seine heilen Knochen wie ich – wie ich. Hätte ich sie liegen lassen sollen und weiter ratata machen mit dem MG, das nicht mehr schießen wollte? Wo ist denn mein Bataillon? Können Sie mir sagen, wo mein Bataillon ist? Ich frage überall danach. Zehn Mann – zehn Verwundete. Dazu Erfrierungen im Gesicht, an den Händen, an den Füßen. Was tun Sie dann? Sagen Sie mir doch, was Sie dann tun? ›Los, ihr Knechte – auf, ihr Hunde! Strehle, wollen Sie wohl Ihre Flossen in Bewegung bringen?‹ Immer weiter durch den Schnee. Ein Schritt. Wieder ein Schritt. Fünf Tage – fünf Nächte. Da treibt man sie vorwärts, die armen Teufel. Wie Vieh treibt man sie, und kein gutes Wort, weil gute Worte einschläfern. Und einschlafen darf keiner. Keiner darf liegen bleiben. Verstehen Sie, was ich meine? Immer durch den Schnee. Nichts zu fressen, nichts Warmes. Ach so. Muss ja nach meinem Bataillon fragen …«

Er stand auf, fegte mit einer Handbewegung sein leeres Teeglas vom Tisch, zog einen 100-Mark-Schein aus der Feldbluse und legte ihn achtlos in die kleine

Lache von verschüttetem Tee. Dann entfernte er sich grußlos.

Die abgehärmte junge Frau brachte mir das bestellte Getränk. Sie blickte traurig auf die Scherben des Glases. Der große Geldschein beeindruckte sie nicht. Sie steckte ihn so achtlos in ihre Schürze, wie er hingelegt worden war.

Ich trank meinen Tee und verließ das Lokal.

Am Abend berichtete ich Hauptmann Mahler von der seltsamen Begegnung in der armseligen Teestube.

Der Hauptmann wiegte bedächtig den Kopf.

»Ja«, sagte er, »ja, Herr Emser, es trifft immer die Besten. Der eine verliert das Leben, der andere ein Bein, der dritte den Verstand. Ich kann da eigentlich nicht mitreden. Was mich treffen könnte, wäre allerhöchstens eine Bombe oder eine Granate. Aber das wäre Zufall. Und bei euch ist es Zufall, wenn einer ungeschoren bleibt.«

Munition für Tscherkasskowka

Ich wohnte den dritten Tag bei dem gastfreien Hauptmann Mahler, hörte Radio und erfuhr so auch, dass man in Deutschland Pelze, Wollsachen und Skier für den Winterkrieg sammeln ließ. Um die verzagten Menschen auf andere Gedanken zu bringen, wie der oft zur Melancholie neigende Hauptmann Mahler vermutete.

Es war kurz nach Mittag. Eine Stunde zuvor war ich vom Lazarett zurückgekommen, wo man den Tampon und den Verband gewechselt hatte.

Hauptmann Mahler kam ins Zimmer. Sein breites, vollblütiges Gesicht zeigte einen tiefernsten Ausdruck. »Es ist etwas mit Tscherkasskowka«, sagte er. Aber er wusste nichts Näheres, und so beschloss ich, im Divisionsgefechtsstand nachzufragen.

Der Divisionsstab lag nicht weit vom Thorezfluss in einem Gebäude, das im neuen Würfelstil der Sowjetarchitektur errichtet war. Ich glaube, es hatte einmal eine Amtsstelle der kommunistischen Partei beherbergt.

Der Posten am Eingang salutierte. Nicht weit davon stocherte eine bleiche alte Russin in Lumpenvermummung in dem Abfall, den der Küchenbulle des Stabsquartiers in den Schnee geworfen hatte.

Ich betrat das hohe, vielfensterige Haus, dem der Krieg noch keinen Schaden zugefügt hatte.

Nach einigem Suchen fand ich im ersten Stock eine Tür mit der Aufschrift »O1«. Ich klopfte an und trat ein.

Oberleutnant von Bentheim sei beim Ia, dort sei Hochbetrieb, bedeutete mir ein Schreiber. »Schön«, sagte ich, »Sie kennen mich ja. Melden Sie mich bei Herrn Oberstleutnant Soltern.«

Der Schreiber verschwand und kehrte gleich darauf mit dem Bescheid zurück, der Ia erwarte mich.

Ich ging hinaus auf den Gang und öffnete nach kurzem Anklopfen die benachbarte Tür, an der ein Schild mit der Aufschrift »Eintritt verboten!« hing.

Vor einer großen Wandkarte, auf der schwarz unsere und mit Rotstift die Stellungen des Gegners eingezeichnet waren, standen der General und Oberstleutnant Soltern, der eine mit ziegel-, der andere mit karminroten Biesen an den Hosen, ferner Hauptmann Karpf, der Ic, der für die Feindlage verantwortlich zeichnete, und Oberleutnant von Bentheim, der O1. Keiner nahm von meinem Hinzukommen Notiz.

Der Ia hielt einen Fernsprechhörer ans Ohr. »Ich kann Herrn Oberst nicht dienen«, schrie er in die Muschel, »Hätten Herr Oberst nicht in Pawlowskaja die Geschütze gesprengt, dann wäre jetzt Artillerie vorhanden.« Er knallte den Hörer auf den Apparat.

Ich fühlte, wie mir alles Blut aus den Wangen wich, und unwillkürlich ballten meine Hände sich zu Fäusten. Vielleicht sagte ich etwas in meiner Erregung oder gab sonst einen Laut von mir.

Jedenfalls drehte der General sich um, und sein Blick fiel auf mich.

»Emser«, rief er erstaunt aus, »Sie hier in Slawiansk?«

Ich machte meine Meldung. Leutnant Emser verwundet und so fort.

»Wo fehlt's denn?«, fragte der General. »Ist's schlimm?«

Ich wies auf meine Hinterbacke. Aber zum Lachen war mir nicht zu Mute.

Der General gab mir die Hand. »Wird schon wieder werden«, meinte er und setzte hinzu, seit gestern sei im Westabschnitt dicke Luft, in Tscherkasskowka sei der Teufel los.

Hauptmann Karpf und Bentheim begrüßten mich ebenfalls; Oberstleutnant Soltern dagegen nahm sich keine Zeit dazu.

»Wir müssen etwas unternehmen, Herr General«, sagte er, »Oberst Metzelbrod meldet, er habe sich nahezu verschossen. Wir müssen Munition hinüberbringen, sonst ist das Regiment weg, und die Front im Westen ist offen. Dann natürlich wieder der Ruf nach Artillerie. Woher denn nehmen? Wir haben Majaki, Globukaja Makatycha, Kristitsche und Bilbasowka. Dazu Krasnoarmaisk. Wenn wir da etwas abziehen, kommt die nächste Katastrophe. Aber, wie gesagt, die Munition für Tscherkasskowka. Was meinen Herr General? Die Straße ist tagsüber nicht benutzbar. Auch der Weg über Krasnoarmaisk ist vom Feind einzusehen. Kein Schlitten käme über die freie Schneefläche zwischen den beiden Dörfern. Bleibt nur die Bahnlinie. Aber wer soll das machen? Da käme nur jemand in Frage, der die Strecke und vor allem die Verhältnisse in Tscherkasskowka genau kennt.« Er warf mir einen flüchtigen Blick zu, schien jedoch den Gedanken, der ihm soeben gekommen war, sogleich wieder zu verwerfen.

Doch ich hatte erfasst, was er meinte. »Wenn Herr General erlauben«, bemerkte ich, zum Divisionskommandeur gewandt, »ich bin, denke ich, der geeignete Mann dafür.«

Der General schüttelte den Kopf. »Mit Ihrer Verwundung, Emser? Ausgeschlossen! Wir wollen doch unsere Offiziere nicht mit Gewalt kaputtmachen.«

Oberstleutnant Soltern jedoch, der entschieden der härtere von beiden war, hatte seine vorigen Bedenken aufgegeben. »Ich stehe auf dem Standpunkt, Herr General«, ließ er sich vernehmen, »Leutnant Emser ist der Einzige, der es schaffen könnte.« Und zu mir gewandt fragte er, ob ich mich kräftig genug fühle.

»Jawohl, Herr Oberstleutnant«, erklärte ich. »Im Übrigen: Ich kann doch jetzt mein Regiment nicht im Stich lassen!« Und meinen Kommandeur, wollte ich hinzufügen, unterließ es aber.

»Also gut«, entschied der General nach kurzem Überlegen, »bereiten Sie alles vor, Soltern!« Und zu mir sagte er: »Sie kommen jetzt mit mir, Emser!«

Ich hatte unseren General immer sehr geschätzt. Er besaß ein Herz für seine Soldaten, daran war nicht zu zweifeln, und hatte nichts von jenen eiskalten Befehlsmaschinen an sich, sondern erwies sich in erster Linie stets als Mensch. Im Grunde war er vielleicht sogar etwas weich, aber damit will ich gewiss nichts Nachteiliges gegen ihn sagen.

»Ja, Emser«, seufzte er förmlich, als ich ihm in seinem denkbar einfach ausgestatteten Dienstzimmer gegenübersaß, »das ist eine verteufelte Geschichte. Hätte es denn keine andere Lösung gegeben? Die Standortverlegung, ich meine, das Zurückgehen des Regiments an die Bahnlinie, war, von uns aus gesehen, durchaus zu verantworten, wenn es auch gegen den Befehl war. Aber diese Geschichte mit der Artillerie!

Ich mache mir ernste Sorgen, Emser. Sie stehen doch sehr gut mit Ihrem Kommandeur. Wir wollen offen reden. Man muss auch Oberstleutnant Soltern gerecht werden. Die Division ist ausgeblutet und hat in diesem Zustand einen Korpsabschnitt zu halten. Welcher Ia wäre da nicht nervös? Sie müssen wissen, ich versuche mit allen Mitteln, Oberst Metzelbrod zu decken. Aber was ist denn schon heutzutage ein kleiner Divisionsgeneral? Die letzten Anfragen von höchster Stelle haben sehr beunruhigend geklungen. Ich fürchte, man wird die Sache aufgreifen, wenn hier erst mal das Gröbste überstanden ist.«

»Herr General«, sagte ich, »ich bitte dazu bemerken zu dürfen, die Entscheidung, die Herr Oberst Metzelbrod damals getroffen hat, hätte gar nicht anders ausfallen können. Er konnte und durfte die 400 Verwundeten nicht zurücklassen, und wenn er ihretwegen mit dem Regiment in Pawlowskaja geblieben wäre, hätte er sowohl das Regiment als auch die Verwundeten und die Artillerie dazu geopfert und somit die Front in unverantwortlicher Weise geschwächt. Auch daraus hätte man ihm, wenn ich so sagen darf, einen Strick gedreht. Es war ein Konflikt, Herr General, Herr Oberst Metzelbrod hat schwer genug mit sich gerungen, aber eine andere Lösung war nicht zu finden. Trotz gewisser Bedenken haben doch schließlich alle Offiziere den Entschluss des Kommandeurs gebilligt. Hat Herr Oberstabsarzt Mende sich denn nicht dazu geäußert, Herr General?«

»Natürlich, Emser«, entgegnete der General, »seine

Aussage liegt zu Protokoll wie alles andere, was wir zu Gunsten von Oberst Metzelbrod anführen konnten. Es ist viel, Emser, aber wird es ausreichen?«

In diesem Augenblick klopfte es, der O1 steckte den Kopf durch den Türspalt und meldete, der Wagen, der mich zum Bahnhof bringen solle, stehe bereit.

Ich war aufgestanden. »Machen Sie 's gut, Emser«, sagte der General und geleitete mich bis zur Tür.

Bentheim brachte mich hinunter zum Wagen. »Schwieriger Fall«, meinte er, »aber Sie werden 's schon hinkriegen, Herr Emser.«

»Das denke ich wohl auch, Herr von Bentheim«, stimmte ich zu, obgleich ich im Innern nicht so sehr davon überzeugt war. Bei Tag hatte der Zug sich bislang nicht über die Strecke gewagt. Und ein Zug, mit Munition beladen, war empfindlicher als einer mit einer Fracht roher Eier.

Wir fuhren zum Lazarett, und ich meldete mich bei dem Oberarzt ab, was jedoch einige Schwierigkeiten verursachte, da der Arzt mich nicht aus der Behandlung freigeben wollte. Erst als ich nachdrücklich darauf hinwies, dass ich auf Befehl des Divisionskommandeurs handele, ließ er mich gehen.

Dann hielt der Wagen erneut vor der Ortskommandantur. Ich stieg die schmale Treppe hinauf und holte Stahlhelm und Maschinenpistole. Den Ortskommandanten traf ich unten in seinem Dienstzimmer an. Ich sagte ihm, Tscherkasskowka rufe mich, und dankte ihm bewegt für alles.

»Wenn Sie mal wieder nach Slawiansk kommen,

Herr Emser«, entgegnete er, »dann wissen Sie ja, dass Sie bei Hauptmann Mahler zu Hause sind.« Durch seinen Verpflegungsunteroffizier ließ er mir Marschverpflegung aushändigen, und er selbst schenkte mir zum Abschied zwei Päckchen Zigaretten. Für den »verehrten Herrn Oberst Metzelbrod«, wie er sich ausdrückte, gab er mir eine kleine Flasche Gebirgsenzian, die er von Weihnachten her noch auf Lager hatte. »Hoffentlich bringen Sie die Flasche heil an!«, sagte er, als er mir beim Wagen die Hand reichte.

Ich habe ihn nie wieder gesehen.

Als ich draußen am Bahnhof ankam, wurde die Munition für Tscherkasskowka in den bereitstehenden Zug verladen. Die Mannschaft des gepanzerten Tenders war auf Befehl des Ia verstärkt worden. Ein ganzes Arsenal an Handgranaten und MG- und Flakmunition war in dem trogartigen Eisenfahrzeug aufgestapelt.

Ich war, offen gestanden, etwas aufgeregt. Immer wieder vergegenwärtigte ich mir die große Karte im Zimmer des Ia. Fünf rote Angriffskeile – zwei von Norden, einer von Westen und zwei von Süden – hatten sich bedrohlich gegen Tscherkasskowka vorgeschoben, und der Pfeil aus Westen war bereits ins Herz unseres Stützpunktes gedrungen, ein Zeichen, dass der Feind im Dorf Fuß gefasst hatte und dass das Regiment im Ostteil zusammengedrängt im Kampf lag. In wenigen Tagen hatte sich die Lage so sehr verschärft. Zur Stunde kämpfte das Regiment mit dem Rest seiner Munition gegen eine vielfache Übermacht ums Leben. Der geplante Vorstoß mit dem improvisierten Panzerzug war ein Verzweiflungsunternehmen, das war klar, und der Ausgang war zumindest fraglich, denn die Russen würde alles daransetzen, unser Vorhaben zum Scheitern zu bringen.

Sonderführer Maier, der diesmal befehlsgemäß nicht mit von der Partie sein sollte, da er ja Feldeisenbahner war und kein Sturmsoldat, flitzte am Zug entlang und feuerte die Soldaten, die die Munition einluden, zur Eile an.

Endlich war es so weit. Der Zug verließ die Station.

Es war ein kristallklarer Wintertag, einer jener Tage, wie sie uns in friedlicher Umgebung, in Garmisch, Cortina oder Kitzbühel, mit unvergleichlichem Glücksgefühl erfüllen. Über dem Schneeland, das millionenfaches Geglitzer sprühte, wölbte sich tiefblau der Himmel. Die Sonne strahlte wie im Süden, aber kein Hauch von Wärme ging von ihr aus.

Ein anhaltendes, dumpfes Rumpeln von Westen verhieß, das Rattern des Zuges und den dröhnenden Hall unseres Eisenwagens gebieterisch übertönend, das Wüten der Schlacht um Tscherkasskowka.

Der Zug fuhr in die Station von Bilbasowka ein und hielt. Eine mächtige Gestalt in Übermantel und Pelzmütze stapfte über die Gleise heran, gefolgt von einem Unteroffizier, der ein Tornisterfunkgerät auf dem Rücken trug.

»Herr Kamerad«, sagte der Große, ein Hauptmann, »Sie haben doch noch Platz für meinen Funkunteroffizier und mich? Ich habe Sie auf Befehl des

Divisionskommandeurs als vorgeschobener Beobachter zu begleiten.« Erst jetzt, an seiner Stimme, erkannte ich ihn. Ein grau gesprenkelter, bereifter Bart überwucherte seine untere Gesichtshälfte. Es war der alte Hauptmann, Chef der Zehn-Zentimeter-Langrohr-Batterie, der einst am Straßenrand ostwärts Perwomaisk seine prophetischen Worte gesprochen hatte.

Ich nannte, als er eingestiegen war, meinen Namen und erinnerte ihn an das damalige Zusammentreffen.

»Ich hätte Sie nicht wieder erkannt«, sagte er, »ja, wir haben uns in der Zwischenzeit alle verändert, innen und außen.«

Doch zunächst nahm er mit keinem Wort auf seinen damaligen Ausspruch Bezug, der sich so grauenvoll verwirklicht hatte. Er habe noch drei Geschütze, bemerkte er, das vierte stehe in Stalino zur Reparatur, und er, als Chef, sei nun der einzige Offizier seiner Batterie. Sein Beobachtungs- und sein Batterieoffizier waren am Mijus gefallen, im Abschnitt der vierten Gebirgsdivision; sein Munitionsstaffelführer, ein Oberleutnant, hatte beide Füße durch Erfrierung verloren. Er hoffe, betonte er, mit seinen drei Geschützen, die man bis in die Hauptkampflinie vorgezogen habe, unserem Regiment Entlastung bringen zu können.

Der Zug setzte seine Fahrt fort. Ein reifverbrämter Eispanzer hatte die Lok überzogen.

Im Westen, wenige Kilometer entfernt, lagerte über der reinen Winterlandschaft eine Wolke aus schmutziggrauen Pulverschwaden, durchzuckt von roten Blitzen.

Ich verteilte ein Päckchen Zigaretten an die Besatzung des Tenders. Die Männer fühlten sich unbehaglich in unserem rollenden Eisenkäfig; sie wussten, was uns bevorstand, und die lahmen Witze, die sie von Zeit zu Zeit, nur um etwas zu sagen, die eigene Stimme zu hören, zum Besten gaben, klangen gekünstelt und lösten nur schwaches, unechtes Gelächter aus.

Auch im Süden, um Krasnoarmaisk, stiegen die grauen Rauchpilze einschlagender Granaten auf. Im Westen mengte sich Qualm von Bränden in die Wolke aus Pulverdampf.

Hoch am Himmel erschienen Flugzeuge. Am Motorengeräusch war zu erkennen, dass es russische waren. Man sah winzig klein die ausgelösten Bomben herabperlen, und sogleich hob ohrenbetäubendes Getöse an. Eines der Flugzeuge ging brennend im Sturzflug nieder und zerschellte unter dem Donner einer gewaltigen Explosion. Die übrigen steuerten unversehrt durch die Flakwölkchen, drehten ab, warfen nochmals eine Serie Bomben und flogen davon.

Wir hatten jetzt die Hälfte der Strecke zwischen Bilbasowka und Tscherkasskowka durchfahren. Plötzlich trat ein, was wir alle erwartet hatten. Eine feindliche Batterie auf der Höhe im Norden versuchte den Zug unter Feuer zu nehmen, und dazu begannen zwei oder drei schwere MGs zu rattern. Die Granateinschläge lagen noch weitab vom Bahndamm, aber unerbittlich kamen sie näher. Das MG-Feuer dagegen lag gut gezielt und konnte uns vorn auf dem Tender nur deshalb nichts anhaben, weil die Geschosse an den Panzerplatten aus dem Stalin-Werk in Kramatorskaja abprallten.

Mit Bangen dachte ich an die Munition in den ungeschützten Güterwagen. Wenn die Munition sich entzündete, wäre so, wie es stand, das Regiment zum Untergang verurteilt, überlegte ich. Der Zug aber würde mit uns allen zur Hölle gehen.

Der alte Hauptmann hatte seelenruhig durchs Fernglas Ausschau gehalten. Jetzt ließ er sich auf eine Kiste mit Flakgranaten nieder und begann gleichmütig an einem Stück Brot zu kauen. Sein Unteroffizier hatte die Kopfhörer angelegt und war soeben dabei, mit der Feuerstellung seiner Batterie in Sprechfunkverkehr zu kommen. Als es so weit war, gab er das erste Kommando durch, das der Hauptmann aus dem Stegreif mit einem Bleistiftstummel auf einen Zettel geworfen hatte, nachdem er kurz die Karte zu Rate gezogen und Entfernung und Schussrichtung festgestellt hatte. Das Ganze war freilich höchst ungenau, und ich versprach mir nur wenig Erfolg.

Doch wenig später spritzten auf der Höhe vor uns mit Schneestaub und Erdbrocken vermischte Qualmfontänen auf. Der Hauptmann befahl eine Korrektur, und nach zwei neuen, diesmal im Ziel liegenden Gruppen stellte die feindliche Batterie auf der Höhe das Feuer ein. »Es geht nichts über Zehn-Zentimeter-Langrohr«, meinte der alte Batteriechef, »aber drei solche Spritzen für eine ganze Armee sind ein Tropfen auf einen heißen Stein.« Damit brach er fürs Erste das

Schießen ab, eine Probe seiner vielfach gerühmten artilleristischen Kunst.

Der Zug hatte Tempo zugelegt. Die ersten Häuser von Tscherkasskowka kamen in Sicht. Auch die Brände an verschiedenen Ecken des Dorfes wurden deutlich erkennbar; orangegelbe Flammengarben schlugen durch den Rauch.

Wir machten uns kampfbereit. Jeder stopfte sich die Manteltaschen voller Handgranaten und garnierte den Koppelriemen damit. Der alte Hauptmann legte seine Maschinenpistole griffbereit auf die Knie. Einladend wies er auf den Platz neben sich, und als ich dicht an seiner Seite saß, sagte er:

»Herr Emser, nehmen Sie es einem alten Feldsoldaten nicht übel, aber wenn Sie Ihrem Kommandeur, den ich ja nun schon seit anno 17 kenne, einen guten Rat geben wollen, dann sagen Sie ihm, er soll für den Rest des Krieges zu Stalin in Pension gehen, so schlecht es dort auch sein mag. Ich kenne zufällig die Meinung, die man ganz oben von ihm hat. Die Heeresartillerie verfügt über beste Beziehungen. OKH – Sie wissen Bescheid. Im Führerhauptquartier fragt keiner nach den Verdiensten eines Oberst Metzelbrod. Ich fürchte, wenn es hart auf hart geht, und es wird dazu kommen, wird Ihr Kommandeur, sofern er sich nicht anders entscheidet, auf der Strecke bleiben.«

Ich war so starr über diese Eröffnung, dass ich keine Entgegnung fand. Ich sollte Oberst Metzelbrod dazu überreden, sich in Gefangenschaft zu begeben, womöglich überzulaufen und sein Regiment im Stich zu lassen?

Der alte Hauptmann schien zu erraten, was mich bewegte.

»Dies«, sagte er, »was wir jetzt erleben und in den letzten Wochen erlebt haben, ist nur eine Kostprobe. Lassen Sie mal ein weiteres Jahr ins Land gehen, Leutnant Emser. Man wird aus dem, was im Dezember vor Moskau und was im Januar hier geschehen ist und gegenwärtig noch geschieht, keine Lehren ziehen. Leichtfertig wird man ganze Armeen aufs Spiel setzen. Mit sträflicher Überheblichkeit wird man die Fiktion aufrechterhalten, der Russe sei am Ende, um die eigenen beängstigenden Fehler und Schwächen zu verschleiern. Über den Amerikaner wird man lachen, in der irrigen Annahme, den würden die Japaner schon zur Genüge in Atem halten. Und eines Tages, wenn die Saat reif ist, wird Deutschland in Stücke brechen, so wahr ich Hauptmann Stiebner bin. Das möchte ich Ihnen zu bedenken geben, wenn Sie als junger Offizier jetzt sagen, mein Rat sei verwerflich und unehrenhaft. Das ganze Spiel, Leutnant Emser, das man mit uns treibt, ist unehrenhaft. Das Leben aber gibt einem Gott nur einmal, und es wäre furchtbar, wenn ein Mann wie Oberst Metzelbrod, einer unserer Besten, weltkundig und überragend in vielen Sparten, das seine diesem Führer sinnlos vor die Füße würfe. Im Hauptquartier dort hinten tobt man, glauben Sie mir; der Durchbruch bei Isjum und alles, was damit zusammenhängt, liegt den Herren schwer im Magen, und es ist sicher, dass man ein oder mehrere Exempel statuieren wird. Das ist kein Gefasel, Emser, das ist grimmiger Ernst. Und der Fall Metzelbrod ist für so ein Exempel wie geschaffen. Man brächte damit einen unbequemen Gast vom leckgeschlagenen Schiff.«

Eine Detonation dicht vor uns ließ Hauptmann Stiebner verstummen. Ich hatte keine Zeit, über seine Worte nachzudenken. Wir mussten den überschweren Granatwerfer, der uns jetzt, offen im Schnee aufgebaut, zu fassen suchte, bekämpfen, bevor er dem Zug ernstlich Schaden zufügte.

Ein MG und die Flak traten in Aktion. Die Russen, die, mit bloßem Auge erkennbar, unbeirrt den Werfer bedienten, erweckten den Eindruck, als böten sie sich uns absichtlich zum Ziel. Die Flak feuerte, und das MG setzte wieder ein, nachdem eine Ladehemmung beseitigt war.

»Das ist der Gegner«, bemerkte Hauptmann Stiebner mit bissigem Spott, »der nach allerhöchstem Ausspruch vor Einbruch des Winters hätte besiegt sein sollen.«

Die Russen fielen einer nach dem anderen getroffen in den Schnee, aber hinter einer Mulde hervor kamen weitere, und der Granatwerfer kam erst zum Schweigen, nachdem ein Flakvolltreffer ihn in Stücke gerissen hatte.

Der Zug fuhr jetzt immer langsamer; wie zögernd tastete er sich über die Schienen. Immer näher rückte das bedrohte Dorf.

Ich hielt nach dem Stationsgebäude Ausschau; bis

auf Grundmauerreste war es verschwunden. Auch in das Dorf hatte, soweit ich feststellen konnte, die seit dem Vortag fast pausenlos anhaltende Beschießung solche Breschen geschlagen, dass es kaum wieder zu erkennen war. Ich fragte mich, wo das Regiment, von dem nichts zu sehen war, sich eigentlich aufhielt. Kein einziges Haus schien unbeschädigt. Sollten wir zu spät gekommen sein, fragte ich mich. Aber dann würde wohl der Feind das Feuer eingestellt haben.

Während wir im Schritttempo an das Dorf heranfuhren, auf das die russische Artillerie mit zermalmender Wucht einhämmerte, überschrillt vom kreischenden Fauchen der Stalinorgeln, erblickten wir im Norden durch den Schnee heranstürmende russische Infanterie und hörten, ganz dünn freilich im Toben des Artillerieschlages, trunken grölendes Gebrüll. Geschosse pfiffen dicht über uns hinweg, indes wir mit klammen Fingern in die heranwogende Masse feuerten. Es entstanden Lücken, aber wie durch Hexerei füllten sie sich wieder auf. Zuletzt schleuderten wir Handgranaten und brachten so die Angriffswelle dicht vor dem Zug zum Stehen. Zugleich brach aus einer halb eingeebneten Ruine Major Hartung mit einer kleinen Schar hervor und stürzte sich von der Flanke her gegen den Feind, der zuerst zögernd, dann in Hast zurückwich und sich nach links zwischen zerbröckeltes Gemäuer verzog.

Hauptmann Stiebner und sein Funker stiegen an der dem Feind abgewandten Zugseite aus. Ich wollte soeben ihrem Beispiel folgen, um das rasche Ausladen der Munition in Gang zu bringen, als ein flachbahniges Geschoss den an den Tender angehängten Güterwagen traf. Ich sah Rauch aus der faustgroßen Einschussstelle quellen, und zugleich beobachtete ich, wie ein Panzer, ein weiß gestrichener T-34 mit langem Geschützrohr, sich hinter einer Ruine hervorschob.

»Draufhalten, Mensch!«, rief ich dem Geschützführer unserer Flak zu.

Major Hartung war indessen, gefolgt von seinem Sturmtrupp, bei dem getroffenen Wagen angelangt, hatte die Tür aufgerissen und warf, von Rauch umwallt, Munitionskästen in den Schnee.

Der Panzer kam näher, verhielt, richtete sein Rohr auf uns und feuerte zum zweiten Mal.

Im selben Augenblick stieß die Lok einen dünnen Pfiff aus, und schon kam der Zug ins Rollen. Ich schwang mich auf den Rand des Tenders und ließ mich fallen. Ein stechender Schmerz durchfuhr mich.

Um mich war Geknatter, aber es drang wie aus großer Entfernung an mein Ohr, und dann war nichts mehr. Der Film war gerissen – in einem Erdbunker fand er seine Fortsetzung, sozusagen. Was dazwischen geschehen war, erfuhr ich erst nachträglich bruchstückweise: Major Hartung hatte versucht, den Zug anzuhalten, aber es war ihm nicht gelungen. Immerhin aber hatte er mit seinen Leuten den Brand gelöscht und den größten Teil der Munition auf den Bahndamm werfen können, bevor er abgesprungen war.

Gegen Panzer und erneut vorgehende Infanterie hatte Major Hartung mit den Letzten seines Bataillons den Bahndamm verteidigt, bis die Munition geborgen war. Dann hatte das dritte Bataillon sich in den Mauerresten des Stationsgebäudes und den umliegenden Ruinen festgesetzt. Hauptmann Stiebner leitete vom vorgeschobenen Gefechtsstand Hartung aus das Feuer seiner Batterie. Es gelang ihm, einen Panzer kampfunfähig zu schießen und die übrigen zum Abdrehen zu zwingen. So gab es etwas Luft. Dann war der Hauptmann verwundet worden, aber sein Unteroffizier war für ihn eingesprungen und hatte dem dritten Bataillon weiter beistehen können. Mit vollendeter Treffsicherheit führten die westlich Bilbasowka stehenden Kanoniere der Langrohrbatterie die durchgesagten Kommandos aus. – So sagte man mir später, und es muss wohl so gewesen sein, denn im Abschnitt Hartung kamen die Russen nicht über das Bahngelände hinweg, solange die Kanonen feuerten.

Der Erdbunker, in dem ich aus meiner Betäubung wieder zu mir kam, lag dort, wo früher der Hauptverbandplatz und danach der Truppenverbandplatz untergebracht war. Als ich, reichlich benommen, die Augen öffnete, beugte Oberst Metzelbrod sich über mich.

Vorwurfsvoll blickte er durch seine runden Gläser auf mich herab, als wolle er sagen: Ich habe zwei Söhne verloren. Soll ich nun auch dich verlieren?

»Emser«, murmelte er, »was machen Sie denn für Geschichten?«

Ich fragte nach der Munition. Dabei fiel mir ein, dass der Zug sich zur Rückfahrt in Bewegung gesetzt hatte, bevor die lebenswichtige Fracht ausgeladen war. Ich richtete mich auf. Mein Blick fiel auf Hauptmann Stiebner. Vorgebeugt hockte er auf einem ausgedienten Verbandskasten. Seine Kinnlade war dick verbunden und der Verband durchblutet.

Der Oberst wollte wissen, wie ich in den Zug geraten sei. Kurz nach dem Gespräch mit dem Ia war die Fernsprechverbindung nach Osten abgerissen.

»Ich war beim General«, erklärte ich, »er hat mir die Aufgabe übertragen.« Darauf wiederholte ich meine Frage nach der Munition.

»Der Lokführer hat richtig gehandelt«, sagte der Kommandeur. »Der Zug wäre samt der Lok zusammengeschossen worden. In Bilbasowka wird man ihn schon angehalten haben. Dort nützt die Munition uns mehr als hier.«

»In Bilbasowka?«, warf ich ein. »Wollen Herr Oberst damit sagen, dass wir Tscherkasskowka aufgeben müssen?«

Der Oberst nickte. »Wir haben es praktisch schon aufgegeben, oder es hat uns aufgegeben, so kann man es auch nennen. Wenn es dunkel wird, lösen wir uns. Das Regiment, Emser – viel ist nach dem letzten Aderlass nicht mehr übrig.«

Draußen, oder vielmehr über uns, rumorte es unentwegt weiter. Ich fühlte, wie die Erde bebte. Aber wir hockten so tief in ihrem Schoß, dass der Lärm der unvermindert tobenden Schlacht nur gedämpft zu uns drang. Wenn allerdings ein Einschlag in der Nähe niederging und das gefrorene Erdreich in Brocken herabfiel, hallte die Detonation in unserer Höhle überlaut.

Ich tastete nach meiner Manteltasche. Die Flasche, die Hauptmann Mahler mir für den Oberst mitgegeben hatte, war noch vorhanden. Sie war seltsamerweise heil geblieben. Ich brachte sie zum Vorschein und reichte sie dem Kommandeur. »Von Hauptmann Mahler, dem Ortskommandanten in Slawiansk«, sagte ich. »Ausdrücklich für Sie bestimmt.«

Der Oberst nahm das Geschenk entgegen und gab es an Oberleutnant von Eisen weiter, der soeben im Bunker aufgetaucht war. »Machen Sie 's auf, Eisen«, sagte er, »und lassen Sie 's reihum gehen.« Dann wandte er sich wieder zu mir. »Ist es jetzt besser, Emser?«, fragte er.

»Alles in Ordnung, Herr Oberst«, entgegnete ich, »ich weiß überhaupt nicht, was los war.«

»Ihre Wunde ist beim Sturz vom Zug aufgeplatzt«, erklärte mir der Oberst. »Wir befürchteten, Sie würden uns verbluten.«

Erst jetzt fühlte ich eine unangenehm klebrige Feuchtigkeit an meinem Hosenbein. Einen Augenblick lang war mir, als müsse ich mich übergeben. Doch in Gegenwart des Kommandeurs und all der anderen riss ich mich natürlich zusammen und erhob mich, weil es mir lächerlich und ungehörig vorkam, vor dem Oberst auf dem Boden zu liegen, von dem es zudem trotz der untergelegten Zeltbahn eisig aufstieg.

Die Enzianflasche aus Hauptmann Mahlers Weihnachtsbestand machte die Runde. Auch Hauptmann Stiebner trank einen Schluck, wenn es ihm mit seinem verletzten Kinn auch sichtlich Schwierigkeiten bereitete.

Während ich ihn betrachtete, diesen ruhigen, gefassten Mann, der auch jetzt kein Zeichen von Schwäche zu erkennen gab, fielen mir die Worte ein, die er auf der Fahrt gesprochen hatte. Wenn es für den Kommandeur wirklich so bedrohlich aussah, überlegte ich, war Hauptmann Stiebners Vorschlag – so absurd er schien – womöglich der einzige Weg zur Rettung. War Tscherkasskowka verloren, und nach Oberst Metzelbrods Eröffnung war daran nicht zu zweifeln, so würde sich für diejenigen, die ihm übel wollten, ein neues Belastungsmoment ergeben. Aber wie sollte man es dem Oberst beibringen, dass es keinen anderen Ausweg für ihn gab, als sich bei erster Gelegenheit mit erhobenen Händen dem Russen zu stellen? Und wie sollte er dies bewerkstelligen? Kapitulieren, sagte ich mir, einfach das Feuer einstellen lassen und kapitulieren! Doch zugleich wurde mir klar, dass es niemals gelingen würde, Oberst Metzelbrod zu diesem Schritt zu überreden. Und ebenso sinnlos sei es, dachte ich, den Versuch zu machen, ihn zu bewegen, sein Regiment zu verlassen. Und das Regiment, fragte ich mich, schon anderen Sinnes, wird denn das Regiment es zulassen, dass man ihm den Kommandeur wegnimmt, dass man ihn, der nur das Beste gewollt hat, deshalb zur Rechenschaft zieht und zu Grunde richtet?

Ein Melder kam in unseren Bunker, der zur Aufnahme der Verwundeten ausgeschachtet worden war, als Oberstabsarzt Mende noch in Tscherkasskowka saß. Der Melder kam vom zweiten Bataillon. Sein Schneehemd war zerfetzt, und seine Augen flackerten wie in plötzlich ausgebrochenem Irrsinn. »Hauptmann Merz«, stammelte er, »Hauptmann Merz ist gefallen, Major Moll führt jetzt das Bataillon.«

»Major Moll«, fiel der Oberst dem Mann ins Wort, »was sagen Sie da? Major Moll hat doch mit seinen Geschützen genug zu tun! Was ist denn damit?«

»Das leichte ist durch Volltreffer ausgefallen, Herr Oberst«, erwiderte der Melder, schon etwas ruhiger, »die beiden schweren hat Herr Major Moll gesprengt. Keine Munition mehr, Herr Oberst, und die Russen auf Handgranatenwurfweite heran.«

»Und die schwere Flak?«, fragte Oberst Metzelbrod, dessen Gesicht auf einmal grau geworden war. »Was ist mit der Flak?«

»Die steht noch im Kampf, Herr Oberst«, antwortete der Melder, »aber jetzt ist sie wohl schon abgeschnitten.«

»Abgeschnitten«, rief der Oberst aus, »was heißt das? Befehl an Major Moll: Gegenstoß zur Flakstellung!«

Der Melder schien dem Weinen nahe. »Herr Oberst«, brachte er hervor, »ach, Herr Oberst, Herr Major Moll hat dort beim kaputten Stalindenkmal, wo wir in Stellung liegen, noch 24 Mann. So viel waren es, als er mich losschickte, aber das ist schon eine Stunde her. Die anderen melden sich nicht mehr. Wir wissen nicht, wo sie stecken. Vielleicht sind schon alle weg, Herr Oberst.«

Oberst Metzelbrod schlug beide Hände vors Gesicht. Seiner Brust entrang sich ein Stöhnen. Aber schon fasste er sich, nahm Eisen die Enzianflasche aus der Hand und hielt sie dem Soldaten hin.

»Trinken Sie!«, sagte er. »Und wenn Sie zu Major Moll zurückkommen, melden Sie ihm, er soll vom zweiten Bataillon sammeln, was noch vorhanden ist, und dann auf den Südostteil zurückgehen, bis er Anschluss zu Major Hartung findet.«

Als der Melder sich entfernt hatte, bemerkte der Oberst: »Jetzt fehlt nur noch eine ähnliche Hiobsbotschaft von Knappe, dann sind wir fertig.«

»Herr Oberst«, ließ sich der Hauptmann Stiebner aus seinem Winkel vernehmen, »wäre es in solcher Lage nicht am vernünftigsten, Schluss zu machen?«

»Was meinen Sie damit, Herr Hauptmann?«, gab der Kommandeur scharf zurück. »Sollen wir uns hier in unserem Erdloch erschießen, während die Reste meiner Bataillone draußen den Feind abwehren?«

»Bewahre, Herr Oberst«, versetzte der Hauptmann, dem das Sprechen sichtlich schwer fiel, »an so etwas denke ich nicht. Ich frage mich nur, ob es in aussichtsloser Lage nicht zweckentsprechend wäre, aufzugeben – ein Schneehemd als weiße Fahne raus und Schluss!« Der Oberst gab keine Antwort. Mit seinem Schweigen gab er mir zu verstehen, dass ich ihn auch diesmal richtig eingeschätzt hatte. Sein düster starrender Blick war ins Leere gerichtet. Vielleicht gab er sogar innerlich dem Hauptmann Recht, aber auch er vermochte nicht über seinen Schatten zu springen.

Nach einer Weile belebte sich sein Blick.

»Nur derjenige, der frei ist von Schuld«, sagte er, »frei von Schuld – ich bitte dies wörtlich zu nehmen! –, nur derjenige wäre berechtigt, einen solchen Entschluss zu fassen. Ich kann es nicht.«

Dann rief er Janke heran und befahl ihm, zu versuchen, Verbindung mit Major Knappe zu erlangen.

Janke setzte den Stahlhelm auf, nahm seinen Karabiner und ging.

Wenig später erschien Hauptmann Stiebners Funkunteroffizier im Bunker. Sein Gerät hatte einen Treffer abbekommen und war unbrauchbar geworden. Er fragte, ob wir ein Tornistergerät besäßen. Aber im Gefechtsstand war keins vorhanden.

»Dann gehe ich zu Herrn Major Hartung zurück und mache am MG weiter, wenn Herr Hauptmann erlauben«, sagte der Unteroffizier zu seinem Batteriechef.

»Ja, gehen Sie«, entgegnete Hauptmann Stiebner, »die Infanterie wird ohnehin das Einzige sein, was schließlich übrig bleibt.«

Währenddessen droschen die um Tscherkasskowka versammelten russischen Batterien und Salvengeschütze pausenlos auf den von uns noch besetzten Teil des Dorfes ein. Der Führung der sowjetischen Angreifer war es offenbar gleichgültig, wie weit sie mit der Beschießung die eigene Truppe gefährdete. Ihr Ziel war die schon vor dem 23. Februar angekündigte Vernichtung des Regiments Metzelbrod.

Ich holte die Marschverpflegung, die ich in der Ortskommandantur von Slawiansk erhalten hatte, aus meinen Taschen hervor und bat Eisen, alles brüderlich zu teilen und auch Janke seinen Anteil aufzuheben. Bei mir freilich wagte ich kaum zu hoffen, dass wir Janke jemals wiedersehen würden.

Aber bald darauf kam Janke unversehrt in den Bunker zurück. Bei Herrn Major Knappe sei so weit alles klar, meldete er, Leutnant Betzing sei leicht verwundet, der Herr Major habe bereits zwei Melder losgeschickt. Die müssten unterwegs liegen geblieben sein. Ein Spaß sei es aber nicht, zum ersten Bataillon durchzukommen, fügte er hinzu und verzehrte dann mit Genuss das bisschen Wurst und Brot, das Eisen ihm ausgehändigt hatte.

So ging der kristallklare Wintertag, der für uns nur Not, Verzweiflung und Sterben zu vergeben hatte, zur Neige.

Als es dunkel war – schon am Nachmittag hatte der Himmel sich bewölkt –, stiegen die Letzten der Kampfgruppe Metzelbrod wie Ratten aus Erdlöchern, Schneetrichtern, aus Ruinen und halb verschütteten Bunkern und sammelten sich an den befohlenen Plätzen. Die Trosse besaßen keine Schlitten mehr. Aber es gab ja auch keine Pferde. Die lagen zerfetzt unter Trümmern, und soweit sie schon früher umgekommen waren, waren ihre Überreste in die Mägen hungriger Soldaten – deutscher wie russischer – gewandert.

Das Artilleriefeuer war verstummt. Lediglich MG-Feuerstöße und vereinzelte Karabinerschüsse hallten da und dort, als wolle der Feind uns zeigen, dass er auf dem Posten sei.

Major Knappe, dessen Bataillon noch am wenigsten angeschlagen war, wurde die Aufgabe übertragen, als Nachhut das Absetzen des Regiments gegen feindliche Störungsversuche zu decken.

Während Major Hartung auf der Straße zurückgehen sollte, schlugen wir, der Kommandeur, Major Moll, Hauptmann Stiebner, Eisen, die beiden Melder Janke und Kerst und ich mit der Stabskompanie, die Überlebenden des zweiten Bataillons und ein Anhang von Trossleuten und Versprengten, darunter auch Unteroffizier Sebald mit seinen Eisenbahnern, den Weg nach Krasnoarmaisk ein.

Wiederum, wie damals beim Ausbruch aus Pawlowskaja, gewährte die Dunkelheit uns gnädigen Schutz. Obendrein begann es auch diesmal zu schneien, aber es ging kein Wind, und der Schnee legte sich lind in nassen, großen Flocken auf unsere müden Gesichter.

Die Luft war weich und fast mild geworden; der Schnee knirschte nicht mehr unter unseren Tritten. Es war, als habe der Winter von einer Stunde zur anderen seine Herrschaft aufgegeben. Dies war natürlich ein Trugschluss; wenige Tage später wurde es nochmals empfindlich kalt. Doch für uns war die Hoffnung auf milderes Wetter ein schwacher Trost in unserer Niedergeschlagenheit.

Schweigsam schritt der Oberst neben mir, besiegt, gebeugt, ein zerbrochener Mensch, der seinen Weg durch ein Schneefeld Südrusslands suchte. Krasnoarmaisk war für Oberst Metzelbrod eine Station auf einem Leidensweg, der, wie er einmal in schwerer Stunde gesagt hatte, irgendwo im Dunkel enden würde …

Abschied

Die Kampfgruppe Metzelbrod hatte den Verteidigungsabschnitt des Bewährungsbataillons 500 vor Bilbasowka übernommen. Auch dies war, wie ich heute weiß, eine seltsame Schicksalsfügung, aber damals besaß ich noch keinen Anhaltspunkt für solche Überlegungen. Der Rückzug aus Tscherkasskowka hatte uns keine weiteren Verluste gekostet. Die Bilanz jedoch, die wir über die vorhergegangene Zeit zu ziehen hatten, war niederschmetternd. Das Regiment hatte die Hälfte seines Mannschaftsbestandes eingebüßt, und wenn es weiterhin als geschlossene Einheit gelten und kämpfen sollte, bedurfte es dringend der Auffrischung. Auch die Bewaffnung war mehr als unzureichend; an schweren Infanteriewaffen war so gut wie nichts aus Tscherkasskowka gerettet worden. Doch der Nachschub kam nun ungehindert heran.

Gleich am Morgen nach unserer Ankunft in Krasnoarmaisk war Oberst Metzelbrod in einem Schlitten der dort liegenden Pioniere nach Bilbasowka und sodann im Kraftwagen nach Slawiansk gefahren, um dem General Rapport zu erstatten und mit ihm die Lage und unsere neue Verwendung zu erörtern. Am Abend war er nach Bilbasowka, wohin ich mittlerweile, einer fernmündlichen Weisung aus Slawiansk entsprechend, den Regimentsstab verlegt hatte, zurückgekehrt, ohne mehr von seiner Unterredung mit dem General verlauten zu lassen als die erteilten Befehle.

Den Gefechtsstand hatten wir in einem kleinen unbewohnten Haus am Westrand von Bilbasowka eingerichtet. Zu den Bataillonen wie zur Division und nach Krasoarmaisk war die Fernsprechverbindung eingerichtet. Der Stab war seit Mittag arbeitsbereit.

Die folgenden Tage brachten naturgemäß einen kaum zu bewältigenden Betrieb. Die Übernahme der Stellungen und der Aufbau einer festen Abwehrlinie waren insofern erschwert, als die Rote Armee mit Infanterie und Panzern nachgestoßen war, offenbar mit der Absicht, uns nicht zur Ruhe kommen zu lassen. Der nun langsam an Boden gewinnende Gegenangriff von Süden und Südwesten her bewirkte, dass der Feind in unserem Abschnitt seine Anstrengungen, den Zugang nach Slawiansk zu erzwingen, zusehends steigerte.

Der Oberst war jetzt täglich vorn in den Stellungen. Zumeist übernahm er diese Gänge ohne Begleitung, und von den Bataillonen erfuhren wir, dass er sich zuweilen aufrecht in der vordersten Linie zeigte, wie einer, der die tödliche Kugel sucht. Zweimal hatte ich dazu angesetzt, ihm nahe zu bringen, was Hauptmann Stiebner, der jetzt im Lazarett lag, angeregt hatte. Aber beide Male hatte ich es aufgegeben, weil ich nicht die rechten Worte finden konnte, und weil es mir im Grunde widersinnig und undenkbar schien, Oberst Metzelbrod vorzuschlagen, sich, krass gesagt, zur eigenen Rettung in Gefangenschaft zu begeben. Die Vernunft allerdings sagte mir, dies sei tatsächlich der einzige Weg für den Kommandeur, sich dem zu entziehen, was unausbleiblich war.

Ich war gerade dabei, die Abendmeldung zur Durchgabe fertig zu machen, als Janke Major Knappe meldete.

Ich hatte Major Knappe seit dem Rückzug aus Tscherkasskowka nicht gesehen. Als er jetzt eintrat, fiel mir auf, dass er seinen struppigen Bunker-Bart abgenommen hatte.

»Na, Emser«, fragte er, »wie schaut's? Ist der Kommandeur nicht hier?«

Ich entgegnete, der Herr Oberst sei zu den Panzerjägern gegangen, schon am Mittag, und sei noch nicht zurück. »Er ist jetzt dauernd unterwegs«, fügte ich hinzu. »Manchmal ist mir, als gehöre Herr Oberst Metzelbrod gar nicht mehr zu uns. Er ist so fremd in vielem – ganz anders als früher.« Meine geheimsten Sorgen erwähnte ich nicht.

Major Knappe meinte, das veränderte Wesen des Kommandeurs, das auch ihm aufgefallen sei, könne man wohl in erster Linie dem zuschreiben, dass er seinen Sohn in Pawlowskaja habe zurücklassen müssen. Dazu machten ihm sicherlich auch die schweren Verluste des Regiments zu schaffen, er habe sich doch immer als Vater von uns allen gefühlt. Auch mit Hauptmann Merz habe er so gut gestanden. »Schade um Merz – ein feiner Kamerad!«

»Schade um jeden, Herr Major«, sagte ich, »das ist ja auch die Meinung des Kommandeurs.« Ich fragte Major Knappe, ob ihn etwas Bestimmtes zum Regimentsgefechtsstand führe.

»Nein«, antwortete er, »eigentlich nicht, Emser. Ich hätte nur mal gern mit dem Kommandeur gesprochen – über Verschiedenes.« Er zündete sich eine Zigarette an – es gab ja jetzt wieder Zuteilung.

Plötzlich wandte er mir den Blick zu und fragte gerade heraus, ob es nicht angebracht sei, sich beim IIa in Slawiansk dafür zu verwenden, dass der Kommandeur endlich zum Ritterkreuz vorgeschlagen werde.

»Zum Ritterkreuz, Herr Major?«, rief ich geradezu erschrocken aus.

Major Knappe musterte mich misstrauisch. »Was gibt es, Emser?«, fragte er, und da ich mit der Antwort zögerte, forderte er, ich solle, zum Teufel, frei mit der Sprache herausrücken.

Major Knappe war noch jung an Jahren, aber trotzdem unser dienstältester Bataillonskommandeur. Er war zweifellos ein gut aussehender Mann mit seiner Sportlerfigur, seinem welligen blonden Haar und seinen ausdrucksvollen, lichtbraunen Augen. In der Division nannte man ihn verschiedentlich »Adonis Knappe«, natürlich nur, wenn er nicht dabei war.

Die Daumen in den Koppelriemen gehakt, stand er breitbeinig vor mir. Und ich eröffnete ihm, was mich in zunehmendem Maße bewegte und beunruhigte, und ich bemerkte, wie seine hageren Wangen sich vor Unmut röteten. »Emser«, fuhr er mich an, »Sie träumen, Mensch!«

»Leider nicht, Herr Major«, widersprach ich, »es ist mir bitter genug, so etwas sagen zu müssen. Aber es ist so, Herr Major, ich weiß es.«

»Ja, zum Henker«, brauste der Bataillonskommandeur auf, »da haben wir wohl auch noch ein Wort mitzureden.«

Wieder musste ich ihm widersprechen, indem ich ihn darauf hinwies, dass sogar der General mir gegenüber seine Machtlosigkeit zugegeben hatte.

Dies war für einen Mann von Major Knappes Natur zu viel. Er explodierte förmlich vor Empörung.

»Das hol doch der Teufel!«, rief er aus. »Ist das der Dank dafür, dass wir 400 Verwundete aus Pawlowskaja gerettet haben, dass das Regiment Tscherkasskowka bis zum Weißbluten gehalten, dass Oberst Metzelbrod Übermenschliches geleistet hat?«

In diesem Augenblick ging die Tür auf, und völlig unerwartet kam Fritz John herein, Leutnant John aus Erich Metzelbrods Kompanie, den ich schon in der Heimat geglaubt hatte. Sein linker Ärmel steckte leer in der Manteltasche. In Gorlowka hatte man ihm, wie er mir später mitteilte, den ganzen Arm abgenommen, da in den Stumpf auf dem Transport Brand geraten war. Er war sehr blass, behauptete aber, so weit ausgeheilt zu sein.

»Leutnant John zurück zum Regiment«, waren seine ersten Worte.

»Mensch, Fritz«, rief ich, Major Knappes Anwesenheit vergessend, aus, »was für ein Unsinn! Für dich ist doch der Krieg zu Ende!«

»Keine Rede, Emser!«, erklärte John, ohne sein unbekümmertes Lachen zu zeigen, mit dem er sich sonst stets über alle Widrigkeiten hinweggeholfen hatte. »Nach dem, was ich vor drei Tagen in Gorlowka erfahren habe, gibt es für mich keinen andern Platz als bei meinem Regiment.«

»Was haben Sie denn erfahren, John?«, fragte Major Knappe.

Leutnant John atmete tief. »Man will«, entgegnete er stockend, »Herr Major, man will Herrn Oberst Metzelbrod vor ein Kriegsgericht stellen. Es ist zuverlässig; ich weiß es von Herrn Oberstabsarzt Mende.«

Wie ein Mörserbrocken waren die schwer wiegenden Worte in unserer Stube eingeschlagen.

Major Knappe wollte Näheres wissen, aber John war nichts weiter bekannt als die Tatsache, und dies war, wie er meinte, mehr als genug.

Seit Tagen hatte ich insgeheim mit einer ähnlich schlimmen Nachricht gerechnet; aber jetzt, wo sie da war, verschlug es mir Atem und Sprache. Das ist das Ende, dachte ich, das Ende, das Ende … Weiter kam ich nicht mit meinen Gedanken.

Major Knappe hieb mit der Faust auf den Tisch. »Das lassen wir nicht zu, zum Henker!«, rief er mit schneidender Stimme, als stehe er im Angriff und sei dabei, seine zaudernden Soldaten vorzureißen.

Ich wollte gerade sagen, die Verhandlung, wenn es

wirklich dazu komme, bedeute noch keine Verurteilung, sie könne ja ebenso gut mit Freispruch enden. Doch ich kam nicht zu diesem Einwurf, denn plötzlich schrillte es im Fernsprecher. Am anderen Ende des Drahtes sprach Leutnant Wagenführ, Adjutant beim ersten Bataillon. Er fragte mit erregter Stimme nach seinem Kommandeur und setzte, mehrfach unterbrechend, hinzu, der Feind greife an, die dritte Kompanie melde einen Einbruch, der mit eigenen Kräften nicht zu beseitigen sei.

Ich übergab Major Knappe den Hörer. Er ließ sich unterrichten und sagte: »Bin auf dem Weg. Bis gleich!« Dann war er draußen.

»Immer der Alte«, bemerkte John, »wenn's brennt, ist Knappe zur Stelle.«

»Fritz«, fiel ich ein, ohne auf seine Bemerkung einzugehen, »was sagt denn Oberstabsarzt Mende dazu?«

»Er macht sich die bittersten Vorwürfe«, erwiderte John. »Er meinte, er habe den Anstoß gegeben. In Pawlowskaja, weißt du. Ich sagte ihm, wir dürften dieses Unrecht nicht zulassen, wir müssten dagegen aufstehen. Aber er wollte nichts davon wissen. Sie, John, meinte er, können froh sein, wenn Sie nicht mit hineingezogen werden. ›Wegen Goroditsche!‹ Ich hätte doch den Befehl zur Räumung gegeben. Ich sagte, wir hätten's weit gebracht. Der Doktor gab mir Recht, aber sein Standpunkt war, wir könnten nichts dagegen tun. Er hofft, dass der Kommandeur durchkommt, dass sie einsehen, was für ein Wahnsinn die Anklage ist.«

»Du bist also gekommen, um es dem Kommandeur zu sagen?«, fragte ich.

John nickte schweigend. Aber ich spürte, da war noch etwas. Doch ich wollte nicht weiter fragen.

Jetzt weckte der Fernsprecher erneut. Ich hörte sehr fern Oberst Metzelbrods Stimme. »Was Neues, Emser?«, fragte er. Ich berichtete ihm von Major Knappes Besuch und von dem Anruf vom ersten Bataillon. Er wusste Bescheid. Major Hartung, bei dem er sich zur Zeit aufhielt, hatte, wie er mir zu verstehen gab, einen Stoßtrupp nach der Einbruchstelle geschickt. »Und sonst, Emser?«, ließ sich die ferne Stimme nach einer Pause wieder vernehmen. »Was war sonst?«

Ich wiederholte das zuvor Gesagte.

Im Hörer blieb es still. Ich vermutete schon, die Leitung sei gestört. Aber da meldete der Oberst sich wieder. »Emser«, sagte er drängend, »war sonst noch etwas?«

»Leutnant John hat sich zum Regiment zurückgemeldet«, entgegnete ich, denn an Dienstlichem war sonst wirklich nichts zu melden.

»Wer?«, fragte der Oberst.

»Leutnant John.«

»Gut. In einer halben Stunde bin ich auf dem Gefechtsstand.«

»Er kommt«, bedeutete ich John, »es wird ihn treffen wie ein Schlag.«

Als der Oberst sich einfand, allein, wie er jetzt die Stellungen zu besuchen pflegte, machte John zunächst vorschriftsmäßig seine Meldung.

Oberst Metzelbrod gab ihm die Hand, und nachdem er Schneehemd, Koppel und Mantel abgelegt hatte, trat John einen Schritt vor, stand still, die Rechte angelegt und sagte mit tonloser Stimme:

»Ich bitte gehorsamst, Herrn Oberst mitteilen zu dürfen, dass man beabsichtigt, Herrn Oberst vor ein Kriegsgericht zu bringen wegen –«

»Danke, John«, fiel Oberst Metzelbrod ihm scharf ins Wort, »kann mir 's denken: Pawlowskaja – die Geschütze – Tscherkasskowka.« Er stand reglos, die Fäuste gegen die Hüften gestemmt, als wolle er jene Kräfte herausfordern, die seine Ehre, seine Existenz und womöglich sein Leben bedrohten.

Ich hatte den Eindruck, die böse Gewissheit, die er durch Leutnant John, ausgerechnet durch John, Erich Metzelbrods Kampfgefährten, erfahren hatte, habe wie ein Signal auf ihn gewirkt. Erwartet hatte er das, was wir jetzt wussten, nicht anders als ich, darüber war ich mir nun klar. Der Unterschied war nur, dass er bereit schien, zu kämpfen, während ich es nicht wahrhaben wollte und daher immer noch nicht glauben konnte. Es war zu ungeheuerlich für mich.

»John«, sagte der Oberst, indem er seine Haltung änderte, »John, ich danke Ihnen. Sie haben mir einen Treuebeweis gegeben, den ich nie vergessen werde, nie, John, was auch kommen mag. Aber beim Regiment können Sie nicht bleiben, mein Freund. Sie gehören nach Hause, John. Sie haben, weiß Gott, genug geopfert.«

»Ich gehöre zum Regiment, Herr Oberst«, beharrte John, »jetzt mehr denn je. Ich bitte Herrn Oberst, bleiben zu dürfen.«

»Wir werden morgen noch mal darüber sprechen«, räumte der Oberst ein. »Jetzt aber wird es Zeit, dass Kerst uns was zu essen bringt. Wer weiß, was die Nacht für uns auf Lager hat?«

Wir erwähnten Johns unfassbare Nachricht nicht mehr. Der Oberst gab sich lebhaft und aufgeschlossen, als sei nichts geschehen. Gegen zehn Uhr zog er sich zurück. Ich ließ für John ein Lager im Gefechtsstand herrichten.

Um sechs Uhr morgens – es wurde jetzt schon zeitiger hell – wurden wir durch das Läuten des Fernsprechers und fast gleichzeitig einsetzendes Artilleriefeuer geweckt. Großangriff! Major Knappe und Major Hartung meldeten starke Bereitstellungen des Gegners in Sicht der Kampfstände ihrer Bataillone.

Mehrere eigene Batterien, die uns seit unserem Einzug in Bilbasowka zur Verfügung standen, nahmen mit allen Rohren den Bereitstellungsraum der Russen unter Feuer. Sie schossen Sperrfeuer vor unsere Linien, als der Feind trotzdem zum Angriff antrat. Ganze Wellen der Angreifer sanken in den Schnee, aber über sie hinweg gingen neue vor, es nahm kein Ende.

Um sieben Uhr kam die Meldung, Leutnant Betzing, der das zweite Bataillon von dem zu seinem Artillerieregiment zurückbeorderten Major Moll übernommen hatte, sei schwer verwundet, ein Feldwebel führe das Bataillon. Um 7 Uhr 10 setzte sich

Leutnant John, der einzige verfügbare Offizier, nachdem wir ihn mit Stahlhelm, Schneehemd und Maschinenpistole ausgestattet hatten, nach Leutnant Betzings zerschossenem Gefechtsstand in Marsch.

Ich wollte an Johns Stelle gehen, aber Oberst Metzelbrod behauptete, er könne mich nicht entbehren. Vielleicht wollte er mich schonen, obgleich wir bald ebenso gefährdet sein sollten wie die vorn in der Hauptkampflinie. Im Übrigen war die Tätigkeit eines Regimentsadjutanten nicht von einer Minute zur anderen erlernbar, zumal wir ja unter Verhältnissen standen, die mit der Heeresdienstvorschrift in keiner Weise mehr in Einklang zu bringen waren. Wie hätte sonst ein Leutnant ein freilich nahezu auf Kompaniestärke zusammengeschmolzenes Bataillon führen und durch einen anderen Leutnant, der nur noch einen Arm besaß, abgelöst werden können?

Es kam wie in Pawlowskaja; die Fernsprechverbindung zu den Bataillonsgefechtsständen riss ab, auch Melder kamen nicht mehr durch, und kurz vor acht Uhr erschien ein Verwundeter im Gefechtsstand und schrie mit überschnappender Stimme: »Die Russen kommen – die Russen kommen!« Taumelnd stand er vor uns, mit weit aufgerissenen, schreckensstarren Augen. Aus seinem rechten Ärmel rann Blut. Aber unentwegt schrie er, bis er umsank und vor unseren Augen starb, ohne dass wir ihm hätten helfen können.

Ich schickte Kerst zu Oberleutnant von Eisen, der im Haus nebenan sein Quartier hatte. Er war bereits aus eigenem Entschluss mit der Stabskompanie ausgerückt, um den feindlichen Stoß aufzufangen, der offenbar dem Regimentsgefechtsstand galt.

Der Oberst wies mich an, die Division anzurufen und mit größter Dringlichkeit um die Entsendung der Eingreifreserve nachzusuchen. Er selbst wolle im Dorf an Trossleuten zusammenfassen, was greifbar sei, denn die Stabskompanie allein werde es, wie er meinte, nicht schaffen.

Als die Verbindung mit dem Divisionsgefechtsstand endlich hergestellt war, verlangte ich Oberstleutnant Soltern, aber es vergingen endlos erscheinende Minuten, bis ich seine Stimme vernahm. Ich meldete, was vorgefallen und im Gange war. Zu meiner Beruhigung sagte er zu, die Eingreifreserve, bestehend aus Hauptmann Hertwigs Sturmgeschützbatterie und aus vier Kampfwagen der Panzergruppe Eisleben, werde unverzüglich in Marsch gesetzt.

»Herr Oberst Metzelbrod will den Gegenstoß selbst führen«, betonte ich, dem Wunsch des Kommandeurs entsprechend.

»Das ist nicht möglich«, gab Oberstleutnant Soltern zurück. »Herr Oberst Metzelbrod ist – ich befehle Ihnen, Leutnant Emser, ihm dies bei erster Gelegenheit bekannt zu geben – mit sofortiger Wirkung vom Dienst suspendiert und hat sich zur Verfügung zu halten. Haben Sie verstanden?«

»Jawohl, Herr Oberstleutnant«, hörte ich mich mit einer Stimme sagen, die mir vorkam wie die eines

Fremden. Aber schon sprach am anderen Ende der Leitung der Ia in kaltem, unpersönlichem Befehlston weiter.

»Herr Major Knappe«, bedeutete er mir, »führt ab sofort das Regiment. Sie werden Weiteres hören.«

Ich bestätigte auch diese Anordnung, wagte aber einzuwenden, augenblicklich bestehe keine Verbindung zu den Bataillonen, als ob es dadurch erreichbar sei, für meinen Kommandeur eine Gnadenfrist zu erwirken oder gar sein Schicksal zu wenden.

»Dann schaffen Sie Verbindung!«, brüllte Oberstleutnant Soltern in einem Ton, wie ich ihn nie von ihm gehört hatte. »Bis dahin sind Sie, Leutnant Emser, voll verantwortlich für den Abschnitt Bilbasowka!«

»Jawohl, Herr Oberstleutnant«, gab ich auch diesmal gehorsam zurück, legte den Hörer auf und kurbelte ab.

Der Gefechtslärm, der jetzt bis zum Ortsrand brandete, hatte sich zu kaum überbietbarer Wucht gesteigert. MGs knatterten in rasendem Stakkato, mit Donnergetöse detonierten Granaten, und dazu fauchte eine Stalinorgel wie tausend wild gewordene Teufel.

Auf einmal stand der Oberst neben mir. In dem allgemeinen Lärm hatte ich das Öffnen der Tür und seine Schritte überhört.

»Was 's los, Emser?«, fragte er.

Die Eingreifreserve sei auf dem Marsch, antwortete ich und überlegte fieberhaft, wie ich ihm das andere mitteilen sollte.

»Gott sei Dank«, rief er aus, »eine halbe Stunde, so

lange wird die Front noch halten. Haben Sie dem Ia gesagt, dass ich die Sache selbst bereinigen will?«

»Jawohl, Herr Oberst«, antwortete ich und setzte, indem ich allen Mut zusammennahm, hinzu, »dies wird jedoch nicht angehen.«

»Wieso?«, fragte der Oberst befremdet.

Ich schöpfte Atem und sagte es ihm.

Sein Gesicht verfärbte sich. Er schwankte wie ein vom Blitz getroffener Baum.

»Herr Oberst!«, rief ich, und die Tränen stiegen mir hoch. Er winkte mit einer kurzen Handbewegung ab. »Das Ende«, murmelte er, »das also ist das Ende. Noblesse – Humanität – vorbei – dahin. Lebloses Eisen regiert die Stunde und der Moloch, der die deutsche Jugend verschlingt. Vorbei!«

»Herr Oberst«, stammelte ich, »das ist doch Unrecht, zum Himmel schreiendes Unrecht!«

Seine Rechte legte sich schwer auf meine Schulter. »Emser«, sagte er, und seine Stimme klang merkwürdig ruhig, »ich weiß, was Sie denken. Auch dafür danke ich Ihnen. Aber glauben Sie, Sie könnten sich allein auflehnen – Sie allein? Auch wenn das ganze Regiment dagegen aufstünde, wäre nichts erreicht. Nichts, Emser, das müsste schon die ganze Wehrmacht sein, aber davon sind wir weit entfernt. Nein, Emser, unsere Wege trennen sich. Ich habe das Regiment aus Pawlowskaja herausgeführt und habe es verloren. Ich weiß es schon seit damals. Der Preis war zu hoch, man hat ihn beanstandet, und ich muss dafür aufkommen.«

Ich fuhr auf. »Herr Oberst könnten –«, rief ich aus

und dachte an das, was Hauptmann Stiebner, der auch ein Wissender war, geraten hatte.

Doch bevor es ausgesprochen war, fiel der Oberst mir ins Wort. »Was könnte ich? Sicherlich, das wäre ein Ausweg – auf Kosten der Ehre – kein Weg – ein Ausweg. Würden Sie ihn gehen, Emser?«

Was sollte ich darauf sagen?

»Sehen Sie«, fuhr der Oberst fort, »nein, Emser, so leicht wird es uns nicht gemacht. Ich habe, Sie erinnern sich, allein die Verantwortung übernommen, vor meinem Gewissen und vor Gott, und ich trage sie allein. Auch vor den eisigen Mienen der Herren, die auf höheren Befehl über mich richten werden. Pawlowskaja – Tscherkasskowka. Das wird es nicht sein. Nicht das allein! Da müssten viele vor Gericht, zu viele. Aber man wird sagen: ›Du hast deine schweren Waffen gesprengt, Metzelbrod!‹ Und die Waagschale wird tief hinuntersinken. Das Eisen wird sie hinunterziehen, der Schrott im Schnee von Pawlowskaja. Und die Verwundeten werden leicht wiegen. Was sind Menschen, wird man sagen oder zumindest denken. Die holt man, die presst man, der Krieg wird noch mehr fressen als die, die da um den Preis von ... – wie viele Geschütze waren es, Emser?«

»18, Herr Oberst«, antwortete ich bedrückt.

»... um den Preis von 18 Geschützen«, begann er wieder, während draußen die Hölle tobte, »in Sicherheit, ins Leben zurückgeführt worden sind. Man fordert blinden Gehorsam. Ich aber, ich kann den militärischen Gehorsam nur so weit anerkennen, als die

Führung sich an die Vernunft hält und an das Gesetz der Menschlichkeit. Wird beides außer Acht gelassen, so sehe ich es als meine Pflicht an, nach eigenem Ermessen zu handeln. Das habe ich getan, Emser, und dafür trete ich ein – immer, zu jeder Stunde –, nichts kann mich davon abbringen. In Pawlowskaja, Sie erinnern sich, habe ich zu Ihnen allen gesagt: ›Ich weiß, welchen Weg ich zu gehen habe, ich kenne ihn bis dorthin, wo er im Dunkel mündet – wie alle unsere Wege.‹ Jetzt ist es so weit. Jetzt verliert sich mein Weg im Dunkel, und niemand kann mich begleiten.

Ich bin nicht mehr Ihr Vorgesetzter, Emser. Ich stehe zur Verfügung. Man verfügt über den alten Metzelbrod – so haben meine Soldaten mich doch genannt? – Man verfügt über mich. Ich werde es ihnen nicht leicht machen, wenn ich auch weiß, dass ich sie nicht zu meinen Anschauungen werde bekehren können, ich, der Ketzer Metzelbrod. Aber ich werde sprechen, nicht für mich, sondern gegen den Wahnwitz. Vielleicht war ich zu viel draußen in der Welt, Emser. Vielleicht habe ich mich in der Atempause zwischen den Kriegen zu viel mit den wahren Werten beschäftigt. Ich bin nicht dazu geeignet, mich der kalten Schablone zu beugen. Für mich ist der Krieg nicht der Vater aller Dinge, sondern Irrwahn. Die Gesetze, die er schafft, sind nicht geheiligt.

Sie sind jung, Emser. Sie werden vieles von dem, was ich gesagt habe, nicht verstehen. Die Zeit ist noch nicht reif. Noch wiegen Kanonen schwerer als Menschen, die Gerechtigkeit hat ihr Antlitz verhüllt, nicht um ungehindert und unbeeinflusst ihren Spruch zu fällen, sondern um nicht zu sehen, um die Wahrheit nicht zu sehen. Aber sie ist vorhanden. Es gibt eine Wahrheit. Ihr zu dienen ist ehrenvoll ...«

Ich fühlte mich so elend in meiner Machtlosigkeit, so klein und niedergeschlagen.

»Herr Oberst«, sagte ich, »Herr Oberst haben nie so gesprochen. Es muss sich doch alles aufklären, man wird die Notwendigkeit des Entschlusses von Pawlowskaja anerkennen, man wird Herrn Oberst das Regiment wiedergeben, wir alle werden auf Herrn Oberst warten. Es kann doch nicht anders sein!«

»Ich muss Ihre Zuversicht zerstören, Emser«, entgegnete er, »ich bin schon gerichtet!«

Draußen übertönte Ketten- und Motorengeräusch den unvermindert tobenden Kampflärm. Ein Offizier betrat den Gefechtsstand. Es war Hauptmann Hertwig. Er grüßte steif. Demnach wusste er es schon. »Wo ist Herr Major Knappe?«, fragte er mich. »Ich soll mich bei ihm melden.«

»Wir haben immer noch keine Verbindung zum ersten Bataillon«, antwortete ich.

In diesem Augenblick kam Eisen herein. Nun hatte es auch ihn erwischt. Aber er hielt sich einigermaßen aufrecht. Ich bat ihn, mich zu vertreten, bis ich die Eingreifgruppe eingewiesen hätte. Ich konnte nicht länger im Gefechtsstand bleiben. Alles war mir gleichgültig geworden. Rasch machte ich mich fertig. Dann trat ich vor Oberst Metzelbrod hin. Schweigend streckte ich meine Hand aus.

Der Oberst schlug ein. »Emser«, sagte er, indem er meine Hand festhielt, »mein guter Emser ...« Dann gab er mich frei, und ich verließ hinter Hauptmann Hertwig den Gefechtsstand.

Als ich am Abend, nach unserem voll geglückten Gegenstoß, wieder in Bilbasowka eintraf, war zwar Major Knappe zur Stelle, aber der Oberst war fort. Ein ranggleicher Offizier der Geheimen Feldpolizei hatte ihn, wie Eisen mir verstört berichtete, am Mittag abgeholt.

Der Kampf um die Stützpunkte

Bilbasowka – Kristitsche – Globukaja Makatycha – Majaki. So hießen die Bollwerke inmitten der weißen Öde, an denen sich die Sturmflut brechen sollte, die immer wieder anbrandete. Die Rote Armee schien es nicht begreifen zu können, dass die »Aggressoren«, wie man uns nach der drüben festgelegten Sprachregelung nannte, immer wieder das Haupt erhoben, das hundertmal zerschmettert schien, dass an den wenigen Stützpunkten unserer dezimierten Division alle Angriffe zerschellten.

Ein paar Sturmgeschütze, eine kleine Gruppe in den Werkstätten aufgemöbelter Panzer gaben der Infanterie, wenn die Not am höchsten war, jenen Rückhalt, der wenigstens die Illusion wachrief, es sei noch etwas vorhanden, man sei nicht ganz verlassen.

Läuse, Hunger und Frost waren der innere Feind. Aber auch er konnte den Willen, nichts mehr preiszugeben und den Winter zu überdauern, nicht zermürben. Immer tiefer wühlten sich die Besatzungen zusammengeschossener Häuser und Katen in das Erdreich unter den Trümmern, das nicht so hart gefroren war wie die Erde unter dem Schnee.

Wenn der Feind angriff – in Kompaniestärke, in Bataillonsstärke und oftmals von Panzern begleitet –, wenn die erdbraunen Rudel mit »Urraa«-Gebrüll gegen die vom Treibschnee zugewehten Ruinen einstiger Dörfer, Kolchosen und Weiler nach oft stundenlanger Artillerievorbereitung vorgingen, schlug ihnen aus den vermeintlichen Massengräbern wildes Abwehrfeuer entgegen. Wo die Russen einen Einbruch erreichten, traten ausgemergelte Schreckgespenster aus den Höhlen, in denen sie hausten, zum Gegenstoß an, um nach geglückter »Bereinigung« wieder zurückzukriechen in ihr unterirdisches Labyrinth.

Es gab keinen zusammenhängenden Schlaf mehr, keine wirkliche Ruhepause. Verwundungen zählten erst, wenn man nicht mehr fähig war, selbst zum Sanitäter zu gehen.

Was verlieh uns die Kraft, so viel und noch mehr zu ertragen? Ich weiß es nicht. Ich weiß nur, dass wir durchhielten, dass es dem Feind trotz gelegentlicher örtlicher Erfolge versagt blieb, den Durchbruchssieg vom Januar zu einem vernichtenden Schlag auszuweiten.

Wir empfingen Briefe in unseren Maulwurfsbunkern. Sie kamen aus einer Welt, die uns fremd geworden war, aus Heimen, in denen Frauen und Kinder, Mütter, Väter und Geschwister ihr gewohntes Dasein führten, zwar beengt durch die Rationierung und zunehmend beunruhigt durch die feindlichen Bombenangriffe, aber immer noch den Lebensformen nah, die auch für uns einst Gültigkeit besessen hatten.

Das Regiment war in kleine, selbstständig operierende Kampfgruppen zerfallen. Ich war nicht mehr Adjutant wie in der Zeit, da alles fest gefügt in der Hand von Oberst Metzelbrod geruht hatte. Längst hatte ich einen jener fragwürdigen Stützpunkte übernommen, die den Feuerschlägen der feindlichen Artillerie und den Tag und Nacht anbrandenden Infanterieangriffen standhielten.

Wir lebten beim trüben Schein von Hindenburglichtern in eisigen Löchern aus Lehm, der feucht wurde von unserem Atem und unserer Körperwärme. Das Tageslicht sahen wir nur, wenn das Alarmgebrüll der Posten uns in die Kampfstände rief. Immer, auch in den Feuerpausen, hörten unsere Ohren das zerschmetternde Krachen der Granateinschläge.

Die einfachen Soldaten sagten »Herr Leutnant« zu mir, aber in Wirklichkeit waren alle Rangunterschiede verwischt. Die Läuse, die mich quälten, waren die gleichen wie die, die den Schützen peinigten, der ruhelos neben mir im feuchten Stroh lag. Struppiger Bartwuchs verunstaltete jeden, ob er Schulterstücke besaß oder nicht. Der Schlag Graupensuppe, den die

Feldküche nachts verabreichte, war für mich genau so bemessen wie für den Gefreiten am MG. Der Unterschied war nur, dass ich befehlen musste, und dass die anderen gehorchten.

Oft dachte ich an Oberst Metzelbrod. Ich dachte auch an seine Frau und an die Frau seines Sohnes, die so früh Witwe geworden war. Aber niemals, wenn Leutnant John oder irgendein anderer Offizier des Regiments zu mir kam, sprachen wir von dem, den wir alle verehrten.

Auch Oberleutnant von Eisen, der mich damals in jenen bitteren Stunden trotz seiner Verwundung im Gefechtsstand vertreten hatte, kehrte, kaum genesen, zu uns zurück. Es war, als wollten wir alle es »denen dort oben«, die uns den Kommandeur genommen hatten, zeigen, wie die Truppe beschaffen war, die Oberst Metzelbrod geformt hatte.

Schließlich setzte mich ein Infanteriegeschoss, das mir den rechten Arm durchschlug, außer Gefecht. Man brachte mich in bewusstlosem Zustand nach Bilbasowka. Erst in dem Sanka, der außer mir ein halbes Dutzend anderer Verwundeter nach Slawiansk beförderte, kam ich zu mir, ohne recht zu wissen, was nun eigentlich geschehen war.

Zunächst wollte die Wunde nicht heilen, weil auf dem Transport Frost dazugekommen war, aber dann schloss sie sich rasch. Es war kein Heimatschuss. Ich blieb in Slawiansk, und nachts, wenn ich wach unter den Decken meines Feldbetts lag, hörte ich schnarrendes MG-Feuer von Majaki oder Globukaja

Makatycha, das dumpf hallende Brüllen von Granateinschlägen und das Motorengebrumm der russischen »Nähmaschinen«, die über den Nachschubwegen kreisten und von Zeit zu Zeit eine Bombe fallen ließen.

»Warum kommst Du nicht nach Hause?«, schrieb Inge, nachdem ich sie mit linkshändigem Gekritzel von meiner Verwundung unterrichtet hatte. »So viele Verwundete sind hier. Warum schicken sie Dich nicht heim?«

Was sollte ich darauf antworten? Ich überging die drängenden Fragen und beschränkte mich, als ich wieder mit der rechten Hand schreiben konnte, auf Schilderungen der winterlichen Steppe des Ostens, in denen ich zumeist die Sonne scheinen ließ.

Mein erster Ausgang führte mich zur Ortskommandantur, aber ein Unbekannter empfing mich. Hauptmann Mahler war nicht mehr da. Er hatte sich erschossen, niemand wusste, weshalb. Vielleicht hatte er einen Blick in die Zukunft getan und es vorgezogen, das, was uns bestimmt sein sollte, nicht mehr zu erleben.

Die Luft war mild an jenem Tag im März. Der Himmel hatte sich aufgehellt. Sonnenlicht spiegelte sich in den Fensterscheiben, von denen immer noch eine erstaunliche Anzahl heil war. Von den Dächern fiel in Klumpen der tauende Schnee.

Plötzlich, als ich auf dem Rückweg zum Lazarett war, begann es im Norden zu rumpeln. Der Gegner trommelte mit seiner Artillerie mit einer Heftigkeit wie seit langem nicht mehr. Der Richtung nach musste das schwere Feuer auf dem Stützpunkt Globukaja Makatycha liegen.

Am Abend kam ein Schub von Neuzugängen ins Lazarett. Sie berichteten, die Russen hätten Globukaja Makatycha zuerst eingeebnet und dann im Sturm genommen.

Von einem der Verwundeten, einem Feldwebel, erfuhr ich die näheren Umstände jener Katastrophe, die der Front vorübergehend einen empfindlichen Schock versetzte.

Der Kommandant des Stützpunktes, ein 22-jähriger Leutnant, lebte in seinem Erdbunker zusammen mit einer jungen, schwarzhaarigen Russin, der einzigen Zivilperson in Globukaja Makatycha. Der Feldwebel sagte, der Leutnant habe in seiner Nina Petrowna – so hieß sie – eine Art Frontbarometer gesehen. Solange sie bei ihm blieb, war nichts Außerordentliches zu befürchten. Ja – und am Abend vor dem Großangriff war sie verschwunden. Der Leutnant hatte Verstärkung und vor allem Panzer und Sturmgeschütze angefordert. Aber man hatte ihm nicht geglaubt. Er war als Erster gefallen.

Am nächsten Tag war Alarm in Slawiansk. Man bereitete den Abtransport der Schwerverwundeten vor und organisierte die Verteidigung der Stadt für den Fall, dass der Feind seinen Einbruch in die Frontlinie erweitern sollte. Die gesamte Divisionsartillerie richtete ihre Rohre nach Norden, und eine rasch herangeholte Kompanie Gebirgsjäger bildete einen Sperrriegel. Schließlich jedoch legte sich die Aufregung, da der Gegner nichts von dem unternahm, was man erwartet hatte. Vermutlich war es der von Süden stetig fortschreitende Angriff der Armeegruppe von Mackensen, der die Russen bewog, nun ihrerseits die erreichte Linie auszubauen und keine gewagten Vorstöße mehr zu unternehmen.

Ich wurde zum Divisionsstab entlassen und fand zunächst bei der Abteilung Ib Verwendung, der die Versorgung der Front mit Nachschub oblag.

Erst Mitte April, als der Schnee geschmolzen war und das erste Grün sich hervorwagte, kehrte ich zum Regiment zurück.

Der neue Kommandeur war noch nicht eingetroffen. In unserem alten Gefechtsstand in Bilbasowka empfing mich Major Knappe, dem damals, an jenem schicksalsschweren Tag, die Führung des Regiments übertragen worden war.

»Am richtigsten wäre es, Sie auf Genesungsurlaub zu schicken«, meinte der Major, »aber leider ist das nicht möglich, Emser. Sie haben sich für die nächste Zeit zur Verfügung zu halten.«

»Wieso denn das, Herr Major?«, fragte ich befremdet. »Habe ich denn etwas versiebt? Ich wüsste nicht ...«

»Nein, nein, Emser«, warf Major Knappe ein. »Es handelt sich darum, dass unser verehrter Herr Oberst Metzelbrod sich demnächst vor einem Kriegsgericht zu verantworten hat. Sie werden als Zeuge benötigt.«

»Verstehe, Herr Major«, sagte ich. »Wissen Herr Major, wo Herr Oberst Metzelbrod sich aufhält?«

Major Knappe lachte bitter auf.

»Aufgehalten wird, Emser. Er sitzt in Gorlowka unter Hausarrest, wie ich von Oberstabsarzt Mende gehört habe. Niemand wird zu ihm vorgelassen. Auch Mende hat es vergeblich versucht. Verdunkelungsgefahr nennt man das wohl. Es ist zum Kotzen, Emser. Aber wir sind machtlos. Selbst der Herr General hat nichts für Oberst Metzelbrod tun können.«

Ich schwieg bedrückt. Was sollte ich sagen? Für mich hatte es den Anschein, als solle Oberst Metzelbrod als Sündenbock für alles herhalten, was in den vergangenen Winterwochen geschehen und nicht geschehen war.

Major Knappe reichte mir eine Zigarette, nahm sich selbst eine und starrte eine Weile schweigend vor sich hin. Dann sagte er:

»So ganz auf dem Posten sind Sie ja noch nicht, Emser. Wissen Sie was: Sie übernehmen fürs Erste die Gefechtsausbildung des Ersatzes, der seit ein paar Wochen tropfenweise angekommen ist. Das Regiment hat den Auftrag, sich für neue Aufgaben vorzubereiten. Über Ihre endgültige Verwendung im Regiment soll der neue Kommandeur entscheiden. Ich denke, Sie werden eine Kompanie bekommen.«

Er ging in den Nebenraum und kehrte, gefolgt von einer Ordonnanz, zurück.

Die Ordonnanz stellte eine Flasche Wodka und zwei Gläser auf den Arbeitstisch, auf dem Major Knappes Kartenbrett lag. Vor nicht allzu langer Zeit hatte Oberst Metzelbrod an diesem Tisch sorgenvoll die Meldungen gelesen, die von den dezimierten Bataillonen eingelaufen waren. Die Not jener Tage schien zu Ende zu sein. Es wurde Frühling. Der harte Winter, unser grimmigster Feind, regierte nicht mehr an der Donezfront.

Ich stieß mit Major Knappe an.

»Haben Sie schon Quartier?«, fragte er.

»Nein, Herr Major«, sagte ich. »Vor 20 Minuten bin ich aus dem Zug gestiegen.«

»Gut«, entgegnete er, »ich werde gleich veranlassen, dass Sie anständig untergebracht werden. Sonst noch etwas, Emser?«

»Jawohl, Herr Major«, sagte ich. »Wäre es möglich, dass ich Leutnant John besuche?«

»Natürlich. John ist Kompanieführer im dritten Bataillon. Ich schicke Sie mit einem Kradmelder zum Gefechtsstand Hartung. Wir sehen uns dann heute Abend. Bis auf Weiteres gehören Sie zum Stab.«

Ich bedankte mich und verließ den Gefechtsstand.

Auf dem Soziussitz eines staubbedeckten Meldekrads fuhr ich auf einer schmalen, gewundenen Straße den sanft gewellten Hügeln entgegen, über denen das sprießende Grün wie ein zarter Schleier lag.

Major Hartung befand sich nicht in seinem Gefechtsstand. Der Bataillonsadjutant teilte mir einen Melder zu, und dieser führte mich auf einem Trampelpfad, der bald in einen Laufgraben überging, zu Johns Kompanie.

Die Stellung war beispielhaft ausgebaut, ein tiefer

Kampfgraben mit MG- und Granatwerferständen, an den Wänden mit Faschinen und Bohlen verstärkt.

Fritz John begrüßte mich in seinem Unterstand. Die Hand, die ihm geblieben war, schloss sich fest um die meine.

»Da bist du ja wieder, altes Haus«, sagte er mit seinem früheren, frischen Lachen.

Die Front war so ruhig, als sei sie eingeschlafen.

»Wir machen jetzt so ein bisschen Stellungskrieg«, erklärte John, während er mich durch den Graben führte. »Mal kommen die Russen mit einem Spähtrupp oder einem Stoßtrupp herüber, mal besuchen wir sie.«

Draußen im Niemandsland, vor dem Gewirr des Drahthindernisses, lagen vereinzelt Tote auf der von Granaten umgepflügten Erde. Ganz so harmlos, wie John es hinstellte, schien es doch nicht zu sein.

»Was treibst du jetzt?«, fragte der einarmige Leutnant.

Ich berichtete ihm von meinem Gespräch mit Major Knappe.

»Sie wollen dich aufsparen«, meinte John. »Du bist ja der Einzige, der den Oberst herausreißen könnte, wenn es überhaupt noch Hoffnung für ihn gibt. Du warst immer mit ihm zusammen. Ich glaube, deine Aussage ist unerhört wichtig. Wenn es schief geht, pfeife ich auf alles. Wie beurteilst du es denn?«

»Ich weiß nicht«, sagte ich. »Der Kommandeur hat so merkwürdig gesprochen, bevor er ging. Ich befürchte, er blickt tiefer und durchschaut manches, was wir nicht ahnen. Trotzdem kann ich mir nicht vorstellen, dass sie einen Mann wie Oberst Metzelbrod fallen lassen werden.«

»Dein Wort in Gottes Ohr«, versetzte John. »Wir trinken noch einen Schnaps in meinem Bunker. Müssen doch auf den guten Ausgang anstoßen.«

Nachdem ich die Stellung verlassen hatte, setzte plötzlich das höllische Fauchen einer Stalinorgel ein. Aber sogleich gaben zwei unserer Batterien donnernde Antwort. Es gab wieder Artillerie, und Munition war offenbar wieder reichlich vorhanden. Alles schien sich zum Besseren zu wenden. Alles? Ich wollte zuversichtlich sein, aber es gelang mir nicht. Ein Rest von Skepsis und unerklärlicher Beklemmung blieb zurück.

Das Gericht

Die ukrainische Steppe blühte. Riesige Wolkenschatten zogen über die Frühlingsflur. Auch Flugzeugschatten huschten darüber hinweg.

Das Kfz 15 der Division, in dem Oberleutnant von Eisen und ich über die Rollbahn nach Süden fuhren, kam nur langsam voran. Weite Strecken mussten wir im Schritttempo fahren, und oftmals mussten wir rechts ransteuern und warten, wenn die fast ununterbrochen uns entgegenmarschierenden Kolonnen die ganze Straßenbreite einnahmen. Anfangs hatten wir uns vor Staunen kaum zu fassen vermocht. Aber mit der Zeit gewöhnte man sich an den Anblick der verschiedenartigen Marschgruppen. Niemals hätte ich es für möglich gehalten, dass das deutsche Heer nach den Rückschlägen und Verlusten des vergangenen Winters noch einmal zu solcher Kraftentfaltung fähig sei.

Da zog Infanterie in Dreierreihen, von Kopf bis Fuß nagelneu ausgerüstet. Die Gesichter, zumeist junge Gesichter, waren von der Maiensonne gerötet und noch nicht vom Griffel der Schlachten gezeichnet, nicht zerklüftet vom Todesgrauen des russischen Winters. Die Pferde vor den Fahrzeugen der Gefechts- und Gepäcktrosse waren gut im Futter, die Geschirre kamen offensichtlich direkt aus den Zeugämtern. Motorisierte und bespannte Artillerie rollte vorbei. Panzer, zum Teil bereits mit neuartig langem Geschützrohr versehen, schoben sich dröhnend und rasselnd heran. Aber es waren keine zusammengestoppelten Pulks wie im Winter, als uns die Gruppe Eisleben bei Bilbasowka Hilfe brachte, sondern komplette Kompanien, Abteilungen, ein Regiment. Die Turmluken waren geöffnet. Panzermänner in Schwarz saßen obenauf. Auf den ölverschmierten Gesichtern war ein Ausdruck unbekümmerter Verwegenheit, als wollten sie sagen: Hallo, jetzt sind wir dran! Was kostet die Welt?

Früher, in Frankreich, auf dem Balkan und zu Anfang in Russland, wenn wir vormarschierenden Kolonnen begegnet waren, hatte mich immer ein Gefühl unbändiger Zuversicht gepackt. Doch jetzt erging es mir wie damals ostwärts Perwomaisk dem Batteriechef Hauptmann Stiebner. Ich sah über den Augenblick hinaus. Und die Bilder, die sich vor meinen Augen formten, waren voller Schrecken. Ich sah zerfetzte Gesichter, zerrissene Leiber, die Dreckfontänen einschlagender Granaten, sich bäumende Pferde und ausgebrannte Panzerwracks. Dies, sagte ich mir, würde am Ende von all der Kraftentfaltung bleiben.

Eisen hingegen geriet in einen wahren Siegestaumel. »Sehen Sie sich das an«, rief er aus, »das haut hin, wenn das erst einmal im Rollen ist!«

Ich schwieg, um ihm nicht die Stimmung zu verderben; der Anlass unserer Fahrt war bitter genug. Aber es wäre manches zu sagen gewesen. In den letzten Tagen war viel von einer bevorstehenden Offensive gemunkelt worden. Andere wieder meinten, der Gegner bereite einen großen Schlag vor. Doch wie dem auch war: Die Infanterie würde wieder die Hauptlast tragen müssen. Wenn dieser ganze Aufwand an Panzern, motorisierter Artillerie, Pak, Flak und neuen Salvengeschützen, der auf der Rollbahn nach Slawiansk in Bewegung war, sich entfalten sollte, würden erst einmal ungezählte Infanteristen im Geschoss- und Splitterhagel den Weg aufbrechen müssen. Auch unser Regiment würde dann wieder dabei sein.

Wir waren durch Kramatorskaja gefahren, wir fuhren durch Artemowsk. Beide Städte waren mit rastenden Soldaten überfüllt. Wie geduldet drückten die Bewohner – zumeist Frauen und Mädchen – sich dicht an den Häusern entlang. Die Mädchen hatten ihre winterlichen Vermummungen abgeworfen. In ihren einfachen, hellen Frühlingskleidern bewegten sie sich scheu und abweisend, als ob sie auch jetzt ihre Reize zu verbergen trachteten. Kaum eine nahm von den Scherzworten Notiz, die ihnen da und dort die Soldaten nachriefen. Ihre Züge waren von Trotz und Herbheit verschlossen wie Knospen im Schnee. Ich wusste, es gab auch in Russland manche Romanze zwischen Töchtern des Landes und deutschen Soldaten, doch zumeist war es dann echte, tiefe Liebe, die ohnehin nicht nach Nationalität oder Rasse fragt und nicht nach Freund oder Feind. Die so genannten Trossweiber dagegen, die später immer häufiger in Lagern und Quartieren anzutreffen waren, hatten sich, entweder vom Hunger zermürbt, für Brot verkauft oder waren kurzerhand gepresst worden. Auch dies gab es, als nach und nach die Auflösung und Verrottung aller Werte begann …

Schwarze, pyramidenförmige Halden reckten sich gegen den blauen, mit weißen Wolken verbrämten Himmel: die ersten Anzeichen des »Donbas«, des Kohlenreviers, das sich bis hinunter zum Mijus erstreckte.

Gorlowka hieß die Bergwerksstadt, in der das Oberkommando der 17. Armee seit jenen bedrohlichen Januartagen sein Hauptquartier aufgeschlagen hatte. Gorlowka war das Ziel unserer Fahrt.

Unser Wagen hielt vor einem grauen, düsteren Gebäude, hinter dessen Mauern das Gericht tagte. Feldgendarmerie hielt vor dem Eingang Wache.

Eisen zeigte unseren Marschbefehl. Wir konnten passieren.

Das Herz war mir schwer wie Blei, als ich hinter Eisen die Treppe hinaufstieg, die zum Sitzungssaal führte. Wir waren, als zu Oberst Metzelbrods einstigem Regimentsstab gehörig, zur Zeugenaussage nach Gorlowka befohlen worden.

Vor dem Saal, durch dessen große, hohe Tür zeitweilig undeutliches Stimmengemurmel drang, trafen wir Major Moll. Er hatte längst wieder zu seiner Division zurückgefunden, von der er damals beim feindlichen Durchbruch mit seiner Abteilung abgesprengt worden war. Wir grüßten, und Major Moll gab uns die Hand.

»Schlimme Sache«, bemerkte er. »Wenn ich damals Herrn Oberst Metzelbrod nur davon abgehalten hätte!«

»Das wäre Herrn Major nicht gelungen«, wandte ich ein. »Im Übrigen, denke ich, hätte man dann einfach den Rückzug aus Pawlowskaja oder etwas anderes zum Anlass genommen.«

Major Moll nickte nachdenklich. »Mag sein. Es war ja eine verteufelte Situation und keine Kleinigkeit, da den richtigen Entschluss zu fassen. Und es war schon eine Sache, der Marsch im Schneesturm! Und dann Tscherkasskowka. Wenn Herr Oberst Metzelbrod nicht gewesen wäre, dann wäre die Russenlawine über

Slawiansk weggerollt, und jetzt könnte man, anstatt von Majaki am Donez aus anzugreifen, vielleicht nochmal am Dnjepr anfangen. Die 17. Armee wäre womöglich erledigt gewesen. Das werde ich natürlich zur Sprache bringen.«

»Wir haben allerhand auf der Fahrt gesehen«, sagte Eisen. »Meinen Herr Major auch, dass es bei uns oben losgeht?«

»Und wie es losgeht, meine Herren«, entgegnete Major Moll, »ganz gewaltig sogar. Das heißt, vorerst ist ja der Timoschenko noch am Zug. Seit drei Tagen rennt er gegen Krasnograd an. Na – im Winter hatten wir kalte Füße; jetzt im Mai werden die Russen sie haben. Überhaupt, meine Herren, Sewastopol wird auch demnächst fällig sein. Dann kommen die Fernziele dran: die Wolga, der Kaukasus. Fantastisch, aber der Führer wird's schon machen! Die Winterschlappe wird bald ausgebügelt sein, verlassen Sie sich darauf!«

Vielleicht hat er Recht, dachte ich ohne viel Begeisterung. Diese Artilleristen hörten das Gras wachsen; auch Hauptmann Stiebner hatte mehr gewusst als andere. Wo, fragte ich mich, mochte der gute alte Kanonenexperte jetzt sein?

Die Saaltür öffnete sich, und eine gläserne, unpersönliche Stimme rief: »Herr Major Moll!«

Der Major streifte die Handschuhe über, strich die Feldbluse glatt, brachte die Mütze in die linke Armbeuge und schritt gestrafft wie auf dem Paradeplatz durch die Tür. Seit dem Abschied von Bilbasowka schien auch er verändert. Doch ich war überzeugt, gegen Oberst Metzelbrod würde er nichts Nachteiliges vorbringen, wenn er auch vielleicht in manchen Fragen nicht einer Meinung mit ihm war.

Ich versuchte zu lauschen, aber Eisen begann jetzt über alles Mögliche zu reden, vielleicht um seiner Aufregung Herr zu werden. Er ging noch weiter als Major Moll und entwickelte die tollsten Theorien. Am Indus, behauptete er, würden wir mit den Japanern zusammentreffen, und Rommel werde ohnehin den Suez-Kanal und ganz Ägypten bald in der Hand haben. In das Zusammentreffen am Indus war er geradezu vernarrt und malte es in den buntesten Farben aus.

»Wenn es wirklich dazu kommt«, versetzte ich, »werden wir beide, Herr von Eisen, kaum dabei sein. Vergessen Sie nicht, die Lebensdauer eines Infanterieoffiziers im Osten beträgt laut Statistik 104 Tage.«

Oberleutnant Eisen führte jetzt eine Kompanie bei Major Knappe, während man mir die 14., die motorisierte Panzerjägerkompanie, übergeben hatte, da meine schlecht ausgeheilte Verwundung mir keine langen Fußmärsche erlaubte.

Oberstleutnant von Sensenheim, der Nachfolger von Oberst Metzelbrod, hatte seinerzeit aufgeräumt. »Mal klare Verhältnisse schaffen«, wie er es nannte. Sein Adjutant, Oberleutnant Malten, versuchte auszugleichen, wo es ging, denn wir Offiziere hatten kein gutes Dasein mehr im Regiment. Ich war froh darüber, abgelöst worden zu sein. So sehr ich den früheren Kommandeur geschätzt hatte, so wenig traf dies auf den neuen zu. Er war hart wie Granit, auch gegen sich selbst, zugegebenermaßen. Unsere Männer fürchteten ihn. Ich fand, dies sei nicht das richtige Maß, aber was war dagegen zu tun?

Als Eisen gerade in höchsten Siegesträumen schwelgte, die natürlich auch bei ihm nichts anderes als den Wunsch nach dem Ende des Krieges zum Ausdruck brachten, öffnete sich die Saaltür erneut, und mein Regimentskamerad wurde aufgerufen.

Ähnlich steif wie Major Moll trat er ein, die Tür wurde von dem Feldgendarm im Stahlhelm geschlossen, und ich war allein mit meinen Gedanken.

Draußen schien die Sonne. Man sah es durch ein mit Papierstreifen beklebtes hohes Fenster. Seit dem Abzug der Sowjets waren die Scheiben offenbar nicht mehr geputzt worden. Das Haus, das das Gericht sich ausgesucht hatte, wie um jedem in den Prozess Verwickelten von vornherein einen Schock zu versetzen, hatte vermutlich zu Zeiten der russischen Herrschaft ähnlichen Zwecken gedient. Auf jeden Fall war es, der bedrückenden Düsterkeit nach zu schließen, ein Amtsgebäude. Vielleicht, überlegte ich, hatten hier einmal Kulaken oder Saboteure am Fünf-Jahres-Plan ihren Todesspruch erwartet …

Ich rauchte eine Zigarette nach der anderen. Meine Hand zitterte, wenn ich das Feuerzeug betätigte.

Hinter der hohen, schäbigen Tür, die auch mich bald einlassen würde, wurde über Oberst Metzelbrods Schicksal entschieden. Die Herren des Gerichts waren, wie es hieß, eigens von Berlin nach Gorlowka gekommen. Ich fragte mich, ob es wohl engstirnige Paragraphenreiter seien oder aufgeschlossene Männer, denen die besonderen Gegebenheiten der Ostfront vertraut waren. Der Stimme nach, die Major Moll und Eisen in den Saal beordert hatte, glaubte ich allerdings das Erstere befürchten zu müssen.

Dann rief auch mich die gläserne Stimme auf, die einen trotz der Frühlingswärme, die sogar in dieses Gebäude eingezogen war, frösteln machte.

Im ersten Augenblick, während ich vorschriftsmäßig die Hacken zusammenschlug und den rechten Arm hob, sah ich alles verschwommen, wie durch einen Schleier. Doch indem ich vortrat an den langen Tisch, über den die Reichskriegsflagge gebreitet war, erfasste ich, mich zusammenreißend, nach und nach die Einzelheiten. An der Wand hinter dem Richtertisch hing ein großes Hitlerbild: das bekannte martialisch verkniffene Gesicht mit der Schnurrbartfliege, die Stirn vom Schirm einer gelbbraunen Mütze beschattet, die Gestalt in gelbbrauner Uniform von einem schwarzen Umhang umwallt, die Beine in kniehohen, faltigen Stiefeln, und im Hintergrund dunkle Gewitterwolken. Unter dem Bild saß ein General mit grauem Scheitel, dekoriert mit dem Ritterkreuz und einer Fülle anderer Orden. Ihm zur Seite die Beisitzer: ein Oberst der Artillerie – wohl wegen der vernichteten Geschütze – und ein Oberstrichter. An der linken Breitseite der Ankläger, ein Oberstleutnant im Generalstab mit karminroten Hosenstreifen, und rechts der Protokollführer, ein schlichter Hauptmann, der sich offenbar in dieser Umgebung kreuzunglücklich fühlte. An der linken Längswand des Saales erblickte ich Oberst Metzelbrod. Aufrecht, beide Hände auf der Mütze, die auf den Schenkeln lag, saß er auf seinem Armesünderstuhl. Seine grauen Augen schauten durch die runden Gläser ins Leere, und der Ausdruck seiner hageren Züge schien mir unbeteiligt, als sei er längst über das hinaus, was sich hier abspielte. Links neben ihm blätterte ein Major in einem dicken Aktenband. Es war der Verteidiger Oberst Metzelbrods, Major der Reserve, Rechtsanwalt von Beruf, ein Mann mit lobenswerter Zivilcourage.

Dem Angeklagten gegenüber saßen Major Moll und Eisen mit verschlossenen Mienen. Ich entnahm daraus, dass es bei ihrer Vernehmung hart auf hart gegangen war. Im Übrigen hatte ich auch festgestellt, dass die Saaltür innen gepolstert war. Daher hatte man draußen nichts außer undeutlichem Gemurmel hören können.

Der Vorsitzende vernahm mich zu meiner Person. »Oberst Metzelbrod hat Sie im Mai vorigen Jahres in sein Regiment geholt«, sagte er mit knarrender Stimme, die sich durch den Tonfall herablassender Jovialität vom gläsernen Organ des Oberstrichters unterschied, der uns aufgerufen hatte.

»Jawohl, Herr General«, bestätigte ich.

»Sie waren also mit Oberst Metzelbrod von früher her bekannt?«, fragte der General. »Wann und wo haben Sie sich kennen gelernt?«

Ich gab die entsprechende Auskunft, und auf die Frage, was ich im Juli 38 auf dem Balkan zu suchen gehabt hätte, antwortete ich, ich sei Bergsteiger und hätte als solcher dort zwei Wochen verbracht.

»Von Beruf?«, wollte der General wissen.

»Nein«, antwortete ich, »aus Passion.«

»Hm«, machte der General, »Sie waren also mit dem Angeklagten befreundet?«

»Herr Oberst Metzelbrod war mein Regimentskommandeur, Herr General«, gab ich zurück und bemühte mich, meiner Stimme einen festen Klang zu geben.

»Und Freund!«, warf der Oberstrichter mit seiner Glasstimme ein.

»Herr Oberst Metzelbrod war mein Vorgesetzter«, beharrte ich. »Mit meinen Jahren vermesse ich mich nicht, zu behaupten, Herr Oberst Metzelbrod sei mein Freund. Ein väterlicher Freund, das schon eher. Ich selbst allerdings gebe offen zu, dass ich mich Herrn Oberst Metzelbrod freundschaftlich verbunden fühle.«

»Auch heute noch?«, fragte der Oberstrichter.

Ich bejahte es.

»Ich mache Sie darauf aufmerksam«, betonte darauf der General, »dass Sie später Ihre Aussage zu beeiden haben. Die Bedeutung des Eides ist Ihnen bekannt, Leutnant Emser. Das hätten wir also«, unterbrach er sich, las eine Weile in den Akten und fuhr dann fort: »Berichten Sie über die Vorgänge am 18. Januar und an den folgenden Tagen in Pawlowskaja.«

Ich gab meinen Bericht so, wie mir alles unauslöschlich ins Gedächtnis geschrieben war.

Als ich zu Ende war, fragte der General, ob Pawlowskaja, nachdem die Bataillone auf das Dorf zurückgefallen waren, hätte verteidigt werden können.

»Jawohl, Herr General«, erwiderte ich.

»Sie bejahen diese Frage, Leutnant Emser?«, rief der General erstaunt und, wie mir schien, betroffen aus. »Haben Sie sich das reiflich überlegt? Wie lange, meinen Sie, hätte Pawlowskaja unter den gegebenen Umständen gehalten werden können?

»Vielleicht einen halben Tag lang, Herr General«, sagte ich, »vielleicht auch nur eine Stunde, je nach der Stärke des angreifenden Gegners!«

»Wie kommen Sie zu dieser Auffassung?«, fuhr mich der Oberstrichter an, als hätten ihn meine letzten Worte tief enttäuscht.

»Bei dem herrschenden Frost und dem Zustand unserer Leute war unsere Abwehrkraft weitgehend vermindert.«

»Wie viel Kältegrade hatten Sie?«

»Am 18. Januar frühmorgens 36 Grad. Als ich zum letzten Mal aufs Thermometer blickte, das bei der Zerstörung des Gefechtsstandes zu Bruch ging, waren es 40 Grad.«

»Hatte Oberst Metzelbrod sich mit Ihnen über den Ausbruch nach Süden und die Vernichtung der schweren Waffen beraten, bevor er den Befehl gab?«

»Nein, Herr Oberstrichter.«

»Kannten Oberst Metzelbrod und Sie den Führerbefehl?«

»Jawohl, Herr Oberstrichter«, erklärte ich, »der Befehl war bekannt. Ich bitte aber bemerken zu dürfen, dass er auf unsere besondere Lage nicht anwendbar war, da wir die Verantwortung für 400 Verwundete trugen und zudem im Osten der Durchbruchstelle am nächsten waren.«

»Diese Beurteilung steht Ihnen nicht zu, Leutnant Emser!«, wies mich der Oberstrichter zurecht.

Dann ging es darum, dass Oberst Metzelbrod Pawlowskaja aufgegeben hatte, ohne wenigstens den Versuch zu machen, es zu halten.

Ich bemerkte dazu, Oberst Metzelbrod habe die Kampfkraft des Regiments nach Möglichkeit erhalten wollen. Mit zusammengeschossenen Soldaten, die sich zudem ausnahmslos in einem Abwehrkampf schwere Frostschäden zugezogen hätten, wäre der nächtliche Marsch im Schneesturm nicht mehr durchführbar gewesen. Dann wären nicht nur die Verwundeten elend zu Grunde gegangen, sondern auch die übrigen 2000 Mann. Herr Oberst Metzelbrod habe ein solches Vorgehen aber als Mord und unvertretbare Schwächung der Front betrachtet.

Die nächste Frage galt der Einstellung Oberst Metzelbrods zum nationalsozialistischen Staat.

»Herr Oberst Metzelbrod war als Truppenführer immer Realist«, versuchte ich diese verfängliche Frage zu parieren, »er hat sich um seine Kampfaufträge gekümmert, um nichts anderes.«

»Ihre Antwort ist unbefriedigend und anmaßend, Leutnant Emser«, erklärte der Oberstrichter, der die Vernehmung ganz an sich gerissen hatte, doch im selben Augenblick verstummte er, da der General ihm die Linke, Einhalt gebietend, auf den Arm legte.

»Es handelt sich darum, Leutnant Emser«, sagte der General, »einwandfrei festzustellen, ob Ihr ehemaliger Regimentskommandeur sich – hm – gewissermaßen aus Oppositionsgründen über den Befehl des Führers hinweggesetzt, und ob er aus eben diesen Gründen, wie die Anklage ihm vorwirft, vorsätzlich die vorhandene Artillerie vernichtet hat. Hat Oberst Metzelbrod nicht während des Marsches nach Tscherkasskowka eine längere Unterhaltung mit einem Angehörigen der Roten Armee, laut Eintragung im Kriegstagebuch einem Leutnant, geführt?«

»Das war eine Kriegslist, Herr General«, entgegnete ich, innerlich kochend, da ich jetzt glaubte, das finstere Gewebe der Anklage zu kennen. »Hätte Herr Oberst Metzelbrod nicht den Mut zu dieser Kriegslist gefunden«, fügte ich hinzu, »wäre eine Kosakenbrigade über uns gekommen.«

»Sie hatten ja Waffen, um sich zu wehren«, fiel der andere Beisitzer traurig ein, als bedauere er es, dass wir den Kosaken nicht den Garaus gemacht hatten.

»Eine organisierte Abwehr wäre unmöglich gewesen, Herr Oberst«, antwortete ich. Sie haben ihn in der Falle, dachte ich, er muss für alles herhalten – für das Fehlen der Winterbekleidung, für das Versagen der eingefrorenen Waffen, für die Überlegenheit der Russen im Winterkampf und für die ganze Katastrophe am Donez. Ich wünschte mir die Dialektik eines ausgekochten Juristen, um das dunkle Spiel durchkreuzen zu können.

Jetzt meldete sich der Ankläger zu Wort, der bisher geschwiegen hatte, wie ein Jäger, der geduldig darauf wartet, zum Schuss zu kommen.

Er fing mit seinen Fragen noch einmal von vorn an. Als er mich geradeheraus fragte, ob Oberst Metzelbrod gelegentlich kritische Bemerkungen über den Führer und Obersten Befehlshaber oder über die Wehrmachtführung gemacht habe, sprang der Verteidiger auf und legte Protest gegen diese Frage ein. »Herr Oberst Metzelbrod«, rief er mit zorniger Stimme aus, »steht vor einem Kriegsgericht, nicht vor einem Partei- oder Sondergericht, das sich mit solchen Fragen zu befassen hätte. Die Anklage enthält keine derartigen Punkte. Ich bitte Herrn General, darauf zu dringen, dass der Herr Ankläger die Zeugenbefragung im Rahmen des Zulässigen vornimmt!«

Der General erklärte nach kurzer geflüsterter Beratung mit seinen Beisitzern, die beanstandete Frage sei nicht zugelassen.

Ich blickte mich dankbar nach dem Major um. Dabei traf mein Blick flüchtig mit dem Oberst Metzelbrods zusammen. Die Sekunde stummer Zwiesprache genügte, um mir darzutun, dass Oberst Metzelbrod mit ungebrochener Standhaftigkeit seine Sache verfocht.

Ich schöpfte Hoffnung. Der General schien dem Angeklagten Achtung, wenn nicht gar Wohlwollen entgegenzubringen. Und der Verteidiger war entschieden auf dem Posten.

Doch schon setzte der Ankläger mit bissiger Gereiztheit die Vernehmung fort. Ich sollte den Wortlaut des Befehls wiederholen, der die Vernichtung der schweren Waffen betraf.

Ich vergegenwärtigte mir die abendliche Offiziersbesprechung in Pawlowskaja, das Hinzukommen Doktor Mendes und versuchte mich der Worte zu entsinnen, die der Oberst damals gebraucht hatte. Schließlich glaubte ich sie gefunden zu haben.

Dann kam der nächste Pfeil. Herr Major Moll habe doch gegen den Befehl schwere Bedenken geäußert?

»Jawohl, Herr Oberstleutnant«, bestätigte ich, »aber Herr Oberst Metzelbrod hat den Einwand mit dem Hinweis auf den Verbandplatz beantwortet.«

»Ihre Aussagen sind wertlos, Leutnant Emser«, brauste der Ankläger auf, »Sie sind kein Zeuge, Sie sind Partei!«

»Ich bin Offizier, Herr Oberstleutnant«, entgegnete ich mit einer Kälte, über die ich mich selbst wunderte.

»Ja, Reservist«, meinte der Oberstleutnant im Generalstab geringschätzig.

Jetzt wurde der General lebendig.

»Herr Oberstleutnant«, rügte er den Ankläger, »ich muss schon bitten. Der Zeuge Leutnant Emser steht, wie er selbst bekundet hat, seit Kriegsausbruch an der Front. Er ist mehrmals verwundet und mehrfach ausgezeichnet.«

Auch der Major verwahrte sich gegen die Diffamierung eines von der Verteidigung benannten Zeugen.

Mir wurde wieder leichter zu Mute. Aber diese Stimmung hielt nicht lange an. Plötzlich fielen mir Oberst Metzelbrods Worte ein, er sei schon gerichtet, und meine Zuversicht sank.

Der Verteidiger fragte mich nun nach verschiedenen Einzelheiten, die ihm wesentlich erscheinen mochten. Er hatte, dies war leicht zu erkennen, einen schweren Stand.

Dann war die Vernehmung beendet, und ich sprach die Eidesformel. Darauf wurden Major Moll, Eisen und ich entlassen. Die Verhandlung ging weiter. Wie gern hätte ich Oberst Metzelbrod ein Wort zum Abschied gesagt. Doch das starre Reglement stand dagegen.

Unten auf der Straße trennten wir – Eisen und ich – uns von Major Moll. Wir hatten Befehl, uns nach unserer Vernehmung bei Abteilung Ia des AOK 17 zu melden. Wir stiegen in unseren Wagen, ließen uns von der Wache den Weg weisen und fuhren zum Hauptquartier.

Der Ordonnanzoffizier beim Ia, ein junger Hauptmann, empfing uns mit den Worten: »Das Korps hat schon angerufen. Die Division fordert Sie dringend an, meine Herren. Ihr Regiment ist heute Früh zum Angriff angetreten.«

Der Hauptmann zeigte uns auf der Karte den Stand der am Morgen angelaufenen Operation. Wir hatten uns tags zuvor im Regimentsgefechtsstand in Bilbasowka abgemeldet; von einem Angriffsbefehl war zu diesem Zeitpunkt nichts bekannt gewesen, oder man hatte es uns verheimlicht.

Wir empfingen Marschverpflegung und traten sogleich die Rückfahrt an.

Ein Geschwader Ju 88 überholte uns mit Flugrichtung nach Norden. Begleitjäger vollführten hoch am sonnigen Himmel ihre Kapriolen.

In höllischem Tempo rasten mit Pontons und Brückengerät beladene Pionierfahrzeuge an uns vorbei. Ich folgerte daraus, dass unsere Angriffsspitzen bereits den Donez erreicht, ja, womöglich schon überschritten und am anderen Ufer einen Brückenkopf gebildet hatten. Als ich den Donez zuletzt, wenige Tage vor Beginn der russischen Winteroffensive, gesehen hatte, hatte er eine dicke, tief verschneite Eisdecke getragen.

Jetzt waren also wir wieder am Zug. Das Vormarschfieber packte auch mich – trotz allem –, und ich wünschte mich zurück zu meiner Kompanie.

Als wir nach Einbruch der Dunkelheit in Bilbasowka ankamen, war vom Regiment nur noch ein Nachkommando im Ort. Der Gefechtsstand sei nach Pawlowskaja vorverlegt worden, bedeutete man uns.

Nachdem wir aufgetankt hatten, fuhren wir weiter. Aber wie am Morgen auf der Fahrt nach Süden, kamen wir auch jetzt nur langsam voran. Panzer, Artillerie und Trossfahrzeuge rollten in endlosem Zug zur Front. Wie Wetterleuchten flackerte Mündungsfeuer über den dunklen Donezhöhen.

Am rauchigen Nachthimmel funkelten Sterne. Riesengroß schob der Mond sich hinter einem Waldstück empor. Zwischen den Stämmen leuchtete sein goldener Schild.

Getöse von Motoren und Raupenketten durchdrang die Maiennacht; Benzin- und Ölgestank erfüllte die Luft.

Bisher hatten Eisen und ich mit keinem Wort erwähnt, was hinter uns lag wie ein bedrückender Traum, als ob wir uns scheuten, unsere Gedanken voreinander preiszugeben. Doch jetzt, wo wir uns Pawlowskaja näherten, überkam mich ein Gefühl atembeklemmender Verzweiflung, und ich fragte Eisen, ob er denn Hoffnung habe.

»Klar«, meinte er, »jetzt geht's doch vorwärts!«

Er hatte mich nicht verstanden, und ich schwieg verstimmt.

Die Straße bog in scharfer Kurve nach Westen und dann unmittelbar nach Norden. Dies war der Punkt, an dem wir damals im Schneesturm den Seitenweg nach Süden eingeschlagen hatten.

Wenig später kam in der Mulde Pawlowskaja in Sicht. Mondlicht lag fahl auf Mauern und Dächern und auf den Büschen im ersten Frühlingslaub.

Ich blickte mich um und suchte die Gräber unserer Toten, die wir damals zurückgelassen hatten, aber ich fand sie nicht. Doch wo hatten wir jemals Russengräber gefunden? Spurlos verschwanden ihre Gefallenen in der Erde, und mit den unseren hatten sie keine Ausnahme gemacht. Vielleicht war es gut so.

Wir waren zurückgekommen. Das Regiment hatte das Preisgegebene wiedergewonnen, als hätte es ein Versprechen gehalten, dessen Einlösung die stummen Gestalten von damals von uns erwartet hatten.

Wenn Oberst Metzelbrod jetzt bei uns sein könnte!, dachte ich.

Im Regimentsgefechtsstand jedoch – er war im »Haus der Jugend« eingezogen – hatte ein anderer zu befehlen: Oberstleutnant von Sensenheim, ein Mann wie Granit.

Als wir den Gefechtsstand betraten, lief trotz der späten Stunde der Betrieb auf vollen Touren. Mehrere Fernsprecher klingelten zu gleicher Zeit.

Als die Gespräche erledigt waren, traten wir vor und meldeten uns beim Kommandeur.

»Oberleutnant von Eisen aus Gorlowka zurück.«

»Leutnant Emser aus Gorlowka zurück.«

Das lange, gelbliche Gesicht des Oberstleutnants nahm einen abweisenden Ausdruck an. Missbilligend musterten uns seine eisblauen Augen, während er uns mit den Worten »Das haben Sie sich prima ausgesucht, meine Herren!« anfuhr.

Oberleutnant Malten, der neue Adjutant, blickte betreten zur Seite. Ich hatte längst herausgefunden, dass ihm die Art, wie der Kommandeur seine Offiziere anzupfeifen und abzukanzeln pflegte, von Anfang an auf die Nerven ging, zumal er selbst bisweilen wie ein Putzer behandelt wurde.

»Will man uns denn nicht einweisen?«, fragte ich mich. Wir mussten doch erfahren, wo unsere Kompanien zu finden waren.

Der Oberstleutnant jedoch wandte sich ab, ohne uns weiter zu beachten.

»Wer soll das jetzt durchführen, Malten?«, fragte er

den Adjutanten, offenbar dort wieder anknüpfend, wo er durch die Ferngespräche und unser Hinzukommen unterbrochen worden war. »John hätte das prima hingekriegt«, fügte er hinzu, »zu dumm, diese Sache mit John.«

Als der Name meines einarmigen Freundes fiel, hatte ich aufgehorcht. Jetzt wagte ich mich mit den Worten vor: »Verzeihen Herr Oberstleutnant, ist etwas mit Leutnant John?«

»John ist tot«, entgegnete Malten an Stelle des Kommandeurs, der meine Frage offenbar überhört hatte. »Herzschuss«, setzte Malten hinzu, »er hat nichts gespürt. Heute Abend ist's passiert, Herr Emser.«

»John tot!«, rief ich fassungslos aus. Fritz John an diesem Tag!

Oberstleutnant von Sensenheim blickte sich kurz um. – »Es sind heute noch mehr gefallen«, bemerkte er. »Der Durchbruch durch die russischen Linien war ein hartes Stück. Sie waren ja nicht dabei, Herr Emser.«

Im nächsten Augenblick wandte er sich wieder zu Malten. Es ging darum, dass man Fritz John dazu ausersehen hatte, am nächsten Morgen mit seiner Kompanie einen russischen Brückenkopf im Wald am Donez auszuräumen. Jetzt suchten sie einen Offizier, den sie an Johns Stelle einteilen konnten.

Die Nachricht von Johns Tod hatte etwas in mir zerstört. Ich fragte nach nichts mehr, und so meldete ich mich zu dem Unternehmen, und der Kommandeur stimmte ohne langes Überlegen zu. Sicherlich war er zufrieden, so rasch Ersatz für Leutnant John gefunden zu haben. Malten zeigte mir auf der Karte die derzeitige Stellung von Johns verwaister Kompanie. Meine 14. und der Bataillonsgefechtsstand lagen in der Nähe. Dann machte der Kommandeur mich mit den Einzelheiten des Unternehmens vertraut.

Ich meldete mich ab. Von Eisen verabschiedete ich mich mit festem Händedruck. Er war immer ein guter Kamerad gewesen.

Mein Weg führte mich durch das nächtliche Pawlowskaja. Wie vertraut war mir das Dorf in der Mulde und doch wie fremd im Kleid des Frühlings.

Im Schulhaus hatte man, wie die Rot-Kreuz-Flagge zeigte, wieder einen Verbandplatz eingerichtet. Aus einem Panzerspähwagen wurden soeben Verwundete ausgeladen. Ich dachte an Erich Metzelbrod und an unseren Aufbruch, damals in Eis und Schnee.

So gelangte ich zur Mühle. In einer Senke standen Geschütze mit zerborstenen Rohren und zerfetzten Holmen. Major Molls Kanoniere hatten damals ganze Arbeit geleistet, und die Russen hatten sich nicht die Mühe gemacht, den Schrott wegzukarren.

Es ging auf ein Uhr morgens, als ich in einem zerschossenen Haus den Gefechtsstand meiner Panzerjäger fand. Oberfeldwebel Simmert, mein erster Zugführer, hatte mich beim Angriff vertreten. Ich erklärte ihm, während man vom Gepäcktross meinen Stahlhelm und meine Maschinenpistole holte, er habe auch anderntags die 14. zu führen.

Ein Melder brachte mich zum Gefechtsstand des dritten Bataillons.

Major Hartung saß vor seinem Zelt. Er stand auf, als ich ankam, und gab mir die Hand. In seiner neuen Feldbluse, an deren Kragenausschnitt der Silberrand des neu beschafften Ritterkreuzes glänzte, war er die Verkörperung des jungen, schneidigen Frontkommandeurs, wie ihn die Wochenschau mit Vorliebe zeigte. Ich wusste, er hielt sich für kugelfest und glaubte unerschütterlich an seinen guten Stern. Seine Tapferkeit war innerhalb der Division längst zur Legende geworden, aber ebenso bemerkenswert war seine Gabe, sich gegenüber seinen Untergebenen durchzusetzen, ohne jemals den Major hervorzukehren. Der arme John hatte sich im dritten Bataillon wie zu Hause gefühlt.

»Wie steht's?«, fragte Major Hartung. Ich wusste sofort, was er meinte.

»Die Verhandlung dauerte noch an, Herr Major«, sagte ich. »Man kann nur hoffen, dass sie ein Einsehen haben. Einen Mann wie Herrn Oberst Metzelbrod kann man doch nicht einfach auf die Seite räumen.«

Major Hartung gab mir Recht. »Eine Schande ist das Ganze«, meinte er. »Ich fürchte, er wird das niemals verwinden. Seine beiden Söhne hat er geopfert, und jetzt dies. Tragisch, Emser.«

Unvermittelt kam er auf John zu sprechen.

»Wir alle können es nicht begreifen«, sagte er, »es ist ja erst am Abend geschehen.« Mit der Rechten zeigte er nach einer dunkel ragenden Waldmauer. »Er ging mit seiner Kompanie am Waldrand in Stellung – eine reine Sicherheitsmaßnahme, der Wald war schon am frühen Nachmittag von der ersten Aufklärungsschwadron durchgekämmt worden. Er sprach gerade mit dem Kompanietruppführer über die Leute, die er fürs EK vorschlagen wollte. Einfach so, wie wir beide uns jetzt unterhalten. Wie es so etwas nur geben kann, Emser? Man denkt an nichts dergleichen, und auf einmal fällt ein Schuss, und alles ist aus. Mitten ins Herz. Seine Leute rannten in den Wald. Da stand ein Russe, Knarre weggeschmissen, Hände hoch, und grinste. Ein Wunder, dass sie ihn nicht in Stücke gehauen haben. Ich hatte den Kerl hier auf dem Gefechtsstand. Wissen Sie, warum er geschossen hat, Emser? Angst – aus lauter Angst schießt so ein Häufchen Unglück unserem guten John ins Herz. Wenn es im Gefecht gewesen wäre, Gelegenheiten hätte es gestern reichlich gegeben, bis wir glücklich durch waren. Aber so etwas von Sinnlosigkeit!«

Major Hartung erbot sich, mich selbst zu Johns Kompanie zu bringen. »In so einer Nacht kann doch niemand schlafen«, meinte er, als ich einwandte, ich würde mich schon allein zurechtfinden.

Wir schritten über die taufeuchten grünenden Wiesen, auf denen mit fahlem Schein das Mondlicht lag. Ein lauer Wind strich vom Donez herüber. Fünf, sechs Wochen früher war alles noch unter tiefem Schnee begraben gewesen. Jetzt war Frühling, Mai. Ich dachte an das Lied, das die einfachen Soldaten sangen: Es geht alles vorüber, es geht alles vorbei – auf den Rückzug im Januar folgt der Vormarsch im Mai ... Aber John war tot, und Oberst Metzelbrod hatte vielleicht zu dieser Stunde, wenn man kein »Einsehen« gehabt hatte, Patent und Schulterstücke verloren.

Wir näherten uns dem Wald. Weiter drüben im Norden, aber auch im Westen rummste es von Zeit zu Zeit vernehmlich, und grelle Blitze zuckten auf. Dort standen die Angriffsspitzen, Panzer und Vorausabteilungen, denen die Infanteriedivisionen den Weg freigekämpft hatten. Jetzt war es an uns, der Infanterie, das abzuräumen, was die vorstürmenden Panzer liegen gelassen hatten. Auch der Kampfauftrag, zu dem ich mich gemeldet hatte, war von dieser Art. Beseitigung eines russischen Brückenkopfes im vor uns liegenden Uferwald.

Ein Posten hielt uns an. Major Hartung verabschiedete sich mit munterem »Hals- und Beinbruch!« von mir, und der Posten zeigte mir den Weg zum Kompanietrupp. Feldwebel Eiche, der Kompanietruppführer, einer aus Goroditsche, war hoch erfreut, als er von mir hörte, ich würde die Kompanie in der Frühe, die ja nicht mehr fern war, zum Angriff führen.

Ich bat ihn, mir Johns Grab zu zeigen. Er ging mit mir eine Strecke am Wald entlang. Dann sah ich schon den frisch aufgeworfenen Erdhügel und das Kreuz im Mondlicht. Ein großer Vogel hockte auf dem Querstück des Kreuzes. Als er bei unserem Näherkommen aufflog und davonschwebte ins schützende Dunkel des Waldes, sah ich, es war eine Eule. Vielleicht war es sogar ein Uhu, denn später, als ich mich auf eine Zeltbahn zu kurzem Schlaf niederlegte, ertönte in der Nähe das lang gezogene schaurige »Huhuu« des nächtlichen Räubers.

Auf dem Kreuz standen Johns Name sowie Geburts- und Todestag.

Sinnlos, dachte ich, wirklich sinnlos. Aus Goroditsche war er herausgekommen, wenn auch unter Verlust eines Armes. Die Treue zu Oberst Metzelbrod hatte ihn zu uns zurückgeführt, und nun war er tot. Wie Erich Metzelbrod, sein einstiger Kompaniechef, der die Aufgabe von Goroditsche nur um Stunden überlebt hatte, wie alle anderen, die unser Regiment verloren hatte.

Falle am Donez

Feldwebel Eiche weckte mich. Er hielt mir einen Trinkbecher mit heißer Kaffeebrühe und eine Butterschnitte hin. »Es wird Zeit, Herr Leutnant«, sagte er.

Die Züge machten sich soeben marschbereit. Der Himmel schimmerte in farbloser Helle. Morgendämmerung. Im frühlingsgrünen Wald erhoben Singvögel ihre jubelnden und trillernden Stimmen.

Ich suchte noch einmal Johns Grab auf.

Als ich zurückkam, stand die Kompanie bereit.

»Also«, sagte ich, »gehen wir 's an, Eiche. Ohne Tritt marsch!«

Ich ging mit dem Kompanietrupp an der Spitze. Etwa 100 Meter vor uns waren drei Mann als Sicherung. Wir zogen eine Weile am Waldrand entlang bis zu einer Schneise, die Eiche am späten Nachmittag erkundet hatte.

Als wir in den Wald, der nach Norden, nach dem Donez, abfiel, eindrangen, hörten wir im Rücken das Pauken von Abschüssen, und über unseren Köpfen begann es zu orgeln und zu fauchen. Es war der Feuerschlag der Divisionsartillerie und einer jener neuen Werferbatterien, der unserem Angriff den Weg bereiten sollte.

In Schützenkette, nach Zügen gestaffelt, bahnten wir uns bergab durch dichten Unterwuchs aus jungem Eichengestrüpp. Hoch über dem Wald gleißte der Himmel im Morgenlicht.

Das Artillerie- und Werferfeuer verstummte wie abgehackt. Wir hatten ohne Feindberührung die Flussniederung erreicht. In etwa 200 Meter Entfernung schimmerte zwischen den Bäumen der grünliche Spiegel eines Altwasserarmes. Nicht weit davon musste der Donez fließen.

Ich gab mich schon der Hoffnung hin, der Russe habe über Nacht seine Stellung diesseits des Flusses geräumt, als plötzlich rings um uns ein wildes Feuer losbrach. Wie tausend Todesvögel schwirrten kreuz und quer Geschosse aus MGs, Gewehren und Maschinenpistolen, ohne dass das Geringste vom Feind zu sehen war. Wir warfen uns nieder ins feuchte Gras, und schon wurde da und dort der Ruf nach den Sanitätern laut. Wir saßen in der Falle, daran war nicht zu zweifeln. Wer hochsprang, um eine bessere Deckung zu suchen, zahlte mit Verwundung oder mit dem Leben.

»Soll das nun das Ende sein?«, fragte ich mich, »soll hier Johns Kompanie verbluten?«

Die Russen waren überall und zugleich nirgends. Meisterhaft getarnt hockten sie in Büschen und auf Bäumen, vielleicht auch in geschickt angelegten Deckungslöchern. Wir konnten nur auf das Geratewohl zwischen die Bäume knallen.

Ich wies den Funker an, der bei Eiche und mir lag, Verbindung zur Artillerie aufzunehmen und um Feuerschutz nachzusuchen.

Der Funker, ein junger Gefreiter, richtete sich hinter seinem Baum halb auf, brachte sein Gerät in Betrieb, streifte die Hörer über den Kopf und rief in die auf der Brust befestigte Sprechmuschel: »Fasan kommen – Fasan kommen!«

Endlich kam »Fasan«, der Gefechtsstand des Artillerieregiments, und der Funker gab durch, was ich ihm befohlen hatte.

Kaum fünf Minuten später jaulte und rauschte es erneut über uns, und zwischen den Bäumen detonierten mit donnerndem Hall die Granaten. Aber das Feuer lag zu nah, bei der geringsten Abweichung liefen wir Gefahr, in den eigenen Splitterhagel zu geraten. Ich war mir der demoralisierenden Wirkung dieser Gefahr bewusst.

»Feuer vorverlegen!«, sagte ich daher zum Funker,

doch im selben Augenblick, als der Gefreite zur Durchgabe ansetzte, traf eine MG-Salve ihn und sein vor ihm aufgebautes Gerät.

Ich fragte mich, während ein Sanitäter sich um den laut jammernden Gefreiten bemühte, was wir nun beginnen sollten. Der Befehl zum Stürmen wäre Mord gewesen, denn schon nach 30 oder 40 Schritten, wenn einzelne wirklich so weit gekommen wären, hätte uns das eigene Artilleriefeuer gefasst. Wir waren, ich sah es ein, zur Bewegungslosigkeit verdammt und konnten nur, nach Stunden vielleicht, auf Hilfe vom Bataillon hoffen. Auch ein verlustreicher Rückzug kam nicht in Betracht, denn hinter uns war kein Oberst Metzelbrod, sondern Oberstleutnant von Sensenheim, ein Mann wie Granit.

»Sie kennen den Befehl, Emser«, hatte er nachts in Pawlowskaja gesagt, »Sie stehen mir für die Durchführung gerade!«

»Eiche«, sagte ich, »los, Leuchtpistole raus! Zwei Schuss grün!«

Eiche rollte sich zur Seite, um die Pistole frei zu machen, aber stattdessen hob er die Hand und flüsterte, einen faustgroßen Splitter einer allzu nah krepierten eigenen Granate im Rücken, mit versagender Stimme:

»Feldwebel Eiche verwundet.«

Dann wurden seine Augen starr, während ein Blutstrom ins Gras rann.

Ich kroch zu ihm und nahm die Leuchtpistole. Ich hatte sie schon in der Hand und wollte gerade Grün laden, als die Reihe an mir war. Ich wehrte mich dagegen, das Bewusstsein zu verlieren, denn was sollte die Kompanie, führungslos, im Feuer speienden Donez-Wald? Aber da half kein Sich-Wehren, da half überhaupt nichts.

Erst im Hauptverbandplatz kam ich wieder zu mir. Ich fragte den Sanitäter, der neben meiner Trage kniete, nach der Kompanie.

»Ja«, sagte er, »ein paar Mann sind wohl rausgekommen, Herr Leutnant, sonst wären Sie ja auch nicht hier.«

Nein, dachte ich, richtig, sonst wäre ich ja nicht hier, obgleich mir reichlich unklar war, wie Johns Leute es fertig gebracht hatten, mich aus der Teufelshölle am Donez herauszuschaffen. Ein paar Mann also. Und in der Frühe war ich mit einer kampfstarken, voll aufgefrischten Kompanie zum Angriff angetreten.

Der Sanitäter gab mir zu trinken. Ich wusste noch immer nicht, was eigentlich mit mir war, denn bestimmte Schmerzen spürte ich nicht, nur so ein dummes, taubes Gefühl im linken Bein.

Auf einmal trat unser General neben mich. Er beugte sich zu mir herab. »Na, Emser«, sagte er, »das in Tscherkasskowka und bei Bilbasowka hat Ihnen wohl noch nicht gereicht?«

»Mir schon, Herr General«, antwortete ich, »aber dem Iwan nicht, der musste mir unbedingt noch mal was verpassen.« Plötzlich fiel mir etwas ganz anderes ein. »Herr General«, fragte ich, »liegt schon Nachricht aus Gorlowka vor?«

»Emser«, gab er mit sonderbar und beunruhigend leiser Stimme zurück, »ich dürfte es Ihnen gar nicht sagen. Wir haben unseren Oberst Metzelbrod verloren.« Dieser Ausspruch musste auf mich wie eine Narkose gewirkt haben, denn unversehens war ich wieder weg. Als ich zu mir kam, war ich allein, das heißt, Verwundete gab es genügend rings im großen Zelt. Aber der General war fort.

Windstille

Der General war fort. Für immer war er aus meinem Blickfeld verschwunden. Weder ihn sollte ich wiedersehen, noch die anderen, die Akteure des Dramas, das am Donez in Eis und Schnee begonnen hatte und für sie nach einem verheißungsvollen Zwischenspiel am Donbogen und an der Wolga endete.

Ein Dämmerzustand umfing mich, der mir nur bisweilen für kurze Augenblicke meine Umgebung verschwommen zu erkennen gab. Als ich wieder zu mir selbst fand, war ich in der Heimat. Das Bett, in dem ich lag, war weiß bezogen. Eine Rot-Kreuz-Schwester zog lächelnd meine Decke glatt und verschwand. Dann öffnete sich die Tür des Zimmers, das erfüllt war von Sonnenlicht, erneut. Inge trat ein. Sie setzte sich an mein Bett, und ihre Hand strich zärtlich über meine Stirn, als wolle sie alles Düstere wegwischen, das mich in wirren Träumen bedrängte.

Der Juni verging. Am 1. Juli hörte ich, Sewastopol, die starke Seefestung der Sowjets an der Südwestküste der Krim, sei gefallen.

Jetzt geht es bald vorwärts, dachte ich und verspürte eine Unruhe, als hinge das Gelingen des neuen Vormarsches davon ab, dass ich dabei sei.

Doch der Stabsarzt, in dessen Abteilung ich lag, lachte nur, als ich ihn fragte, wann ich zurück könne zu meiner Division. Ich wollte hinaus – nach Russland, wo unsere Armeen sich zu einem neuen Vormarsch bereitstellten, und zugleich wollte ich bei Inge bleiben, die ich so lange nicht gesehen hatte. Meine Zerrissenheit entging ihr nicht, aber sie war immer gleich bleibend sanft und gütig, als sei ich ein Kind, dem man Nachsicht entgegenbringen müsse.

Ich sprach mit ihr über Oberst Metzelbrod. Sie verstand es nicht, dass wir, ein Regiment, eine Division, das Unrecht hingenommen hatten, das unserem Kommandeur zugefügt worden war.

Zweimal in dieser Zeit erhielt ich Post von Oberleutnant von Eisen. Er erwähnte die Vergangenheit nicht und schwärmte nur von der Zukunft, die in seinen Augen den endgültigen Sieg im Osten in sich barg. Das Regiment lag neu aufgefrischt bei Slawiansk. Er umschrieb den Standort natürlich, aber aus seinen Andeutungen erriet ich ihn.

Ende Juli war ich so weit, dass ich das Lazarett verlassen konnte. Man gab mir Genesungsurlaub. Draußen im Osten lief der neue Vormarsch auf vollen Touren. Ich hörte von Woronesch und dann von Woroschilowgrad, der Stadt im Donezgebiet, zu deren Einnahme es im vergangenen Herbst infolge des frühen Frosteinbruches nicht mehr gekommen war.

Nur zwei Tage lang blieben Inge und ich zu Hause, dann holte ich mein Bergsteigergewand und die genagelten Schuhe hervor, in denen ich einmal vor endlos erscheinender Zeit auf dem Stradun in Ragusa ausgeglitten und sozusagen zu Füßen eines Herrn in grauem Flanellanzug gelandet war, als dessen Adjutant ich später bis dorthin wirken sollte, wo Oberst Metzelbrods Weg sich im Dunkel verlor.

Während meines Aufenthalts im Lazarett hatte ich den Gedanken erwogen, Frau Metzelbrod und deren Schwiegertochter aufzusuchen, aber Inge hatte mich davon abgebracht.

»Was willst du ihnen denn sagen?«, hatte sie mit dem ihr eigenen Einfühlungsvermögen gemeint. »Für diese beiden Frauen gibt es doch keinen Trost.«

Der Stabsarzt hatte mir zur Kräftigung meines Beines Gehen und Steigen angeraten. Wir fuhren nach Tirol. Während wir eine Reihe von Gipfeln erstiegen, die Inge und mir von früher her vertraut waren, drangen im Kaukasus unsere Gebirgsjäger zu den schneebedeckten Hochpässen vor.

Meine Division war, wie ich den spärlichen Nachrichten, die ich von Eisen erhielt, entnahm, in der Steppe geblieben. Ihr Marschweg führte nicht nach Süden, wie ich erwartet hatte, sondern nach Osten. Demnach war sie aus dem Verband der 17. Armee ausgeschieden und der 6. Armee zugeteilt worden, deren Angriffsziel die Wolga war.

Mein Genesungsurlaub ging zu Ende. Ich zog die Uniform wieder an. Der Befehl, der mir zuging, lautete: Meldung beim Ersatzbataillon. Im Bataillonsgeschäftszimmer lag die Marschorder für mich. Ich sollte die Führung einer Infanterie-Kompanie bei einer neu aufgestellten Division übernehmen. Das Ziel, das auf dem Marschbefehl angegeben war, hieß Krasnodar am Kuban. Die Einweisung sollte ich dort in der Frontleitstelle erhalten.

Ich nahm Abschied von Inge und stieg in den Zug nach Przmysl. Die polnische Stadt am San war der Soldatenumschlagplatz für den Süden der Ostfront.

Es war jetzt Anfang September. Ich ahnte nicht, dass der Kaukasusfeldzug ins Stocken geraten war, dass die Division, zu der man mich in Marsch gesetzt hatte, sich zu einem vergeblichen Opfergang in den pontischen Waldbergen vorbereitete, und dass die 6. Armee, zu der die Kameraden von Oberst Metzelbrods Regiment jetzt gehörten, nicht zum Sieg an der Wolga, sondern in den Untergang marschierte.

In der Gesellschaft eines soeben beförderten Reserveleutnants fuhr ich von Przmysl über Dnjepropetrowsk, Jassinowataja und Stalino nach Rostow am Don.

Die Fahrt dauerte vier Tage. Wir sprachen über den Krieg, Gegenwärtiges und Vergangenes. Der Leutnant war im Zivilberuf Verwaltungsmann. Er träumte davon, einst – nach dem Sieg – einem Distrikt in der

Ukraine vorzustehen und mit einem Fieseler Storch sein Reich zu überfliegen. Ich lächelte im Stillen über so viel Fantasie.

In Rostow stieg mein Reisegefährte aus. Lachend verabschiedete er sich, um den Zug nach Tschirskaja am Don zu nehmen. Seine Division kämpfe, wie er mir strahlend mitgeteilt hatte, in den Außenbezirken der Stadt Stalingrad.

»Sie warten mit der Einnahme auf mich«, sagte er, bevor er ging. »Machen Sie 's gut dort unten im Kaukasus!«

Ich sah ihm nach, wie er eilig, als strebe er zu einem Fest, zu dem er nicht zu spät kommen dürfe, den Bahnsteig entlangschritt, auf dem sich deutsche, rumänische und italienische Soldaten, Rot-Kreuz-Schwestern sowie eine Anzahl russischer Zivilisten drängten.

Mein Zug setzte sich in Bewegung. Am nächsten Morgen erreichte er Krapotkin am Kuban. Fünf Stunden später lief er in Krasnodar ein.

Der erste Soldat, der mich beim Verlassen des Stationsgebäudes grüßte, war ein Kosak in feldgrauer Uniform. An seiner schwarzen Lammfellmütze prangte der deutsche Hoheitsadler.

Ich ging in die Stadt. Sie schien mit Soldaten überfüllt. Die meisten von ihnen gehörten offensichtlich nicht der kämpfenden Truppe an, sondern irgendwelchen Stäben, die sich in der großen Stadt am Kuban eingenistet hatten.

In der Hauptstraße, der Krasnaja, gab es Lokale,

Friseurgeschäfte und Bäckereien mit deutschen Aufschriften. Die Bevölkerung machte den Eindruck, als hätte sie sich an die Besatzung gewöhnt. Die Mädchen blickten zwar sittsam zu Boden, aber so abweisend wie die Mehrzahl der jungen Ukrainerinnen waren sie nicht. Leichtfüßig, unbekümmert und mit naturgegebener Anmut bewegten sie sich zwischen Scharen von Landsern.

Es war, als sei hier, noch weit von der Kaukasus- und Schwarzmeerfront, der Friede eingekehrt.

Ich betrat ein Lokal, in dem es einen Wald von Gummibäumen gab wie in jener Teestube in Slawiansk, und bestellte bei der russischen Bedienung Gänsebraten und kaukasischen Wein.

Zwei Verwundete saßen am Nebentisch. Sie sprachen von Noworossijsk, der Hafenstadt am Schwarzen Meer. Augenscheinlich hatte ihre Truppe dort gekämpft und war dann an einen anderen Frontabschnitt verlegt worden.

Einer der beiden, es war ein Obergefreiter mit einem hageren gebräunten Gesicht, kam mir bekannt vor. Ich betrachtete ihn aufmerksam und dachte darüber nach, wo ich früher einmal mit ihm zusammengetroffen sein mochte. Auch er warf mir von Zeit zu Zeit einen prüfenden Blick zu. Unversehens stand er auf, nahm seine Krückstöcke und humpelte zu mir an den Tisch.

»Sie sind doch Herr Leutnant Emser«, sagte er ein wenig unsicher.

Ich bestätigte es und forderte ihn auf, Platz zu nehmen.

»Woher kennen wir uns?«, fragte ich.

»Von Tscherkasskowka«, sagte er. »Ich war einmal Posten vor dem Regimentsgefechtsstand. Das war ein Mann – unser damaliger Kommandeur. Ja, wenn wir den nicht gehabt hätten. Sagen Sie, Herr Leutnant, ist es wahr, dass er wegen der Aufgabe von Pawlowskaja von einem Kriegsgericht abgeurteilt worden ist?«

Auf einmal war alles wieder wach. Die Bitterkeit, die mich überkam, schnürte mir die Kehle zu.

»Es ist wahr«, sagte ich. »Ich weiß nicht, was aus Oberst Metzelbrod geworden ist.«

»Diese Hunde!«, sagte der Obergefreite. »Für die halten wir unsere Knochen hin.«

»So dürfen Sie nicht sprechen!«, warf ich ein.

»Ja«, sagte der Obergefreite, »schon gut, Herr Leutnant. Entschuldigen Sie!«

Die beiden Verwundeten verließen humpelnd das kleine Restaurant. Auch der andere war gehbehindert.

Ich folgte ihnen bald und suchte die Frontleitstelle auf. Ein Lkw nahm mich nach Maikop mit. Einen Tag später meldete ich mich beim Kommandeur meines neuen Regiments.

Als ich die Stadt Krasnodar fünf Monate später wiedersah, war der Himmel rot von Bränden. Die vollbusigen Mädchen in den billigen Einheitskleidchen waren von der Krasnaja verschwunden. Unsere Stiefel versanken in zermahlenem, schmutzigem Schnee. An Bäumen und Laternenmasten pendelten Gehenkte im eisigen Wind. Waren es Saboteure, die der Geheimen Feldpolizei in die Hände geraten waren, oder Kollaborateure, die nach dem Abzug der Deutschen von ihren Landsleuten gerichtet worden waren?

Meine Kompanie gehörte zur Nachhut. Tagelang waren die Rückzugskolonnen durch die Stadt gerollt. Wir hielten die Waffen schussbereit.

Die Brücke über den Kuban war bereits gesprengt.

Rückzug

Wir hatten den Kuban nach Norden überschritten. Ein Teil meines Bataillons, zu dem wir die Fühlung verloren hatten, marschierte südlich des Flusses in gleicher Richtung wie wir alle – wie die ganze 17. Armee: nach Westen. Niemand wusste, wo der Rückzug enden würde. Wir wussten nur das eine: Vor uns, im Westen, war Wasser – die Straße von Kertsch, die das Asowsche mit dem Schwarzen Meer verbindet. Die Soldaten waren unruhig. Sie hatten gehört, was in Stalingrad geschehen war, merkten, dass der Druck des nachdrängenden Feindes von Tag zu Tag zunahm, und spürten mit dem wachen Instinkt des Frontkämpfers, dass die Russen am Kuban Ähnliches planten wie vor wenigen Wochen an der Wolga. Die Flankenangriffe von Norden her verstärkten sich bedrohlich, und dann kam die Nachricht, ein feindliches Regiment sei bei Noworossijsk gelandet und setze alles daran, seinen Landekopf zu erweitern.

Es war der Morgen des 22. Februar. Vor einem Jahr, Ende Februar 42, hatte die Kampfgruppe Metzelbrod verzweifelt mit dem Rücken an der Wand in Tscherkasskowka gekämpft. Ströme von Blut waren seither vergossen worden. Wie ein böser Alpdruck lag die Zeit hinter uns, da wir, bis zu den Knien im Schlamm, im Waldkaukasus nördlich des Goitschpasses unsere Stellung gegen den fast ununterbrochen anrennenden Feind gehalten hatten. Der Rückzug, der nun seit Wochen anhielt, war nicht geeignet, die Stimmung zu heben. Müde und verdrossen stapften die Männer durch den von Rädern und Hufen zu einem zähen Brei zerwühlten Morast.

An jenem Morgen wurde meine Kompanie alarmiert. Major Wilhelmi stand südlich des Kuban mit dem Rest unseres Bataillons, von dem wir abgesprengt worden waren, im Kampf mit feindlichen Panzern.

Wir bezogen Stellung am Nordufer des Flusses, der noch eine dünne Eisdecke trug, während Pioniere unter unserem Feuerschutz auf Floßsäcken übersetzten, um die hart Bedrängten aufzunehmen. Auch unser Regimentsstab, der mit in den Strudel hineingerissen worden war, kam über den Fluss.

Im Süden, in der Gegend der vom Feind besetzten Ortschaft Troitzkaja, sah man durchs Glas fette Panzerbrocken umherkarren. Es waren nicht nur russische T-34, sondern auch etliche neu von den Amerikanern gelieferte Shermans.

Am Abend dieses schwarzen Tages schwoll, vermutlich infolge starker Regenfälle am Oberlauf des Kuban, der Fluss bedenklich an, nachdem die dünne Eisdecke geborsten war. Und mit der Hochwasserwelle kam das Eis vom Gebirge her in Bewegung. Knirschend und krachend trieben die Schollen vorbei, während wir unsere versaufende Stellung aufgeben mussten, um uns weiter nördlich erneut festzusetzen.

Bei einer Offiziersbesprechung, die Oberst Staufer, unser Regimentskommandeur, gegen Mitternacht abhielt, kam zu Tage, dass südlich des Flusses eine mehrere Kilometer breite Frontlücke entstanden war, und dass wir gemeinsam mit einer Kampfgruppe aus rasch herangeführten Gebirgsjägereinheiten die Aufgabe hatten, die Lücke zu schließen, bevor der Feind Zeit fände, zum entscheidenden Durchbruch anzusetzen.

Noch im Laufe der Nacht gingen am Nordufer des Kuban mehrere Batterien schwerer Artillerie in Stellung, ein Zeichen, welche Bedeutung die Führung dem bevorstehenden Unternehmen beimaß. Von einem russischen Überläufer hatte man erfahren, dass der Feind eine ungewöhnlich große Zahl von Panzern zusammengezogen hatte. Der Überläufer behauptete, ostwärts Troitzkaja stünden drei Dutzend Kampfwagen zum Vorstoß nach Westen bereit, desgleichen ein sowjetisches Schützenregiment zum Besetzen des gewonnenen Geländes.

Ich vergegenwärtigte mir die Situation: die Landung bei Noworossijsk, die Flankenangriffe von Norden und nun die starke feindliche Bereitstellung vor der Mitte unserer auf breiter Front zurückgehenden Armee. Wenn es uns nicht gelänge, den Anschluss nach Süden wieder herzustellen und den feindlichen Angriffskeil zu zerschlagen, bevor er zur Wirkung käme, wäre wohl das Schicksal der 17. Armee besiegelt. Diejenigen, die dann nicht zu Lande den Tod fänden oder in Gefangenschaft gerieten, würden in den Fluten der Straße von Kertsch zu Grunde gehen.

Der größte Teil meiner Kompanie wachte, als ich in der düsteren, regnerischen Nacht in die Stellung zurückkam. Würde es möglich sein, fragte ich mich zweifelnd, mit solchen ausgemergelten, körperlich und seelisch heruntergekommenen Männern gegen einen an Zahl und Bewaffnung überlegenen Feind anzugreifen? Aber dann dachte ich an mein früheres Regiment, das in Stalingrad ins Grab gesunken war. Hatte es nicht gerade im Zustand völliger Erschöpfung Leistungen vollbracht, die unvorstellbar waren? Doch war nicht dieses Sich-Aufbäumen in höchster Not der überragenden und einmaligen Persönlichkeit unseres Kommandeurs zuzuschreiben gewesen?

Feldwebel Suhrmann, mein athletischer Kompanietruppführer, fragte mich, welche Befehle ich vom Regimentsgefechtsstand mitgebracht hätte.

»Heute Früh geht's los«, sagte ich. »Wir setzen auf Pionierfähren über. Was meinen Sie dazu, Suhrmann?«

Der Feldwebel kratzte sich am Hals.

»Was ich dazu meine? Ich denke, es ist besser, man hat die Nase am Feind als den Hintern.«

»Und die Kompanie – denkt sie genau so wie Sie?«, bohrte ich weiter.

Suhrmann lachte.

»Prophet bin ich ja nun keiner. Man muss den Männern nur was sagen. Wenn Sie ihnen beibringen, dass es um Kopf und Kragen geht, wird der Haufen schon rangehen.«

Als wir gegen vier Uhr morgens in die Bereitstellung rückten, zeigte es sich jedoch, dass es keiner ermunternden Ansprache bedurfte. Die Stimmung der Kompanie war auf einmal wie ausgewechselt. Jeder schien nur den einen Wunsch zu haben, dem Gegner unsere Niederlage im Kaukasus heimzuzahlen.

Die Gebirgsjäger gingen als Erste über den Fluss. Vielleicht gehörten sie den Verbänden an, die bis zum Neujahrstag in Eis und Schnee den Hauptkamm des westlichen Kaukasus bis zur Höhenregion des Elbrus gehalten hatten. Wie viele von denen mochten noch unter ihnen sein, die damals, vor einem Jahr, von der Bahnlinie Dnjepropetrowsk – Stalino aus nach Norden vorgegangen waren, um die Einschließungsabsicht der bei Isjum durchgebrochenen russischen Divisionen zunichte zu machen? Auch die Gebirgsdivisionen waren hart zur Ader gelassen worden. Doch ihren Elan hatten die Jäger nicht verloren. Während die Artillerie zu feuern begann, stießen sie gegen das im Dämmergrau noch halb verhüllte Troitzkaja vor. Als drüben bei Troitzkaja der Lärm des Infanteriegefechtes anhob, wurde meine Kompanie über den hoch gehenden, mit Treibeis übersäten Kuban gesetzt. Wir ließen die Ortschaft links liegen, in der ein immer heftiger anschwellender Kampf entbrannt war, und traten nach Süden an.

Wir waren an der Spitze. Unser Auftrag war es, die abgerissene Verbindung zum Jäger-Korps wiederherzustellen und feindliche Angriffe abzuwehren, die sich möglicherweise auch im Süden von Troitzkaja entwickeln mochten. Außer einem schweren Granatwerfer und zwei schweren MGs führten wir zwei Pak-Geschütze mit. Unser Angriffsstreifen war die Bahnlinie, die, von Norden kommend, nach Krymskaja und weiter nach der Hafenstadt Noworossijsk führte.

Ein Melder vom Bataillonsstab brachte die Nachricht, die Gebirgsjäger hätten Troitzkaja freigekämpft und hielten den Ortsrand des Ortes fest in ihrer Hand.

Kurze Zeit nach dem Eintreffen des Melders erhielten wir von links Feuer aus Panzerkanonen und formierten uns am Bahndamm zum Gefecht, da im Nebel eine Anzahl Rotarmisten auftauchte, offenbar mit der Absicht, uns den Weg zu verlegen. Zu den zunächst nur vereinzelt und schemenhaft sichtbaren Gestalten kamen immer mehr.

Zugleich wurden weiter nördlich das Kettengerassel und Motorengedröhn anrollender Panzer hörbar.

Die Kompanie lag am Bahndamm. Ich wunderte mich über ihre Feuerdisziplin. Kein Schuss fiel. Erst als ich mit dem Ausruf »Feuer frei!« die Hand hochstieß, traten die Schlagbolzen in Aktion. Die leichten und schweren MGs begannen zu rattern und zu schnarren, und mit lautem »Flupp« fuhren die Werfergranaten aus dem Rohr.

Schließlich zog der Feind sich zurück, nachdem es ihm nirgends gelungen war, den Bahndamm zu erreichen.

Wir drangen weiter nach Süden vor. Ich hatte damit gerechnet, dass wir noch vor Anbruch des Abends Anschluss an unser Schwesterregiment finden würden. Aber es dauerte mehrere Tage, bis die bedrohliche Frontlücke geschlossen war. Im Norden, vor Troitzkaja, hatten die feindlichen Panzer noch einmal zum Durchbruch angesetzt, doch nach zehnstündigem Kampf waren alle bis auf diejenigen, die beschädigt davongekommen waren, vernichtet worden. Die tödliche Gefahr war beseitigt.

Unser vereintes Bataillon setzte, zumeist ohne Feindberührung, den Rückmarsch fort, von dem wir alle annahmen, dass er fürs Erste auf der Krim enden würde. Stattdessen stießen wir eines Abends, schon im März, auf eine gut ausgebaute Grabenstellung. Es war die erste von drei Aufnahmestellungen, die meine Kompanie nacheinander besetzte.

Für uns war der Rückzug zu Ende. Auf der Karte vergegenwärtigte ich mir, dass wir nahezu den Längengrad erreicht hatten, auf dem ein Jahr zuvor die Kampfgruppe Metzelbrod mit knapper Not der Vernichtung entgangen war. Auf einem alten Kalender stellte ich fest, dass der Tag sich jährte, an dem unser Kommandeur uns verlassen hatte. Das Jahr hatte eine

Reihe fragwürdiger Siege und dann eine Serie unzweideutiger Rückschläge gebracht. Was mochte aus Oberst Metzelbrod geworden sein?

Die Toten

Wir waren auf dem Weg nach vorn. Es hieß nicht mehr Kaukasusfront, wo wir jetzt standen, es hieß: Kubanbrückenkopf. Es war nicht September und nicht Februar; es war Mitte Juli, und die Jahreszahl war 1943. Stalingrad war gewesen, die dort zum Sterben verurteilte 6. Armee kämpfte in neuer Aufstellung am Mijus. Der Kaukasus war verloren; die 1. Panzerarmee hatte nur noch einen Haufen Schrott übers Eis des Asowschen Meeres gerettet, und die 17. Armee hielt die »kleine Erde«, wie die Russen es nannten, den Frontbogen vor dem Kubanbrückenkopf von Noworossijsk bis zu den Lagunen am Asowschen Meer.

In unserem Rücken war die Straße von Kertsch, ein fast 20 Kilometer breiter Meeresstreifen, über den der Nachschub mit Fähren und Prähmen herangeführt werden musste.

Meine Kompanie hatte zwei Tage lang in Ruhe gelegen. Jetzt waren wir auf dem Weg in unsere alte Stellung, oben auf der Höhe links vom Abschnitt der 97. Jägerdivision, die vor der Kuppe 114,1 nordwestlich Krymskaja, im Kampf stand.

Zehn Tage lang hatten wir die Zusatzration für Soldaten im Großkampf erhalten. Das anhaltende Rumpeln und die zwischen Pulverschwaden aufspritzenden Fontänen auf den Höhen im Osten zeigten uns, dass es auch fortan so bleiben würde. Seit nahezu fünf Monaten rannten die Russen gegen unsere Stellungen an, die seit der Aufgabe von Krymskaja nach und nach auf den Höhenkamm zurückverlegt worden waren. Dort hatten unsere zusammengeschmolzenen Bataillone sich festgebissen. Zwar war es dem Feind mehrmals gelungen, Einbrüche in unsere allzu schwach besetzte Linie zu erzielen, aber jedes Mal war er im Gegenstoß aus dem Kampfgraben geworfen worden. Auch meine Kompanie hatte ihren Abschnitt nach vorübergehender Preisgabe in blutigem Kampf zurückgewonnen. Sie war dafür mit zwei Ruhetagen belohnt worden, nachdem eine Reserveeinheit als Ablösung in den Graben eingerückt war. Nun kehrten wir in die unvermindert tobende Schlacht zurück.

Wir trotteten in Reihe, im Marschtempo der Infanteristen anno 43. Man war so abgestumpft in allem, dass es einem gleichgültig war, ob die Sonne strahlte, wie an diesem Tag, ob Ruhe herrschte oder Großkampf, ob man lebendig war oder tot.

Ich hatte jetzt einen Stern auf den Schulterstücken, aber das linke Bein schleppte ich etwas nach von der Verwundung im Donez-Wald her. Und manchmal, während ich an Inge dachte – unsere Wohnung war weg, und Inge wartete jetzt in Oberstdorf auf mich –, fragte ich mich, ob ich jemals wieder richtig würde Ski laufen können. Ja, solche Überlegungen gab es, obgleich es einem doch nahezu sicher war, dass man aus diesem Topf nicht herauskommen würde.

Das Hügelland war verrottet, Granaten hatten es stellenweise in Kraterfelder umgepflügt, und niemand hatte sich die Mühe gemacht, die umkämpfte Erde zu bestellen. Die Felder waren voller Unkraut, und von den kleinen Dörfern in den Mulden standen nur noch brandgeschwärzte Kaminstümpfe.

Drüben auf der »de Angelisstraße«, die man nach unserem Kommandierenden General benannt hatte, rollten zwei Sturmgeschütze zur Front. Hoch am Himmel wippte ein deutscher Jäger wie eine sonnentrunkene Schwalbe.

Eine Abteilung mit beladenen Tragen kam uns auf dem staubigen Weg entgegen. Es war glühend heiß – wir trugen Tropenuniform –, und schon von weitem beobachtete ich, wie die Leute, denen wir bald begegnen mussten, die wohl schweren Tragen immer wieder absetzten. Aber dann scheuchte einer, der voranging, sie hoch, und sie trotteten mit ihrer Last weiter.

Und dann kamen die Ersten heran. Der Feldwebel, der sie führte, hatte nichts Auffallendes an sich. Er grüßte mich, und ich dankte ihm. Seine Leute aber hatten keine Schulterklappen und keine Orden und Rangabzeichen an ihren staubigen Uniformen. Ich musste an das nächtliche Zusammentreffen auf der Straße nach Slawiansk denken, damals, Februar 42. Da waren sie also wieder: Bewährungsbataillon 500. Im Weitergehen betrachtete ich die Toten auf den Tragen. In blutdurchtränkten Uniformen kehrten sie stumm zurück aus der Schlacht, Soldaten, denen man die Ehre genommen, dagegen das Sterben gelassen hatte.

Als die zehnte Trage schwankend herankam und mein Blick die Gestalt darauf erfasste, überlief es mich kalt, und der Griff eines Unsichtbaren presste mir die Kehle zusammen. Die vertrauten runden horngefassten Gläser fehlten, dafür war eine Wehrmachtsbrille vorhanden, aber die Lider deckten für immer die erloschenen Augen. Ich wollte schreien, irgend etwas, doch ich brachte keinen Ton hervor. Meine Narben brannten auf einmal wie Feuer. Da lag dieser Mann, mein Kommandeur, das greisenhaft gealterte Gesicht erdgrau und spitz. Das war aus ihm geworden. Die beiden, die ihn trugen, blickten mich neugierig an. Ich legte die Hand grüßend an den Mützenschirm. Die Trage schwankte vorbei, schon kam die nächste, und dieser folgten immer mehr.

Mir war, als sollte ich umkehren, ihm das Geleit geben, ihm, den man ausgestoßen hatte. Aber mich band der Befehl.

Wir waren auf dem Weg nach vorn.